신화 전설이 된 영웅의 이세계담 ⑬

타테마츠리 / 일러스트 미유키 루리아

발할라
"뒷일은 맡기고 「영웅 궁전」에서 지켜봐 줘."

레이

"짐의 의제를
아무쪼록 부탁한다."

알티우스

"당신이라 다행이야."

오구로 히로

"도망치시려는 건가요?"

"이대로 계속 싸우면
붙잡힐 것 같으니까."

클라우디아

이세계담 영웅의 신화 전설이 된

13

타테마츠리 지음

미유키 루리아 일러스트

송재희 옮김

이세계 알레테이아에 소환되어
《군신》(마르스)으로서 동료들과 함께 일대 제국을 쌓아 올린 소년, 오구로 히로.
히로는 기억과 힘을 대가로 원래 세계에 돌아가 일상을 보냈지만
이번에는 1000년 후의 알레테이아에 소환되고 만다.
그곳에서 만난 것은 그란츠 대제국의 황녀, 리즈.
1000년 전에 함께 싸웠던 의형, 알티우스와 닮은 반짝임을 그녀에게서 본 히로는
리즈의 성장을 재촉하여 여제로 만들기 위해 행동을 같이한다.

리즈는 히로의 인도로 왕으로서 성장을 거듭하지만,
전란 속에서 히로는 「어떤 목적」을 위해 리즈와 다른 길을 걷는다.
그런 히로를 언젠가 따라잡겠다고 맹세한 리즈는
동료들과 많은 시련을 극복하며 더욱 강하고 더욱 아름답게 성장한다.
그리고 《무모왕》(헤비우르고스)과의 결전에서 궁지에 몰린 히로 곁으로 달려온다.

마침내 히로와 나란히 선 리즈.
그 선명하고 강렬한 모습에 히로는 무슨 생각을 하는가.
1000년 전부터 이어진 이야기가 마침내 종막의 때를 맞이한다—

여섯 나라
1. 그라이프국   4. 올페스국
2. 앙귀스국   5. 스콜비우스국
3. 에젤국   6. 티그리스국

바닐 3국
7. 나라 기사왕국   10. 드랄 대공국
8. 크와실 승국   11. 자유의 민족
9. 바나헤임 교국   12. 바움 소국

● 대제도
■ 성도
▲ 타오엔 성채
◆ 안팡 삼림
★ 카푸토 요새
◎ 젤트셀트 요새
★ 선스피어

북대륙
미개척 영역
레벨링 왕국
여섯 나라
켄델강
서대륙
페르겐 속주
그란츠 대제국
동제도
바닐 3국
리히타인 공국
남열도
슈타이센 공화국
자유의 민족
북
서 동
남

CHARACTER

오구로 히로 / 흑진왕

1000년 전의 영웅인 《군신》이며, 다시 이 세계에 소환된 이후로는
그 후손이라고 밝힌다. 리즈와 함께 행동하지만 어떤 목적을 위해
전사로 위장하고 가면 쓴 남자 《흑진왕》으로서 바움 소국의 왕이
된다. 《천제》와 《명제》, 《뇌제》의 소유자.

세리아 에스트레야 엘리자베스 폰 그란츠

통칭 『리즈』. 그란츠 대제국의 제6황녀이자 차기 황제 후보. 미숙하지만
사람을 끌어당기는 왕의 자질을 지녔다. 《염제》와 《풍제》의 소유자.

트레아 르단디 아우라 폰 브나다라

제립 훈련 학교를 수석으로 졸업, 《군신소녀》라는 이명을 가진 천재
책사. 《군신》을 동경하고 있으며 리즈를 지지한다.

하란 스카아하 드 페르젠

페르젠 왕가의 유일한 생존자. 그란츠가 멸망시키고 여섯 나라가 탈취한
조국의 부흥을 위해 리즈와 함께 행동한다. 《빙제》의 소유자.

미스테 칼리아라 로자 폰 켈하이트

리즈의 언니이자 동방 귀족을 아우르는 켈하이트 가문의 가주 대리.
남방 귀족을 아우르는 무주크 가문과 대립하고 있다.

클라우디아 반 레벨링

레벨링 왕국의 여왕. 히로가 전사로 위장할 때 한몫 거들며 《흑진왕》과
친교를 맺는다.

루카 마몬 드 울페스

여섯 나라의 선봉으로서 그란츠를 침공한 울페스국의 전 왕녀.
2년 전의 전쟁으로 남동생과 왼팔을 잃었다.

스트라이아

4대 무녀 공주. 정령왕을 섬기며 중앙 대륙에서 유일하게 그와 대화할
수 있는 여성. 히로의 정체를 알고 있다. 「무명」으로서 암약하고 있었다.

레온 벨트 알티우스 폰 그란츠

그란츠 대제국의 초대 황제. 1000년 전에 함께 싸웠던 히로의
의형이자 《염제》의 옛 소유자. 《무모왕》이 그 주검을 강탈한다.

INDEX

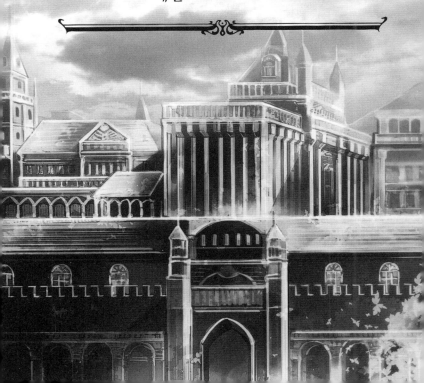

프롤로그

아름다운 꽃밭을 봤다.

하지만 그것은 시각으로만 느낄 수 있었다.

이 세계에는 바람도 없고 향기도 없었다.

꿈속 세계에만 존재하는 이상향.

하지만 분명 그녀가 바란 세계는 이처럼 아름다웠을 것이 틀림없다.

"전부 내가 망가뜨렸어……."

지면에 무릎을 꿇자 소년의 주위에서 꽃이 흩날리며 손바닥을 스쳐 지나갔다.

하지만 결코 마음은 온화해지지 않았고, 치유되지 않았고, 공백은 메꿔지지 않았다.

"어떻게 하면 나를 용서해 줄까……. 제발 가르쳐 줘."

자신이 걸어온 길을 문득 돌아보니 그저 아연했다.

길을 잘못 들었음을 깨달았을 때는 이미 모든 것이 늦은 뒤였다.

이제는 어떻게도 할 수 없어서 시대의 거센 파도에 놀아날 수밖에 없었다.

그러나 누구도 소년을 멸시하지 않았고 원망하지도 않았다.

그래서 더 마음이 괴로웠다.

사람들이 상냥하게 대해 준 만큼 점점 궁지에 몰렸다.

만회하려고 발버둥 쳐도, 속죄하려고 몸부림쳐도, 죄만 쌓였다.

그래서…… 다시 이 세계에 불려 왔을 때—.

—호기가 찾아왔다고 생각했다.

붉은 머리 소녀와 만나며 그것은 확신으로 바뀌었고, 아직 자신의 죄는 용서받지 못했음을 깨달았다.
그렇기에 눈물이 멈추지 않았고, 웃음이 멈추지 않았고, 원망의 말을 세계에 토했다.
부디 용서해 달라고 어리석은 자처럼 계속 기도했다.
부디 웃어 달라고 광대처럼 계속 생각했다.
부디 행복해졌으면 좋겠다고 위선자처럼 계속 바랐다.
부디 그날 망가뜨린 아름다운 풍경을— 다시 한 번 그녀에게 보여 주고 싶다.

"모든 것은 하나."

그걸 위해— 자신의 거짓말로 세계를 칠할 것이다.

제1장 가짜 왕

일찍이 혼돈이 세계를 지배했다.

「5대 천왕」이라고 불리는 절대적인 존재가 사람들을 장난감처럼 가지고 노는 시대였다.

그러나 놀이에 끼지 않고 한결같이 고고했던 한 「왕」이 있었다.

순수한 파괴력만으로 천공을 지배했던 「흑진왕」이라는 「왕」이었다.

하지만 어느 날, 흑룡은 스스로 날개를 버리고 대지에 내려섰다.

이유는 분명하지 않았다.

그러나 신과 같은 「왕」의 강림에 놀란 사람들은 저마다 억측을 늘어놓았다.

그저 변덕이라고 말하는 국왕이 있는가 하면, 먹이를 구하러 떠도는 거라고 말하는 지식인도 있었다. 모든 생물을 사멸시키기 위해 천공에서 내려온 것이라며 떠들어 대는 권력자들도 존재했다. 그런 억측이 사람들의 마음에 공포심을 심었고, 이윽고 싸우도록 했다.

사람들은 두려워하면서도 흑룡 토벌에 나섰지만 그 모든 시도가 모조리 실패로 끝났다. 그런 혼돈의 시대에 소년— 오구로 히로는 「흑진왕」과 만났고 「무모왕」과의 싸움을 목격했다.

"얼굴이 왜 그 모양이야……. 기뻐해. 힘을 갖고 싶어 했잖아?"

거대한 용이 얼굴을 가까이 가져왔다. 그 콧김에 몸이 날아 갈 것 같았다.

보통 같았으면 버틸 수 없었을 것이다.

하지만 지금 「흑진왕」의 숨은 작아서 지면을 세게 밟을 필 요도 없었다. 몸에 힘만 줘도 버틸 수 있는 연약한 숨이었다.

그도 그럴 것이 「흑진왕」은 「무모왕」과 사흘 밤낮으로 격렬 한 전투를 벌여 빈사 상태에 빠져 있었다. 양자의 싸움은 천 재지변으로 오인할 만한 위력이었고, 평범한 사람은 개입할 수 없을 만큼 무시무시했다.

"「무모왕」은 죽은 거야?"

히로가 묻자 「흑진왕」은 무거운 한숨을 쉬었다.

"내가 이 상태인데도 살아 있잖아. 그 녀석도 살아 있겠지."

「흑진왕」의 복부는 찢어져 있었다. 대량의 피로 지면을 적시 고 있었다. 아니, 연못으로 오인할 만한 출혈량이었다. 어두워 서 잘 보이지는 않지만 내장이 흘러나온 것도 같았다.

"왜 그런 표정을 지어. 이런 꼬락서니지만 「왕」은 「불사」야. 이렇게 다쳤어도 내버려 두면 나아."

아주 고통스러워 보여서 당장 죽을 것만 같았지만 본인이 그렇다고 하니 믿을 수밖에 없었다.

「흑진왕」은 귀찮다는 듯 뒤척이더니 긴 목을 내려 지면에 턱을 뉘었다.

"「마인화」의 「불사」와는 또 다르지만…… 뭐, 어려운 얘기는 안 해도 되겠지. 「선양」이 끝나면 앞으로는 너도 이걸 체험할 수 있을 테니까."

"하지만 어떻게……?"

의문을 꺼내자 「흑진왕」의 거대한 입이 벌어졌다.

빽빽이 난 뾰족한 이빨은 닿기만 해도 살이 찢어질 듯 날카로웠다.

거기서 긴 혀가 나왔다. 그 위에 동그란 구슬이 올려져 있었다.

"5대 천왕」에게는 「핵」이라고 불리는 게 있어. 인간의 심장 같은 건데 이건 간단히 부술 수 없어. 아니, 이 세계에 「핵」을 파괴할 수 있는 것은 존재하지 않는다고 해야 정확한가……."

「흑진왕」은 곰곰이 말을 고르며 간결하게 설명했다.

하지만 그런 물건을 보여 줘도 히로는 어쩌면 좋을지 몰라서 곤혹스러운 표정을 지을 수밖에 없었다.

"그런 표정 짓지 말래도. 부술 수 없으니, 이 약육강식 세계에서는 「찬탈」하여 자신의 힘으로 삼거나 「선양」받아 자신의 힘으로 삼거나 둘 중 하나야. 물론 몸이 버티지 못하면 의미가 없지만."

"몸이 못 버티면…… 실패하면 어떻게 돼?"

"원래는 죽지만, 다른 「그릇」과 달리 너는 조금 사정이 달라."

「흑진왕」은 말할지 말지 조금 망설이다가 재차 입을 열었다.

"버티지 못하면 「그릇」의 역할을 다하게 돼. 즉, 내가 그대로 네 몸을 강탈하는 거야."

"그건…… 죽은 거나 마찬가지 아니야?"

"「5대 천왕」을 쓰러뜨리고 싶다는 녀석이 자잘하게 따지지 마. 그리고 반대로 말하면 「그릇」에게 힘을 뺏길 가능성도 있다는 거야."

"그럼 그녀도 버틴다면……."

"그건 무리야. 말했잖아. 「마인화」한 너와는 사정이 달라. 원래 「5대 천왕」은 「그릇」에 보험을 걸어 둬."

히로는 「흑진왕」의 말뜻을 깨달았다.

초대 무녀공주 안에 있는 제거할 수 없는 악의. 지금 이러고 있는 동안에도 그녀의 몸을 좀먹고 있었다.

초대 무녀공주 레이가 고통스러워하는 얼굴을 떠올리고 히로는 심각한 표정을 지었다.

그것을 본 「흑진왕」은— 부러워하듯 눈을 가늘게 떴다.

"「5대 천왕」의 「그릇」으로 선택된 자는 예외 없이 요절해. 네가 살리고자 하는 여자는 병에— 확실히 말하자면 「왕」의 「주(呪)」라는 낫지 않는 불치병에 걸렸어."

그렇기에 히로는 저항할 수 없는 존재로부터 그녀를 구하기 위해 힘을 원했고 「흑진왕」을 만나러 온 것이었다.

"너의 힘을 손에 넣는다고 해도…… 어떻게 하면 그녀를 구할 수 있어?"

"다른 「5대 천왕」의 「핵」을 먹으면 돼. 그러면 「주」는 약해져. 하지만 아까도 말했듯 네 몸을 강탈당할 가능성도 커. 그러나 현재로서는 이게 좋아하는 여자를 구할 수 있는 최선책이야."

"잠깐만. 「주」를 완전히 없애려면 어떻게 해야 해?"

"「5대 천왕」…… 모든 것을 하나로 만들면 이해될 거다. 신과 같은 힘에 저항하는 것이니…… 상응하는 대가가 필요하겠지."

한 번 말을 끊은 「흑진왕」은 이내 확실히 들리도록 말했다.

"—각오는 됐나?"

"처음부터 내 마음은 변함없어."

즉답이었다. 망설이지 않고 대답했다. 그 눈동자에 거짓은 전혀 없었다.

"그걸 위해……."

그녀를 구하는 것만을 생각하며, 그녀의 행복만을 바라며, 그녀만을 위해.

"너를 만나러 온 거야."

원래부터 힘을 손에 넣기 위해 「흑진왕」과 접촉했다. 운 좋게 우호 관계를 쌓게 됐지만, 그래도 최종적으로 다다르는 것은 어느 한쪽의 죽음이라는 결말뿐이었다.

"그런가. 그럼 하나 약속해라."

「흑진왕」이 중얼거렸을 때, 그 혀에서 작은 구슬이 사라졌다.

그것은 빛나며 히로의 가슴에 빨려 들어갔다.

"어? 아— 아악?!"

놀란 것도 잠깐, 시야가 암전했다. 뇌가 요동치는 감각과 함께 의식을 잃을 뻔했다. 뇌를 움켜잡힌 듯한 격통이 일었다. 그래도 히로는 어떻게든 버티며 「흑진왕」을 보았다.

"반드시 구해 내. 완수할 때까지 죽지 마."

마지막 순간까지 엄격하면서도 상냥한 말을 건넨 흑룡은—

―이날을 기점으로 모습을 감췄다.

히로는 빛이 난반사하는 세계에서 「흑진왕」을 놓치지 않도록 계속 바라보았다.

그 말을 잊지 않으려고 지금도 약속은 마음속에 뿌리박혀 있었다.

"미안해……. 1000년이나 기다리게 했네."

과거를 생각하던 히로는 현실 세계로 의식을 전환했다.

한 여성의 뒷모습이 시야에 잡혔다.

난폭하면서도 용맹한 성장을 이루어 모두가 선망하는 선자 옥질이 된 붉은 머리 황녀.

그녀의 주위에서 소용돌이치는 붉은 불꽃은 아름다웠다.

동시에 그립다는 생각마저 들었다.

예전에는 의형의 특기였던 기술. 불꽃을 수족처럼 자유자재로 다뤄 적을 섬멸하는 모습은 믿음직스러웠다.

"하지만…… 지금은 그저 두려워."

「무모왕」과 대치한 그녀의 뒷모습은 안식을 줬다.

리즈 뒤에 있으면 절대적으로 안전하다는 확신이 들었다. 의형이었던 알티우스에게서도 느꼈던 것이었다.

집을 떠난 새끼 새는 이제 타인에게 베풂 받을 필요가 없었다.

그래서―.

"마침내 여기까지 왔나."

피와 불꽃으로 범벅이 된 세계에서 히로는 입꼬리를 올렸다.

"생각을 고쳐야겠어⋯⋯. 내가 상상한 것보다 너는 강해졌어."

조용히 웃으며, 어깨를 떨며, 소리가 나오려는 것을 참았다.

"이로써 모든 것이 하나가 돼."

누구도 눈치채지 못하도록 히로는 어둠 밑바닥에서 웃었다.

*****

흥분이 식지 않았다.

심장이 튀어나올 듯 날뛰었다.

당연했다. 마침내 그를 따라잡았다.

뒤에 있는 존재를 느끼고 돌아보고 싶다는 충동이 들었지만 자제했다.

지금은 눈앞의 적에게 집중해야 한다고 자신을 타이르며 이마에서 흐르는 땀을 닦고 「5대 천왕」 중 하나인 「무모왕」에게 칼끝을 겨눴다.

"여기서부터는 짐이^{내가} 상대해 주겠어."

자신감 넘치는 목소리는 떨리고 있었다. 무섭기 때문은 아니었다.

마침내 그를 도울 수 있다는 것에 환희가 흥분을 불러일으켜 목소리를 진동시킨 것이었다.

붉은 눈은 거친 투지를 담고서 빛났고, 붉게 물든 머리는 주위의 적을 위협하듯 불꽃과 함께 공중에서 춤추고 있었다.

발키리 같은 아름다운 외모는 살벌한 전장에서도 묻히지 않고 강렬한 존재감을 더할 뿐이었다.

중앙 대륙의 패자라고 칭송받는 그란츠 대제국.

그 차기 황제로 평가받는 그녀의 이름은——.

——세리아 에스트레야 엘리자베스 폰 그란츠.

그란츠 대제국의 6황녀로 태어나 초대 황제의 재래라는 말을 들으면서도 옥좌에서 가장 먼 존재로서 귀족들에게 소외당했다.

하지만 우여곡절을 거쳐 지금은 아무도 그녀를 무시하지 않았다.

"「염제」…… 「붉은 머리」…… 「저주받은 아이」인가."

「무모왕」이 중얼거리자 리즈는 눈썹을 찌푸리면서도 일정한 거리를 유지하며 칼끝을 흔들었다. 그 위협 행동에도 「무모왕」의 표정은 변함없었다.

리즈라는 위협이 나타났는데도 관심이 없는지 그녀 뒤에 있는 히로만을 보는 것 같았다.

"우위에 있어도 전방에만 집중하면 측면 공격에 약하지."

「무모왕」이 전장으로 눈을 돌리고 중얼거렸다.

그의 부하인 「괴물」들은 압도적인 우위에 있었으나 그란츠 기병의 횡격으로 대열이 무너져 열세에 빠진 상태였다.

리즈는 오싹한 한기를 느꼈다.

한심한 부하를 향한 노여움도 없고, 「괴물」들이 죽어 가는 모습을 불쌍히 여기지도 않았다. 그저 보고 느낀 감상. 마치 남의 일처럼 담담히 말할 뿐, 거기에는 아무런 감정도 담겨 있지 않았다.

다시 리즈에게 눈을 돌린 「무모왕」은 별로 관심이 없다는 표정을 지었다.

"저주받은 아이」야. 순순히 「흑진왕」을 넘긴다면 물러나 줄 수도 있다."

"이 상황을 이해 못 한 거야……?"

"계집, 너야말로 이해하고 있나? 눈앞에 있는 것이 「5대 천왕」임을—."

「무모왕」이 「사선」^{에페탐}을 휘두르자 칼끝이 땅을 도려내며 흙먼지가 바람을 타고서 주위로 흩어졌다.

칼끝은 기세를 몰아 하늘로 향했고, 이어서 내려와 리즈를 겨눴다.

"묻지. 그 저주받은 몸으로 진정 나를 이길 수 있으리라고 생각하나?"

말뜻을 이해할 수 없었다. 「무모왕」이 하고 싶은 말이 무엇인지 알 수 없어서 리즈는 곤혹스럽다는 표정을 지을 수밖에 없었다. 그런 리즈의 반응을 보고 마침내 「무모왕」은 감정을 드러냈다. 그의 얼굴에 떠오른 것은 낙담이었다.

"……아무것도 모르나. 자신에게 부과된 운명을 모르고, 뒤에 있는 이가 필사적으로 계속 싸우는 이유조차…… 모르는가."

"그래, 몰라. 그러니까 가르쳐 주겠어?"

마음이 흔들리려고 했다. 하지만 여기서 꺾이면 의미가 없었다. 단순한 말장난, 그저 이쪽을 현혹하려는 것일지도 모른다.

리즈는 「눈」으로 진의를 파악하려고 했으나 「5대 천왕」에게는 효과가 없는지 「무」만이 보였다.

"「인족」은 과보호가 심하군. 1000년이 지나도 여전해. 어쩔 도리가 없을 만큼…… 때로는 신세를 망치더라도 과하게 지켜 내려고 해."

「무모왕」의 말은 도중에 끊겼다. 리즈와 「무모왕」 사이에 「괴물」 한 마리가 뛰어들었기 때문이다.

그란츠 기병을 보고 놀랐는지 「괴물」은 몹시 겁먹은 모습으로 도움을 구하듯 「무모왕」을 보았지만 「괴물」이 구원받는 일은 없었다. 미간에 박힌 검이 가차 없이 머리를 꿰뚫었기 때문이다.

"짐짝은 죽여야지. 나중을 위해서도 말이야."

"나는 그렇게 생각 안 해."

날카로운 기합과 함께 리즈가 땅을 박차고 도약했다.

빠르게 「무모왕」에게 돌격했으나 간단히 피해서 대지에 격돌하는 소리와 함께 대량의 모래 먼지가 일었다.

모래 먼지 속에서 수많은 불꽃이 튀었다.

칼날과 칼날이 맞부딪치는 소리가 공기를 쪼갰고 무시무시한 살기가 주위에 확산됐다.

10합 이상 칼을 부딪친 끝에 이윽고 바람이 일며 모래를 붙잡아 하늘로 도망치니 두 사람의 모습이 선명하게 보였다.

뱀처럼 꿈틀거리는 불길을 거느린 리즈가 교묘한 검술로 「무모왕」에게 노도의 공격을 가하고 있었다. 그러나 「무모왕」도 작은 발놀림으로 몸의 방향을 바꾸며 리즈에게 반격하고 있었다. 양자 모두 찰과상 하나 없이 멀쩡했고 그 표정에서는 여유조차 느껴졌다.

"훌륭하군. 과연 여러 시련을 극복하여 나에게 도달할 만해."

"당신을 위해서 강해진 건 아니야."

분노한 형상으로 뻗어 나간 리즈의 손이 「무모왕」의 멱살을 잡았다.

그 순간—.

"터져 버려. 그 몸은 당신한테 아까워."

폭발음과 함께 「무모왕」은 격렬하게 날아갔다.

연기에 휩싸인 그의 몸이 거친 파도에 농락당하듯 땅을 굴러갔다.

리즈는 그저 보고만 있지 않고 주먹으로 땅을 때려 격진을 일으켰다.

대지가 흔들리며 「무모왕」의 몸을 쳐올렸다. 공중에 떠오른 것을 확인한 리즈는 이미 지상에 없었다. 아득한 상공으로 날아 「염제」를 거꾸로 들고 세게 휘둘렀다. 하지만 「무모왕」은 공중에서 솜씨 좋게 피했다.

그러나 완전히 피하지는 못해서 팔을 꿰뚫리고 말았고— 직접 뜯어 버리며 그 자리에서 달아났다. 두 사람은 무시무시한 기세로 각각 다른 지면과 충돌했다.

"순간적으로 잘도 이런 판단을 내렸네."

리즈가 「염제」에 꽂힌 팔을 힐끗 보자 세차게 타올라 티끌이 되었다.

그리고서 일어나려고 하는 「무모왕」에게 천천히 다가갔다. 그 모습은 마치 사냥감을 노리는 사자처럼 용맹했고, 빈틈을 전혀 보이지 않는 숙련된 전사와 같은 풍격을 풍겼다.

"그렇군……. 「염제」에게 선택받을 만한 소질은 있나."

위풍당당한 리즈의 모습을 보고 눈을 가늘게 뜬 「무모왕」의 팔은 재생을 시작한 상태였다.

그러나 기묘하게도 재생된 팔은 썩은 것처럼 살이 군데군데 떨어졌다.

누구나 「무모왕」이 열세라고 생각할 듯한 광경이었다.

하지만 그에게서 느껴지는 여유가 한없이 섬뜩한 공포를 줬다.

"—아니, 「그릇」으로서 성숙해지고 있다고 해야 하나?"

「무모왕」이 의미심장하게 말하자 리즈의 발이 멈췄다. 그녀는 의심스럽다는 표정을 짓고 있었지만 살기를 없앨 만한 충격은 준 것 같았다.

"내가 「그릇」이라고?"

"그것조차 몰랐나……."

「무모왕」은 약간 놀라며 발을 뒤로 이동시켰다.

도망치려고 한다. 그렇게 판단한 리즈는 거리를 좁혔으나 한발 늦었다. 상공으로 달아난 「무모왕」은 아득한 후방— 「괴물」 무리 속으로 모습을 감춰 버렸다.

"이거 좀 더 즐길 수 있을 것 같군. 오늘은 물러나지."

"도망치게 둘 리가 없잖아."

리즈는 근처에 있던 부대장에게 즉각 칼끝을 겨누고 큰 목소리로 지시를 내렸다.

바로 명령을 이해한 부대장은 「괴물」 무리를 박멸하기 시작했다. 그란츠 기병의 돌진력 앞에서 마물 무리는 간단히 와해되었으나 그곳에 「무모왕」의 모습은 없었다.

리즈는 혀를 찼지만 곧장 몸을 돌려 한 소년에게서 시선을 멈췄다.

상처투성이였던 흑발흑안의 소년— 히로가 어디 한 군데 다친 곳 없이 멀쩡하게 치유되어 있었다. 손목이 잘리고 복부에도 커다란 구멍이 뚫렸었는데—. 리즈는 등골이 서늘해졌다. 하지만 결코 얼굴에 드러내지 않고, 눈치채지 못하도록 비아냥거리듯 웃었다.

"히로, 궁지에 몰렸던 것치고는 건강해 보이네."

"너야말로 용케 늦지 않았어. 사흘은 더 걸릴 거라고 예상했는데 말이야."

히로가 옷에 묻은 먼지를 털며 리즈에게 다가왔다. 도중에 적이 달려들었지만 히로가 그저 손을 흔들자 전격이 발생해 「괴물」의 목을 날렸다. 그 무시무시한 위력은 「염제」 못지않았다. 아니, 단기간에 제어한 히로가 이상한 거라고 리즈는 생각했다.

"샤인 대공로를 이용했어. 아우라가 사전에 준비해 줬거든."

그란츠 영토를 망라하는 샤인 대공로. 5대 영역을 잇는 그란츠의 주요 도로 중 하나였다. 그란츠 대제국이 탄생한 초기에 당시 5대 귀족이었던 샤인 가문이 만들어서 그들의 영예를 기려 도로에 그 이름이 붙었다.

역이라고 불리는 건물이 일정한 간격으로 설치되어 정기적으로 역마차가 달리는데 이번에는 그 도로를 최대한 활용한 것이다.

작전을 세운 아우라는 역 주변에 있는 귀족들에게 서신을 보내 말을 준비시켰고, 리즈 일행은 여러 번 말을 바꿔 타며 이곳까지 쉬지 않고 달려왔다. 그렇게 히로에게 설명하자 그는 주위를 둘러보고 고개를 갸웃했다.

그란츠병의 수가 확연하게 많기 때문이리라. 개중에는 중장 보병도 있어서 「괴물」 상대로 공방을 펼치고 있었다.

"아아…… 그런가. 여섯 나라에 두고 온 병사를 이쪽으로 보냈구나."

"맞아. 아우라는 원래부터 여섯 나라의 병사 대부분을 대제도로 보냈었어."

"이만한 수를 잘도 숨겼네. 자세히 듣고 싶지만, 그럴 순 없을 것 같아."

히로가 「명제」를 불러냈다. 꺼림칙한 어둠을 거느리고서 나타난 흑도를 보고 리즈는 그의 뒤에 나타난 인물에게 눈짓했다. 그 동작을 알아차린 히로가 돌아봤을 때, 그는 지면에 쓰러졌다.

쓰러진 히로가 약간의 놀람을 눈에 담으며 한 여성에게 시선을 보냈다.

"이거 또…… 반가운 인물을 만났는걸."

"그래, 맞아. 함께 추억을 이야기하고 싶지만 너는 너무 멋대로 굴었어."

여성은 구속한 히로를 날카로운 눈빛으로 내려다보았다.

그녀의 이름은 메테오아.

1000년 전에 초대 무녀공주를 잃고 자포자기에 빠진 히로를 보좌한 참모였다.

*****

전장의 함성은 저녁이 찾아오면서 사그라들려고 했다.

피와 진흙 범벅이 된 지면은 더욱 붉게 물들었고, 주변에 흩어진 살점은 그림자 속에 묻혔다. 「괴물」도, 인간도, 그 외의 생물도, 찾아오는 어둠이 두려워서 한 걸음씩 후퇴를 시작했다.

그 광경을 「무모왕」은 눈을 가늘게 뜨고서 보고 있었다.

"어둠을 두려워하는 것은 본능이지만— 그것을 심은 것은 틀림없이 「흑진왕」이지."

전선에서 아득히 먼 후방에 있는 작은 언덕으로 후퇴한 「무모왕」은 전방에서 검게 덩어리져 꿈틀거리는 「괴물」과 인간들의 싸움을 바라보고 있었다.

하지만 그의 음성에는 정서가 전혀 존재하지 않았다.

눈앞의 광경을 담담히 인식하고, 과거를 생각하며, 혼잣말을 이어가고 있을 뿐이었다. 그런 그의 뒤쪽에 열두 마주 케리네이아와 키마이라가 나타났다.

그중에서 케리네이아가 앞으로 나왔다.

"「왕」이시여. 지금은 상처가 회복되길 기다리는 것이 좋을 듯합니다."

"신경 쓰지 마라. 곧 있으면 이 귀찮은 몸을 떠날 수 있다."

깊이 눌러쓴 후드 때문에 케리네이아의 표정은 볼 수 없었다.

후드를 쓴 이유는 얼굴을 보이는 것이 수치스럽기 때문이었다.

1000년 전에 중앙 대륙의 패권을 잡으려고 나선 열두 마주의 야망을 「흑진왕」인 히로가 깨부쉈다.

그때 히로에게 잡힌 그들은 심한 고문을 받은 끝에 힘의 원천인 마석과 「두 눈」을 빼앗겼고 그때의 상처가 아직 남아 있었다.

열등종이라며 멸시한 인족에게 패배한 과거가 알려지는 것을 극단적으로 두려워하여 현대에는 열두 마주라는 이름을 버리고 「흑사향」으로서 자신들의 얼굴을 숨긴 채 암약하고 있었다.

"하지만 본래 「그릇」은 1000년 전에 「흑진왕」이 파괴했습니다. 알티우스의 신체도 거부 반응을 일으킨다면 지금 시대에

「왕」께 적합한 「그릇」은 존재하지 않습니다."

"걱정하지 마라. 왜 이다지도 취약한지 이해했으니."

「무모왕」은 오른손으로 왼쪽 손목을 잡아당겼다. 그러자 장난감처럼 간단히 팔이 빠져 버렸다. 문자 그대로 어깨 아래쪽이 사라진 것이다. 하지만 새로운 팔이 순식간에 생겨났다. 그러나 중력을 견디지 못하고 곳곳의 살점이 점토처럼 늘어나 땅에 떨어졌다.

"……역시 「흑진왕」의 짓입니까?"

"아니. 우리가 너무 어렵게 생각했다. 어이없도록 단순한 일이었어."

평원으로 눈을 돌린 「무모왕」은 전장을 덮듯 손을 펼쳤다.

"마침내 모든 것이 여기에 모였다. 이제 잔꾀는 필요 없다. 지금부터는 강자만이 살아남는 투쟁으로 바뀔 것이다."

주먹을 쥔 「무모왕」은 감정을 폭발시켜 웃는 형상을 만들었다.

"「정령왕」도 나오겠지. 이 상황은 간과할 수 없을 테니까."

"……「왕」이시여. 왜 이 상황에서 기뻐하십니까……?"

지금껏 조용히 있던 키마이라가 불신감 가득한 목소리로 말했다.

짜증을 숨기지도 않고 언성을 높이면서도 참으려고 하는지 크게 몸을 떨고 있었다.

"현재 이쪽의 전력은 그란츠와 동등합니다. 북방에서 오던 원군도 끊겼습니다. 그란츠 황녀가 이곳에 나타났다는 것은 「무명」이 패배했다는 뜻. 요컨대 베로나마저 잃었다는 뜻입니다."

키마이라는 분한 듯 입술을 깨물어 피를 흘렸다.

동포를 잃은 슬픔이 그의 음성에서 느껴졌으나 그런 격정도 「무모왕」의 심금을 울리지는 못한 것 같았다.

"그게 어쨌다는 것이지. 약하기에 죽었다. 그런 녀석들을 위해 슬퍼할 필요는 없다. 결국은 죽었을 테니."

비집고 들어갈 틈도 없이 차갑게 단언하는 말에 키마이라는 일순 입을 다물었으나, 용기를 돋우듯 땅을 치고 목소리를 짜냈다.

"그것뿐만이 아닙니다. 「흑진왕」도 놓치지 않았습니까. 녀석을 풀어 두는 것은 너무 위험한 것 같은데 「왕」께서는 어찌 생각하십니까?"

"왜 모르지."

노을을 등진 「무모왕」은 낙담하며 키마이라를 돌아보았다.

"이미 「흑진왕」은 내 손안에 있지 않나."

섬뜩한 선언과 함께 「무모왕」의 짙은 웃음은 그림자 속으로 사라졌다.

하지만 그의 팔을 휘감듯 달라붙은 멍은 석양을 받아 빛나고 있었다.

*****

무슨 일이든 끝은 존재한다.

그것은 저항할 수 없는 일이다. 시시각각 변화해 간다. 생물이라면 수명이 줄어들고, 하늘이라면 날씨가 바뀌고, 대지라면 시간 경과와 함께 경치가 바뀐다.

초록빛 평원이었던 곳도 예외는 아니어서, 붉게 물드는 평원 여기저기에 많은 병사와 「괴물」의 시체가 흩어져 있었다.

석양이 지평선을 지배하는 시간에도 「괴물」과 인족은 시체가 넘쳐 나는 평원에서 충돌했다.

쓰러지는 시체는 인족이 더 많았다.

하지만 어느 쪽이 우세한지는 일목요연했다.

「아군」을 주축으로 한 연합군은 그란츠 정예병의 조력을 얻어 아침과는 딴판으로 공세에 나선 상태였다.

무너지던 전선은 회복됐고, 적을 밀어내는 데 성공한 그들의 사기는 높아졌다. 이 기세라면 「괴물」도 쉽게 섬멸하겠다고 모두가 생각했지만 인족인 이상은 체력의 한계를 피할 수 없었다. 욕심을 부리다가는 오히려 밀릴 것이다.

그렇다 보니 물러나는 순간이 중요했는데, 현재 그란츠군을 이끄는 사람은 붉은 머리 황녀였다. 수많은 전장을 겪은 그녀가 물러날 때를 잘못 짚을 리도 없었다.

"일단은 승리라고 해도 되겠지."

머리 위로 짐승의 귀가 난 백발 여성이 그렇게 중얼거렸다.

메테오아라는 이름을 가진 「이장족」(알브)과 「수족」(앤스로)의 「반인」(하프)이었다.

그런 그녀 주위에는 많은 「괴물」이 쓰러져 있었다. 전부 급소를 단박에 꿰뚫린 것 같았다. 그것만 봐도 그녀의 역량은 헤아릴 수 있었다.

많은 시체 속에 누운 소년— 히로는 하늘을 올려다보다가 시선만 돌려 그녀를 보았다.

　"그란츠군이 측면에서 쳤을 때 승패는 결정됐어. 연계도 잘 안 되는 「괴물」치고는 오래 버틴 편이야."

　"전장의 흐름을 잘 이해하고 있잖아……. 그럼 왜 똑같이 안 했지? 그 「눈」이 있으면 쉬운 일이었을 텐데."

　히로의 머리를 손바닥으로 가볍게 때린 메테오아는 근처에 앉아 피곤한 듯 깊은 한숨을 쉬었다.

　"글쎄. 「눈」으로 보여도 그걸 실행하는 건 어려워."

　"얘기를 얼버무리는 버릇은 못 고쳤구나. 여전한 것 같아서 안심했어."

　"너야말로 지금껏 서버러스로 둔갑하고 있었다는 걸 전혀 가르쳐 주지 않았잖아……. 당연히 나는—."

　이어질 말을 막듯 메테오아는 쓴웃음을 짓고서 히로의 머리를 쓰다듬었다.

　"죽었어. 나는 그때 정말로 죽었어. 이렇게 그녀의 뒷모습을 볼 수 있을 줄은 몰랐어."

　메테오아는 눈을 가늘게 뜨고 전선에서 싸우는 리즈를 바라보았다.

　"그녀는 강해졌어. 네가 안심해도 될 만큼."

　"맞아. 하지만 아직 부족한 게 있어."

　히로가 말하자 메테오아는 난제를 받은 학생처럼 신음했다.

　"……그건……."

말은 이어지지 않았고, 전란의 바람이 메테오아의 연약한 목소리를 지웠다.

"태도를 보아하니 리즈에게 설명했나 보네."

"납득하지는 못한 것 같았지만 말이지. 다른 방법을 모색하겠다고 했어."

"그런가……. 역시나……."

우울한 표정을 지은 히로가 몸을 뒤척이자 메테오아는 즉각 손을 뻗어서 그의 목을 잡아 자신의 무릎으로 끌어당겼다.

"이상한 기색을 보이면 이대로 목을 부러뜨릴 거야."

"너는 변함없이 과격한 행동만 하는구나."

"너한테는 듣고 싶지 않아."

메테오아는 쓰게 웃었다가 어깨를 살짝 떨구고 머리에 난 짐승 귀를 늘어뜨렸다.

"사과해야 할 게 있어. 나는 4대 무녀공주를 구할 수 없었어."

"낙심하지 않아도 돼. 패배한 이상, 붙잡았더라도 자결했을 거야. 스스로 죽으려 하는 자는 아무도 막을 수 없어."

메테오아는 아득한 눈으로 중얼거리는 히로에게 말을 걸려고 했지만 곧장 말이 이어져서 그러지 못했다.

"바움 소국이 혼란에 빠질 일도 없어. 이미 손을 써 뒀으니까."

"뭐라고?"

"새로운 무녀공주를 옹립해 뒀어. 4대 무녀공주 스트라이아가 모습을 감추면서 약간 소동이 인 것 같았고."

메테오아는 놀라서 눈을 크게 떴지만, 생각해 보니 히로라면 두세 수 앞을 예측하더라도 이상하지 않았기에 납득했다. 4대 무녀공주가 생존했을 가능성도 고려하여 사전 작업을 해 뒀을 것이 틀림없다.

"그 인물은 신용할 수 있나?"

메테오아가 묻자 히로가 똑바로 시선을 보냈다.

"당연히 너지."

"뭐라고?"

"바움 소국이 납득할 수 있는 인재여야 했어. 네가 적임이었어. 다음 무녀공주로 삼기 위해 「정령왕」이 되살렸다고 하니까 납득하더라."

바움 소국의 백성은 「정령왕」이라는 이름이 나오면 약하다. 하지만 아무 직함도 없는 일반인이 그렇게 발언했다면 콧방귀도 뀌지 않았을 것이다. 그러나 말한 사람이 「흑진왕」이라면 믿을 수밖에 없다. 「5대 천왕」의 이름은 그만큼 무거웠다. 사람들에게는 「신」과 같은 존재였다.

머리를 싸매는 메테오아를 보고 히로의 표정에 회고가 밀려들었다.

"레이가 바란 일이었어."

그 이름이 나오자 메테오아는 아까보다도 더 눈을 크게 떴다.

"레이는 2대 무녀공주로 너를 강하게 추천했어. 1000년 전의 대전으로 사망하면서 그건 이루어지지 않았지만……."

"내게는 그만한 자격이 없는데……."

초대 무녀공주의 기대를 배반했다는 죄악감, 그리고 새로운 무녀공주로 지명된 중압. 두 가지 감정이 마음속에서 싸우고 있는지 메테오아는 복잡한 표정을 지었다.

"그렇지 않아. 네게는 자격이 있었어."

"뭐?"

"안팡 삼림—「성역」에 들어갈 수 있는 걸 이상하게 여기진 않았어?"

히로가 재소환되었을 때, 서버러스는 리즈와 함께 안팡 삼림에 있었다.

그란츠 황족만이 출입할 수 있는 영역에 그녀는 들어가 있었다.

"그러니까 신경 쓰지 않아도 돼. 무녀공주라는 역할이 본래 적임자에게 맡겨졌을 뿐이야."

그때부터 「정령왕」의 기척은 느껴지지 않았으니 누구든 들어갈 수 있는 상태였을지도 모른다. 하지만 초대 무녀공주가 메테오아를 후계자로 지명했던 것은 사실이다. 히로는 거짓말도 하나의 방편이라며 마음속으로 메테오아에게 사과했다.

"으, 으음…… 어쨌든 때리지는 않겠어."

팔을 휘두른 메테오아의 뒤에서 피가 튀었다.

「괴물」이 빈틈을 노리고 달려든 것이다. 하지만 메테오아에게 잘게 썰려서 대지에 가라앉게 되었다.

주위에서도 「괴물」 토벌이 끝을 맞이하려고 했다. 전선에서도 그란츠 정예병의 기세에 밀려 완전히 붕괴된 「괴물」들이 등을 돌리고 달아나기 시작한 상태였다.

"쓸데없는 일을 늘린 원한은 잊지 않겠지만."

"정체를 숨겼던 것에 대한 벌이야."

"용서하지 않을 건가?"

"아니…… 살아 있어서 기뻐."

히로의 목소리는 상냥하게 감싸 안는 것 같았다. 되묻지 않아도 진심임을 알 수 있었다. 그것이 묘하게 기뻐서 메테오아의 꼬리가 크게 흔들렸다.

"그러고 보니…… 나는 안 때릴 거지만 리즈 님은 어떨지 몰라."

메테오아는 히로의 머리를 잡고서 전장을 걷기 시작했다.

그녀의 걸음이 향하는 곳은 리즈가 있을 장소였다.

*****

"어떻게든 버틸 수 있었나……."

보라색 피부를 가진 거한이 숨을 몰아쉬며 대검을 지면에 꽂았다.

온몸에서 땀이 샘솟아 얼굴에도 폭포수처럼 흘렀지만 닦지는 않았다.

새삼 땀을 닦아 봤자 소용이 없기 때문이다.

그래서 신경 쓰는 기색도 없이 날카로운 눈빛으로 주위를 둘러보았다.

"내일도 싸움은 계속돼……. 이 이상은 힘들겠지만."

그란츠의 정예병이 합류하며 병력 차이를 좁힐 수는 있었다.

하지만 지금까지 계속 싸운 연합군의 피로가 없어진 것은 아니었다.

앞으로 있을 싸움의 불안 요소를 꼽자면 병사들에게 축적된 피로라고 할 수 있을 것이다.

"피로 때문에 향후 싸움에서는 제 역할을 못 할 가능성도 커."

가더는 한동안 숨을 고르고 있었지만, 오른쪽에서 노성이 들려서 무기를 들고 험악한 표정으로 그쪽을 보았다.

"……후긴, 놓으세요. 그 녀석을 죽여야 직성이 풀리겠어요."

"안 된다니까요. 누님이 여길 떠나면 전열이 무너져 버려요."

근처에서 후긴이 루카를 뒤에서 제압하고 있었다.

"하지만 「금강저」로 한 대라도 때려야 기분이 풀릴 것 같아요."

"나중에 때리면 되죠. 그때는 말리지 않을 테니 마음껏 때려 주세요."

히로와의 계약이 해제된 이후로 루카는 줄곧 죽이겠다고 외치고 있었다.

두통을 느낀 가더는 이마를 짚으며 무닌을 불렀다.

"부상자를 후방으로 옮겨. 무리해 봤자 개죽음당할 뿐이니까."

"넵. 바로 지시를 내리겠습니다."

"그리고 대열을 정돈한다. 일단 괴물들을 밀어낸 다음, 후방으로 물러난다. 상대의 전열이 무너질 때까지 그걸 반복한다."

"예이. 하지만 역시 오늘은 끝이지 않을까요?"

"보통 같았으면 상대도 후퇴를 시작했겠지만……."

가더는 눈을 가늘게 뜨고서 지평선 너머로 가라앉는 석양을 바라보았다.

"인족과 달리 괴물은 밤눈이 밝은 녀석이 많아. 혹시 모르니까 조심해야겠지."

"알겠습니다."

힘차게 고개를 끄덕인 무닌이 말의 배를 차고 전장을 달려 나갔다.

그 모습을 바라보던 가더는 깊이 숨을 들이쉬고 단숨에 내뱉었다.

그리고서 대검의 칼날을 어깨에 얹고 다시 전장으로 달려갔다.

제2장 각각의 싸움

파죽지세로 바닐 3국의 바나헤임 교국을 돌진하는 군세가 있었다.

해가 저물려고 하는데도 사기는 떨어지지 않았고 피로는 보이지 않았다. 검을 들고서 전진 이어가고 있었다.

여기저기 흩어진 문장기는 전부 여섯 나라를 나타냈다.

그중에서 한층 눈에 띄는 것은 아직 대관하지는 않았으나 통일왕 후보가 된 루시아 여왕을 옹립한 앙귀스군의 문장기였다.

전선에서도 앙귀스군의 기세는 무시무시하여 「이장족」 정예들도 진격을 막지 못하고 분쇄될 뿐이었다. 앙귀스군의 눈에는 전방에 있는 바닐 3국의 성도밖에 안 보였다.

여섯 나라는 이곳에 이르기까지 고생다운 고생도 하지 않았다. 그도 그럴 것이 바닐 3국의 주력이 그란츠에 가 있어서 작은 저항은 있어도 여섯 나라의 진격을 막을 만한 전력은 남아 있지 않았다.

그렇게 양군이 뒤섞인 평원에 한층 화려한 간이식 천막이 존재했다.

그 안에는 포도주를 마시며 전장을 바라보는 요염한 여성─ 루시아가 있었다.

주위에서는 참모들이 바쁘게 작업에 몰두해 있었다.

하지만 그들의 여왕인 루시아는 아무런 지시도 내리지 않고 부하들의 작업을 지켜보며 술을 즐기고 있었다.

여섯 나라가 그만큼 여유롭다는 증거라고도 할 수 있었다.

"루시아 님. 싸우지도 않고 항복하는 자가 끊이지 않습니다."

오랫동안 루시아를 보좌한 측근 셀레우코스가 루시아의 은잔^{고블릿}이 빈 것을 깨닫고 새 포도주를 따랐다.

"그런가. 시시하구나. 마음이 꺾인 「이장족」 따위 두려워할 필요도 없지. 꿍꿍이속이 있을 가능성도 있지만— 뭐, 이 상황에서는 아무것도 못 할 것이다."

포도주를 단숨에 들이켠 루시아는 은잔을 쿵 내려놓고 입가를 닦았다.

"지금은 전력을 성도에 집중하고 싶구나. 쓸데없는 실랑이는 필요 없다. 나의 군대에 투항하겠다고 하면 받아들여라. 거역한다면 가차 없이 도시를 파괴해라. 그러면 입을 다물겠지."

자리에서 일어난 루시아는 천막 밖으로 나가 쇠부채를 펼쳐 입가를 가렸다. 그리고 날카로운 시선을 전장에 보냈고, 그 후방에 보이는 성도를 노려보았다.

"성도를 함락한다면 신자들을 구속할 수 있을 것이다. 녀석들을 인질로 잡으면 추기경들도 내게 머리를 숙일 수밖에 없겠지……. 일신을 보존하고 싶다면 말이야."

향후를 생각하면 유쾌한 결과다. 그란츠와 싸우느라 많은 병사를 잃었지만 다시금 여섯 나라의 전력이 보강될 것이다.

나라 기사왕국과 크와실 숭국의 동향이 신경 쓰이지만, 성도를 인질로 잡으면 두 나라도 루시아를 따를 수밖에 없다.

역사적인 건축물과 유물, 귀중한 물건들을 약탈당하고 싶지 않을 테고, 파괴당할 가능성도 고려하면 맞서지는 않을 것이다.

"생각보다 더 쉽게 바닐 3국을 병탄할 수 있을 것 같구나. 내 수중으로 알아서 굴러 들어왔어."

"피해도 경미하니…… 다시 그란츠에 도전하실 겁니까?"

"승기가 있다면 당연히 재도전도 고려해야지."

바닐 3국을 흡수하면 여섯 나라의 전력은 대폭으로 증강된다. 그냥 놀리기 아까울 정도다.

그렇다면 다시 그란츠 대제국에 싸움을 걸어서 한바탕 파란을 일으키는 것이 즐거우리라.

겸사겸사 「무모왕」도 내쫓는다면 그란츠 귀족 중에서도 여섯 나라에 붙는 자가 나올 것이다. 그렇게 되면 여섯 나라의 승리는 확고해질 터다.

여하튼—.

"불안한 점이라도 있느냐?"

루시아는 까다로운 표정을 짓고 있는 셀레우코스에게 물었다.

그러자 그는 어깨를 으쓱이고서 의문을 입에 담았다.

"저쪽은 어쩌고 있을까 싶어서 말입니다. 밀정이 정보를 하나하나 보내지만, 거리가 있다 보니 시차가 생깁니다."

확실히 셀레우코스의 말대로 그란츠의 정보는 밀정이 보내지만 다음 보고에서는 전혀 다른 전개가 되기도 했다.

보고받을 때마다 바뀌는 결과에 그때그때 맞춰서 대응해야 하지만 아무래도 정보가 적었다.

그래도 저쪽의 결과가 어찌 되든 이쪽이 실패하지 않으면 문제없다고 루시아는 생각하고 있었다.

"그란츠가 이기든 지든, 바닐 3국의 병사를 많이 죽여 준다면 문제없겠지."

바닐 3국이 이기면 그들은 그란츠를 계속 진군할 테고 루시아는 시간을 벌 수 있을 것이다. 패배하여 돌아오더라도 극한까지 피폐해진 바닐 3국의 병사 따위 상대가 되지 않는다. 그전에 드랄 대공국에서 도적 취급을 받고 처분당할 것이다.

"우리의 승리는 확고하다. 성도를 함락한 다음, 녹초가 되어 돌아온 바닐 3국의 병사들을 검과 창으로 따뜻하게 맞이해 주면 돼."

즐겁게 웃은 루시아는 쇠부채로 얼굴을 가리고 어깨를 떨었다.

하지만 문득 생각난 것처럼 고개를 들었다.

"슈타이센의 동향은 어떻지? 지금 우리를 위협할 수 있는 것은 녀석들의 움직임이다."

"밀정이 보고하길, 자유의 민족과 슈타이센의 국경 부근에서 여전히 움직이지 않는다고 합니다."

"하지만 방심은 금물이다. 최고 의장이 나가 있다고는 하지만 전군을 데려간 것은 아니야. 슈타이센의 움직임에는 세심한 주의를 기울여야 해."

성도가 눈앞에 있는데도 신중한 태도를 보이는 루시아의 모습에 의문을 느꼈는지 셀레우코스가 고개를 갸웃했다.

"그렇게까지 경계할 필요가 있을까요? 슈타이센이 움직이더라도 여기까지 오려면 자유의 민족과 크와실— 작다고는 해도 두 나라를 횡단해야 합니다. 제 생각에 이곳에 올 가능성은 작을 것 같은데요……."

"그란츠와 척지는가, 그란츠 편에 붙는가. 어느 쪽이 이익이라고 생각하느냐?"

"그란츠의 영토는 넓으니, 그 광대한 자원지를 확보할 수 있다면 척지는 게 이득이겠죠. 무엇보다 그란츠 남방에서도 이변이 일어난 것 같고, 지금 상황을 이용하면 슈타이센은 손쉽게 땅을 차지할 수 있을 겁니다."

"나는 그렇게 생각하지 않는다."

그란츠의 영토는 확실히 매력적이지만 섣불리 건드리면 간단히 손을 뺄 수 없게 된다. 복잡한 틀에 사로잡힌 순간, 어느 한쪽이 쓰러질 때까지 계속 싸워야만 한다.

영토를 차지하더라도 지켜 낼 수 있을지 알 수 없다.

그리고 빼앗은 영지가 전장이 되어 토지는 황폐해지고 자원도 잃을 것이다. 그렇다면 안전한 곳을 빼앗는 편이 현명하다.

자유의 민족은 바닐 3국을 따라 움직였다. 그들의 영토가 허술해진 지금, 그쪽을 노리는 편이 이득이 더 많다.

무엇보다 그곳을 빠져나가면 여섯 나라의 공격을 받아 혼란에 빠진 바닐 3국이다.

"최고 의장이란 녀석이 본능을 따를지, 아니면 이성을 따를지. 어느 쪽을 선택하느냐에 따라 우리의 운명은 정해지겠지."

그 후에 기다리는 것은 결과뿐이다.

어느 곳이 지고, 어느 곳이 이기고, 누군가가 웃고, 누군가가 울고, 생사의 갈림길에서 답이 도출된다.

즉, 지금 세계는 수렴하고 있었다.

그 중심에는 틀림없이 그란츠가 존재했다.

승패와 관계없이 후세에 전해지리라.

시간과 장소가 달라도 현세의 권력자들은 예외 없이 역사에 이름이 새겨질 것이다.

그리고 루시아는 가장 눈에 띄는 곳에 이름이 새겨지고 싶었다.

"언제까지고 그란츠만 주역인 것도 지겹겠지."

뺨에 한쪽 손을 올리며 루시아는 황홀한 숨을 토했다.

*****

슈타이센 공화국은 원래 여러 나라로 나뉜 연방 국가였다.

400년쯤 전, 중앙 대륙 남방의 지배권을 둘러싸고 싸우던 세 나라— 리히타인 공국, 요툰헤임 왕국, 니다벨리르 왕국이 그란츠 대제국의 위협에 대항하기 위해 동맹을 맺은 것이 시초다.

이윽고 리히타인 공국이 공화국에서 독립하며 남은 두 세력이 중심이 되어 슈타이센 공화국을 운영했다. 그것은 현대에도 변함없으나 근래 들어 불온한 양상이 보였다.

3년 전, 당시의 원로원 최고 의장이 죽으면서 새로운 의장을 선출하게 되었고, 그 자리를 손에 넣기 위해 양대 세력이 격렬하게 싸우기 시작했다.

독살을 시작으로 배신과 모략이 펼쳐지며 슈타이센 공화국은 둘로 쪼개져 내전에 돌입했다.

하지만 그란츠 대제국의 개입으로 「수족」 중심인 요툰헤임파가 「소인족」 중심인 니다벨리르파에게 승리하며 다시 슈타이센 공화국은 하나가 되었다.

현 최고 의장은 스카디 베스틀라 미하엘.

그녀는 현재 요툰헤임파의 본거지인 트림하임에 돌아와 있었다.

요툰헤임은 「수족」을 중심으로 번영한 지역이었다.

그래서 본거지인 트림하임의 서쪽에는 대부분 「수족」이 살았다.

게다가 요툰헤임령은 슈타이센 내 유일한 평원 지대에 있어서 전망 좋은 지평선이 사방에 펼쳐져 있었다.

서쪽으로 가면 비옥한 토지를 거름 삼은 곡창 지대가 존재했다.

동쪽으로 가면 세계 최대의 사냥터를 관리하는 가스트로프 니르라는 성곽 도시가 있었다. 그곳에서는 지형을 살려 말의 품종을 개량했고 각국에 수출하여 요툰헤임의 부를, 더 나아가 슈타이센 공화국의 경제를 지탱하고 있었다.

「소인족」이 대장일의 달인이라면 「수족」은 육성의 달인이었다. 최고의 무구를 만드는 「소인족」과 최고의 「군마」를 키우는 「수족」의 공존. 그것이 슈타이센 공화국에 안정을 가져왔고 강국으로 살아남은 이유였다.

"아직 멀었나?"

스카디가 하품을 하며 말하자 근처에 있던 측근이 쓴웃음을 지었다.

"자신들의 존재 의의를 주장하는 자리이기도 하니까요. 한동안 계속될 겁니다."

"그런가…… 귀찮네."

스카디는 권태로운 표정을 지으며 다시금 주위를 둘러보았다.

그녀는 지금 트림하임에 설치된 최고 의회에 있었다.

원형으로 만들어진 회의장에 각지의 대표자가 자리해 향후 방침 등을 논하고 있었지만, 그란츠와 관련된 이야기가 나오자 의회는 시끄러워졌다.

지금이야말로 그란츠를 멸망시킬 기회라고 외치는 자도 있었고, 현재의 우호 관계를 유지하며 함께 싸워야 한다고 주장하는 자도 있었다. 그 밖에도 앞선 전쟁으로 리히타인에 뺏긴 관문을 되찾아 잘레강을 다시 막아야 한다고 말하는 자도 있었다.

그렇게 의논이 백열화하며 다양한 주장이 나오게 되었다.

황당무계한 주장부터 현실적인 주장까지 실로 다종다양한 의견이 많이 나왔지만 의제는 전혀 진행되지 않았고, 피가 거꾸로 솟은 몇몇 의원이 욕하기 시작하더니 끝내는 주먹다짐으로 발전했다. 처음에는 스카디도 재미있어서 박수를 보냈으나 이제는 질려 버린 상태였다.

"최, 최고 의장님…… 그란츠를 공격해야 합니다."

니다벨리르파에 속한 이가 숨을 헐떡이며 그렇게 말했다.

의복은 군데군데 찢어졌고 코피도 나고 있었다. 딱한 모습으로 난데없이 자신을 이야기에 끌어들여서 스카디는 힘껏 웃음을 참아야 했다.

하지만 웃고만 있을 수도 없었다. 또 난투극이 시작될 수도 있기 때문이다.

구경하는 것도 질리던 차라 스카디는 자신의 의견을 말하기로 했다.

"기각이야."

"어째서죠? 남방 귀족은 베투라는 절대적인 지주를 잃고 혼란에 빠졌습니다. 그란츠 남방을 차지할 절호의 기회라고 생각하는데요……."

"재미없잖아. 약해진 그란츠를 쳐 봤자 누가 칭찬해 주겠어? 슈타이센이야말로 강자라고 누가 인정해 주겠어?"

베투가 건재하여 남방이 만만치 않은 상태였다면 즐거운 상황을 만들 수 있었을 것이다.

베투를 잃은 남방과 싸워도 결과는 뻔하다.

그런 싸움은 재미없다.

전쟁에 즐거움을 추구하는 「수족」으로서 결코 가슴이 뛰지 않을 것이다.

"국가를 생각하면 그런 사사로운 감정은 하찮은 사안입니다. 그란츠 남방을 함락하면 슈타이센 공화국은 더 큰 번영을 이룰 수 있습니다."

확실히 그의 주장은 틀리지 않았다.

그란츠 대제국을 공격해서 영토를 확대하는 수단도 일리 있었다.

많은 남방 귀족은 이쪽에 투항할 것이다. 하지만 저항 세력이 생기는 것도 필연이었고, 그들을 상대하면 슈타이센 공화국은 피폐해진다. 그리고 만약 그란츠가 쓰러진다면 「무모왕」의 힘도 커질 것이다.

그의 목적이 무엇인지는 알 수 없으나, 1000년 전처럼 마족^{조로스터} 지상주의를 내세운다면 슈타이센 공화국도 표적이 될 가능성이 크다.

더 큰 문제는 그란츠가 이겼을 때다.

뒤통수를 쳤으니 그란츠는 슈타이센을 절대 용서하지 않을 것이다. 그러면 모처럼 영토를 손에 넣어도 유지하기 어렵다. 전쟁에 휩쓸린 토지는 사람이 사라지며 황폐해진다.

설령 간신히 승리를 거머쥐더라도 타국이 개입해서 실속은 전부 빼앗긴다.

아니면 슈타이센 공화국 내부에서 「수족」에게 원한을 가진 「소인족」이 다시 반란을 일으킬지도 모른다. 그렇게 되면 리히타인 같은 이웃 나라가 호응해서 공격해 올 것이다. 그란츠와 똑같은 처지가 될 수도 있다.

　최고 의장의 입장에서 판단한다면 이 상황을 조용히 지켜보고 싶지만, 「수족」으로서는 가만히 보고 있는 것도 재미없다. 어쨌든 즐거움을 사랑하는 종족이었다.

　"제대로 말씀을— 으억?!"

　스카디는 따져 든 의원의 머리를 움켜잡고 다른 의원들을 둘러보았다.

　"앉아서 멸망을 기다리는 것과 날뛰며 멸망을 맞이하는 것. 어느 쪽이 즐거울 것 같아?"

　답은 명백했다. 다들 눈에 투지를 불태우고 있었기 때문이다.

　"한 가지 제안이 있어. 「소인족」의 의견도 소중히 여기고 싶으니까."

　괜히 원한을 사서 반란이 일어나도 재미없다. 약간의 양보가 필요할 것이다.

　"그란츠에 은혜를 베풀어서 나중에 많은 보상을 받는 거야."

　붙잡고 있던 의원의 머리를 놓자 그는 얼굴을 찌푸리며 의문을 제기했다.

　"그, 그럼 그란츠에 원군을 보내겠다는 겁니까?"

　"아니. 지금부터 준비해서 가도 늦어."

　"그럼 어쩌려는 겁니까?"

　"그란츠 말고 다른 데도 좀 봐. 서쪽에 자유의 민족이 있잖아. 그 녀석들의 영토를 전부 먹어 치우는 거야."

　"그, 그건 좋은 생각이군요……."

자유의 민족과는 오랫동안 으르렁댔다. 국경 부근에서는 소규모 분쟁이 다발했다. 그 성가심으로부터 해방되고 게다가 영토도 확대할 수 있으니 불만 따위 없을 것이다.

"그리고 별동대를 조직할 거야. 내가 직접 이끌겠어."

"두 방향으로 진군하는 겁니까?"

"무슨 소리야. 더 서쪽에는 바닐 3국이 있어. 거기도 덮쳐야 재미있지."

그란츠에 은혜를 베풀 뿐만 아니라 판도까지 더 확대할 수 있다.

반론할 여지가 없을 터다.

주위를 보니 많은 이가 스카디에게 찬성하는 것 같아서 내심 가슴을 쓸어내렸다.

"……일단 빚은 갚았어."

작은 목소리로 중얼거린 스카디는 한 소년을 머릿속에 떠올렸다.

얄밉지만 압도적인 힘을 가진 「왕」.

딱 한 번 본능을 억누르지 못하고 싸움을 걸었다가 지고 만 것이 일의 시작이었다.

"나머지는 이쪽에서 멋대로 즐기겠어."

빚은 갚았다. 남방이 한심한 결과를 내지 않기를 기도할 뿐이다.

스카디는 그란츠 남방에 유능한 자가 있기를 빌었다.

*****

그란츠 남방의 대도시 선스피어.

상업과 무역으로 번성한 도시로, 5대 귀족 중 하나인 무주크 가문의 지배하에 있었다. 도시의 중심에는 무주크 가문의 거성인 황금궁이 자리하여 지대한 존재감을 뿜어냈다.

황금궁은 선스피어에 사는 주민들의 자랑거리이기도 했고, 무주크 가문의 권력을 상징하는 건축물이기도 했다. 그래서 구경하러 오는 관광객이 드물지 않았다. 하지만 오늘만큼은 화기애애한 분위기가 아니라 흉흉한 분위기에 휩싸여 있었다.

황금궁 정문에서 많은 병사가 서로를 노려보고 있었다.

남방 병사가 궁전에 들어가려는 것을 동방 병사가 막고 있는 상황이었다.

원래 같았으면 입장이 반대겠지만, 복잡한 사정이 얽히며 기묘한 구도가 만들어졌다.

무주크 가문의 가주가 누군가에게 암살당한 것에서 기인한 일이었다.

게다가 남방의 유력자들도 소동에 휘말려 많이 죽었고, 그것을 발견한 것이 동방 측이었기에, 소식을 들은 남방의 병사들이 노하여 궁전에 밀어닥친 것이다.

일촉즉발이라고 해도 과언이 아닌 상황이었으나, 동방 병사들의 선두에 있는 남성이 필사적으로 달래며 최악의 사태는 피하고 있었다.

"부디 진정하게. 일단 얘기만이라도 들어 주지 않겠나!"

그는 남방의 일부인 글린다령을 맡은 세리아 에스트레야 6황녀의 외숙 루젠 키오르크 폰 글린다 변경백이었다. 평소에는 온화하게 늘 웃고 있는 자상한 남성이지만 이번만큼은 귀기가 감도는 남방 병사들 앞에서 얼굴을 굳히고 있었다.

『그렇다면 비켜. 왜 안 들여보내지? 우리에게 확인시키고 싶지 않은 것이라도 있나!』

"그런 게 아니네. 일단은 진정하고 얘기부터 하고 싶은 거야"

냉정하지 못한 남방 병사들이 참살당한 주인의 시신을 본다면 정상적인 판단을 내리지 못할 것이다. 이대로 그들을 들여보내면 황금궁에서 새로운 피가 대량으로 흐르리라.

『역시 너희가 베투 님을 죽인 것 아닌가?』

아무리 설명해도 남방 병사들은 동방파가 베투를 암살했다고 주장했다.

베투의 시신을 보여준다고 해도 그 평가는 달라지지 않으리라고 단언할 수 있었다. 오히려 불난 집에 부채질하는 꼴이 될지도 모른다.

"기다리게. 처음부터 주장했지만 우리는 그들을 암살하지 않았어. 여기 증거가 있네."

글린다 변경백은 잘 보이게 물건을 들었다.

무주크 가문의 가주 베투가 여섯 나라 및 바닐 3국과 내통하던 편지 뭉치였다.

그래도 남방 병사는 말을 듣지 않았다. 분노가 더 큰지 이야기를 나누려고 하지 않았다.

『베투 님이 나라를 위해 얼마나 애쓰셨는데 그란츠를 배신할 리가 없어. 네놈들이 날조한 가짜 증거겠지! 남방의 배신자 변경백!』

지금 자신이 남방의 지지를 얻지 못하고 있음을 글린다 변경백은 뼈아프게 이해하고 있었다. 남방 귀족이면서 동방 귀족에게 협력하고 있으니 남방 사람들은 탐탁지 않을 것이다.

하지만 그들을 배신한 적은 없었다. 글린다 변경백은 딱히 베투를 섬기지 않았다. 그란츠라는 나라에 충성을 맹세하고 있기에 그들의 주장은 도저히 받아들일 수 없었지만 반론해 봤자 상황만 악화시킬 뿐이다. 글린다 변경백은 꾹 참고 그들을 계속 달랬다.

"사실이네. 가짜라고 생각한다면 필적을 확인해도 좋네. 일단은 진정하게. 그래야 뭐든 시작할 수 있지 않겠나!"

『닥쳐, 배신자!』

병사가 검을 뽑으려 들었고 글린다 변경백은 절망했다.

한 식구끼리 싸우고 있을 때가 아닌데 왜 이렇게 이야기를 들어 주지 않는 걸까. 방어 본능이 작동하여 글린다 변경백도 허리춤으로 손을 가져갔을 때—.

"여러분, 글린다 변경백의 이야기를 들어야 합니다."

살벌한 분위기를 가르며 고아한 목소리가 울렸다.

글린다 변경백 앞에 모여 있던 남방 병사들이 좌우로 갈라졌다.

그렇게 생겨난 길로 한 소녀가 위풍당당이 걸어왔다.

낯익은 모습이라 글린다 변경백은 눈을 크게 떴다.

"로잉 양……."

눈앞까지 온 그녀는 우아하게 미소 지었다.

"오랜만에 뵙네요. 글린다 변경백."

그녀는 5대 장군이었던 트라이 흘린 폰 로잉의 손녀였다.

조부가 반란을 일으킨 여파로 그녀의 집안인 로잉 가문은 쇠퇴할 뻔했지만, 일찌감치 연을 끊어서 치명상은 피할 수 있었다.

그러나 그냥 두는 것은 위험했기에 지금은 글린다 변경백이 비호라는 명목으로 감시하고 있었다.

하지만 로잉 가문은 불온한 움직임을 보이지 않았다.

오히려 로잉 가문은 외동딸을 인질로 바치듯 문관으로서 중앙에서 일하게 했다. 그래서 그녀가 이 자리에 나타난 것에 글린다 변경백은 놀라고 말았다.

그런 그를 내버려 둔 채 그녀는 뒤돌아 남방 병사들을 둘러보았다.

"베투 님을 잃은 슬픔은 이해가 갑니다. 하지만 분노하여 이성을 잃어서는 안 됩니다."

그녀의 이름을 모르는 자는 없었다.

이제 막 문관이 된 그녀에게 공적 따위 존재하지 않지만 전 5대 장군 로잉의 손녀였다. 게다가 로잉은 남방을 수호했었기에 여전히 지대한 영향력이 남아 있었다.

그런 그녀가 말을 꺼냈으니 배신자라고 욕먹는 글린다 변경백의 말보다도 귀를 기울일 것이다. 실제로 소동은 가라앉아서 다들 그녀를 진지한 표정으로 보고 있었다. 남방 병사 중에는 전 5대 장군 로잉에게 신세를 졌던 자도 많았다.

"대제도에 괴물 군세가 몰려들고 있습니다. 그런 긴급한 때에 남방과 동방의 사이가 틀어지면 적이 바라는 대로 되는 겁니다. 지금이야말로 일치단결할 때입니다. 안 그러면 그란츠라는 나라가 지도상에서 사라질 겁니다."

남방 병사들은 납득하지 못한 표정이었다. 하지만 그녀의 말도 타당했기에 누구도 이의를 제기하지는 않았다.

"일단은 대화를, 글린다 변경백의 이야기를 들읍시다. 여러분, 그란츠의 미래를 위해 부디 냉철하게 생각해 주세요."

그러면서 그녀가 머리를 숙여서 글린다 변경백도 즉각 머리를 숙였다.

"나도 부탁하겠네. 아무쪼록 얘기를 들어 주지 않겠나? 듣고 나서도 납득할 수 없다면 내 목을 바치겠네."

글린다 변경백의 말에 거짓은 없었다. 이들을 설득하지 못한다면 조카를 볼 낯이 없다. 그렇다면 한심하게 살기보다도 죽어서 사죄하는 편이 낫다.

"이렇게 부탁하네. 제발 얘기를 들어 주게."

노기는 옅어진 것 같았다. 대화에 응해 줄지도 모른다.

미약한 희망이 보여서 글린다 변경백은 가슴을 쓸어내리고 싶어졌다.

하지만 아직 안심할 수 없다며 속으로 자신을 질타했다.

그란츠에는 아직 문제가 수두룩했다.

가장 신경 쓰이는 곳은 중앙이지만, 북방의 「정령벽」도 마음에 걸렸다.

그곳을 막지 않는 한, 괴물이 끝없이 그란츠에 침입할 것이다.

그쪽은 무사할까. 베투에게 온 편지에는 북방의 5대 장군 헤르메스가 격파당했다고 적혀 있었다.

불안이 글린다 변경백의 마음을 짓눌렀다.

*****

"눈인가……."

헤르마가 가슴 높이까지 손을 올리자 손바닥에 눈이 내렸다.

체온에 녹은 눈은 물방울이 되어 손에서 떨어졌다. 그 모습을 바라보던 헤르마는 흐린 하늘을 올려다보았다. 우중충하여 앞이 보이지 않았다. 마치 그란츠의 현재 상황 같다며 혼자서 자조적으로 웃었다.

"오라버니, 슬슬 회의를 시작하죠."

뒤에서 부르는 소리에 돌아보자 여동생 프로디토스가 서 있었다.

제멋대로 구는 오빠를 군말 없이 따르는 자랑스러운 동생이었다.

하지만 그 탓에 혼기를 놓치고 있다는 것도 알고 있었다.

본인은 신경 쓰지 않는 것 같지만, 오빠로서는 이 전쟁이 끝나면 슬슬 안정된 가정을 꾸렸으면 했다.

그러나 북방에는 헤임달 가문의 격에 맞는 가문이 브로멜 가문밖에 없었다. 프로디토스는 모반을 일으킨 가문에 시집 가고 싶지 않을 것이다.

그럼 필연적으로 바깥으로 눈을 돌려야 하는데 그것도 받아들일 것 같지 않았다. 「정령벽」 탈환만큼이나 골치 아픈 문제였다.

어쨌든— 일단 동생의 장래는 둘째 문제다. 그 문제는 머리 한편으로 미루고, 헤르마는 눈앞의 문제를 해결하기로 했다.

"그래. 브로멜 가문의 귀족들은?"

군사 회의가 열리는 천막으로 걸어가며 동생에게 물었다.

"도착했어요. 우리 군대와 합치면 이제 7만이죠."

현재 두 사람은 「정령벽」 탈환을 목표로 멜라렌 근교에 야영지를 구축한 상태였다. 주위 귀족에게 자원을 원조받거나 병사를 파견받아 군세는 순식간에 불어났지만 그래도 아직 부족했다. 「정령벽」을 점거한 괴물들을 토벌하고 「미개척 영역」에서 새로 침입하는 이들을 막으려면 여전히 전력이 부족한 상황이었다. 북방의 모든 병력을 투입해도 밀어낼 수 있을지 미묘하다고 헤르마는 생각했다.

"헤르마 님! 헤르마 님 계십니까?!"

복잡한 표정으로 걷고 있는데 한 병사가 이름을 불렀다.

뭐가 그렇게 급할까. 헤르마는 크게 손을 흔들어 자신의 위치를 알렸다.

그러자 병사는 빠르게 달려와 한쪽 무릎을 꿇었다.

"바움 소국「흑진왕」폐하의 사자가 왔습니다."

"「흑진왕」폐하의……?"

"예. 어떻게 하시겠습니까?"

"당장 만나겠어. 프로디토스, 먼저 천막에 가서 설명해 줘."

"알겠어요."

동생이 떠남과 동시에 헤르마는 다시 병사에게 시선을 보냈다.

"사자에게 안내해 줘."

"예! 이쪽입니다."

병사를 따라 야영지를 나아가니 출구 근처에 나무 상자가 대량으로 쌓여 있었다. 물자 원조일까? 의아한 표정을 짓자 어떤 이가 눈앞에 와 한쪽 무릎을 꿇었다. 검은 장비를 착용한 병사— 소문으로 들은「아군」에 속한 자일 것이다.

"원래는 헤르메스 대장군에게 전달되어야 했지만…… 괴물의 진군으로 길이 막혀서 그러지 못했습니다. 죄송합니다."

"식량은 충분한데…… 대체 무슨 물자지?"

"이것들은 전부 정령 장비입니다."

"뭐라고? 이게 다?"

헤르마가 놀랄 만도 했다.

대량의 나무 상자에 전부 정령 장비가 들어 있다는 뜻이었다.

정령 무기 하나를 손에 넣으려고 전 재산을 날린 귀족을 헤르마는 많이 알았다. 그란츠 대제국에서도 대귀족 정도는 되어야 정령 무기를 소유할 수 있었다. 그 정도로 귀중한 장비가 눈앞에 대량으로 있다니 믿을 수가 없었다.

"……거짓말은 아니겠지?"

"직접 확인하시지요."

한 나무 상자로 다가간 헤르마는 뚜껑을 열었다. 그러자 훌륭하게 연마된 정령 무기가 모습을 드러냈다.

"……「흑진왕」 폐하, 감사합니다."

헤르마는 상자의 뚜껑을 움켜쥐며 감동하여 떨었다. 하지만 표정에 드러내지 않고 뒤돌아 병사에게 지시를 내렸다.

"내 친위대를 불러라. 이것의 경비를 맡기겠다."

"예! 바로 전하겠습니다."

"그리고 「흑진왕」 폐하의 사자님, 술과 식사를 준비하겠네. 물론 물자를 운반해 준 모든 이에게 제공하고 싶지만 이런 곳이다 보니 대단한 대접은 못 해. 이해해 주게. 하지만 최대한 신경 쓰겠네."

"감사합니다."

"아니, 그건 내가 할 말이야."

헤르마는 무심코 웃었다가 마음을 다잡고 자신의 뺨을 때렸다.

상황은 아무것도 변하지 않았다. 정령 장비라는 강력한 물자가 도착했지만 이것을 잘 다룰 자들에게 배급해야 했다. 단하나도 낭비할 수 없었다. 인선을 포함해 신중하게 일을 진행해야 했다.

하지만 어둠 속에 한 줄기 광명이 비친 것은 분명했다.

"아아…… 하늘도 우리 편이 되어 주는가."

문득 하늘을 올려다보니 구름은 걷히고 한 줄기 빛이 대지에 내리고 있었다.

*****

하늘은 검게 물들고, 구름 사이로 달이 얼굴을 내밀어 달빛을 비쳤다.

어둠이 밀려드는 세계에서도 태양은 저항하듯 여전히 서쪽 끝자락에 떠올라 있었고, 대지는 그 빛을 받아 붉게 물들어 있었다.

희미한 석양빛을 받으며 그란츠와 괴물 군세는 서로 거리를 두기 시작했다.

수많은 시체가 양군의 틈을 메꾸고 있었다.

탁 트인 평원인데도 발 디딜 틈 없이 죽음이 넘쳐흐르는 대지에 한 발짝 들어서면 부러진 검과 구부러진 창 등 온갖 장애물에 걸려 곧장 넘어질 것이다.

그래서 산 자는 밟아 나갔다. 넘어지지 않도록 발에 힘을 주고 후퇴했다.

그 광경을 리즈는 조용히 바라보고 있었다.

바람에 날리는 옆머리를 누르며 험악한 표정으로 괴물 군세를 응시했다.

"……사기는 떨어지지 않은 것 같네."

애초에 괴물에게 사기가 있는지도 의문이지만, 인족과 달리 지능이 낮은 그들은 본능대로 싸우는 구석이 있었다. 열세에 몰려 공포심이 생기면 도주를 선택한다. 우세하거나 분노에 지배되면 죽음을 두려워하지 않고 강행했다.

하지만 이번 싸움으로 한 가지 이해했다. 괴물 군세는 몇몇을 제외하면 대부분 무리 지어 생활하는 괴물로 구성되어 있었다. 그 부분을 무너뜨릴 수 있다면 완력이 뒤떨어지는 「인족」도 싸움을 유리하게 이끌 수 있을지도 모른다. 그 부분은 아우라가 합류하고 나서 판단하게 될 것이다. 그녀라면 좋은 작전을 생각해 낼 터다.

"리즈 님."

부르는 소리에 돌아보자 메테오아가 서 있었다.

"히로 녀석은 감옥에 처넣었어. 일단 「흑춘희(黑椿姬)」는 몰수했는데……."

흑동백 공주

그렇게 말하며 흑의를 내밀었다.

정령검 5제처럼 의지를 지닌 신기한 의류— 메테오아가 말하길, 이래 봬도 「용황검 5각」 중 하나라고 했다. 「흑진왕」의 유해로 만들었다고 하는데 왜 의지를 가지고 있는지는 불명이었다. 직접 손에 들고 그 무게를 안 리즈는 「흑춘희」에 정체 모를 힘이 존재함을 느꼈다.

"히로의 명령이 없는 한 날뛰지 않겠지만…… 일단은 조심하는 편이 좋아."

"여러 가지가 섞여 있어."

어둡고 깊은 나락 밑바닥에 뭔가가 있는 것이 「보였다」. 하지만 그 정체까지는 파악할 수 없었다. 너무 오래 보고 있다가는 어둠 속에 끌려 들어갈 것 같았다. 그만큼 강한 원념 같은 것이 느껴졌다.

"너무 오래 보지는 마. 「흑춘희」에는 많은 「주」가 포함되어 있으니까……. 「어둠」의 종류는 풍부해. 차갑게 느껴지는 것도 있고 뜨거운 것도 있어. 거절하는 것도 있고 환영하는 것도 있어. 추할 때도 있고 아름다울 때도 있어. 그래서 방심하면 「어둠」에 홀려서 마음이 망가져 버려."

「흑춘희」를 바라보는 리즈가 걱정됐는지 메테오아가 불안해하며 설명했다.

그래서 리즈는 메테오아를 안심시키듯 미소 짓고 걷기 시작했다.

"그래. 아무튼 히로를 만나러 갈까."

"알겠어. 그보다 배고픈데……."

"조금만 참아."

"흠…… 참으라고……."

자신의 배를 문지르며 고개를 갸웃하는 메테오아를 보고 리즈는 쓴웃음을 지으며 문을 열었다.

현재 리즈는 히로가 주둔했던 카푸토 요새에 병사를 일부만 남기고, 떨어진 곳에 있는 타오엔 성채로 거점을 옮긴 상태였다.

카푸토 요새가 너무 작고 방어력이 취약했기 때문이다.

무엇보다 이 타오엔 성채는 제1황군의 주둔 장소이기도 했다.

일찍이 사령관으로서 배속됐었던 리즈는 카푸토 요새보다 이쪽이 이용하기 편했고, 타오엔 성채가 수비에도 더 적합하다고 판단했다.

"옛날 생각 난다. 서버러스, 안팡 삼림에서 히로를 발견해 이곳으로 데려왔던 거 기억나?"

성채 안의 공기는 조금 쌀쌀했으나, 바로 많은 병사가 드나들게 될 테니 곧 열기로 가득 찰 것이다.

"한심한 표정을 짓고 있었죠. 곧바로 산을 넘어야 했지만……. 그 이후로 이런저런 일이 있었는데 용케 살아남았습니다."

"맞아. 하지만 많은 이를 잃었어."

타오엔 성채를 함께 출발했던 이들 중에서 살아남은 것은 리즈, 히로, 서버러스뿐이었다.

트리스, 디오스, 따라와 줬던 병사들은 다들 전쟁으로 죽었다. 그들과 보냈던 시간을 기억한다. 그렇기에 가슴이 죄어들었다.

자신은 그들이 바라던 6황녀로서 살아왔을지, 그들의 죽음을 헛되이 만들고 있지는 않을지, 자문자답하는 매일이다.

"괜찮아. 디오스도 트리스도— 다른 녀석들도, 지금 리즈를 본다면 누구도 불평하지 않을 거야."

"그랬으면 좋겠지만— 의외로 엄격한 사람들도 많으니까 더 노력해야겠지."

리즈가 고개를 끄덕였을 때, 두 사람은 지하에 있는 감옥에 도착했다.

　경비는 엄중했다. 어느 위치에서도 히로가 보이는 곳에 병사가 배치되어 있었다.

　그렇게 병사들이 감시하고 있는 것은 쌍흑의 소년이었다.

　"히로, 널 위해 특별한 방을 준비했어. 마음에 들어?"

　말을 걸자 고개 숙이고 있던 히로가 천천히 얼굴을 들었다.

　"……신선한 공기를 마실 수 없다는 점만 빼면 문제없어. 저번에 왔을 때보다 대우가 안 좋은 것 같지만, 사는 데는 불편하지 않으려나."

　"미안. 병사가 너무 많아서 남는 방이 없어. 저번과 똑같을 수는 없어. 탈주할 우려도 있으니 세심한 주의를 기울여야지."

　천연덕스럽게 말한 리즈는 히로가 볼 수 있게 「흑춘희」를 펼쳤다.

　"평범하게는 가둘 수 없을 것 같아서 「흑춘희」도 몰수했어. 이게 없으면 너는 날개 잃은 새와 같으니까."

　"원래부터 못 날았어……. 그보다 가르쳐 줄래? 내 죄상은 뭐야?"

　"허가 없이 레벨링 왕국의 군세를 그란츠에 불러들여 괜한 혼란을 가져온 점이려나."

　"어머, 그건 듣고 넘어갈 수 없네요."

　리즈가 말한 것도, 메테오아가 말한 것도 아니었다. 제삼자의 목소리가 들려서 리즈의 시선은 그쪽으로 향했다. 통로 끄

트머리에 있는 나무 의자에 여성이 앉아 있었다.

"왜 네가 여기에?"

"별난 다과회도 재미있을 것 같아서요."

레벨링 왕국의 여왕, 클라우디아 반 레벨링이었다.

그녀는 우아하게 홍차를 마시며 미소 짓고 있었다.

"그리고 소란스러운 매일이었기에 가끔은 조용한 곳에서 홍차를 마시고 싶었답니다."

클라우디아는 능청스럽게 변명을 이어갔다.

"하지만 이야기 상대가 없으면 재미없잖아요? 그래서 「흑진왕」 폐하에게 이야기 상대가 되어 달라고 했죠. 누군가에게 구속되어 아주 심심해 보였으니까요."

비아냥을 담아 말하며 홍차를 한 모금 마신 클라우디아는 다시 입을 뗐다.

"그보다 조금 전에 나온 얘기 말인데, 북방의 반란을 최소한의 손해로 막으려면 제삼자가 개입하는 게 가장 좋았어요. 만약 「정령벽」을 돌파한 괴물 무리가 2황자의 영토를 침공했다면 「무모왕」에게 조종당한 북방 귀족들의 세력은 더 커졌을 거예요. 그랬다면 북방에서 괴물이 끝없이 몰려들었을 테니 이렇게 담소할 수도 없었겠죠."

클라우디아는 도발을 섞어 단숨에 말하고서 만족스러운 미소로 끝맺었다.

확실히 클라우디아가 말한 대로 최악의 상황을 피하려면 제삼자의 개입 말고는 방법이 없었다.

그게 가능한 곳은 레벨링 왕국뿐이었다.

나중을 생각한다면 히로가 레벨링 왕국을 그란츠에 불러들인 것은 틀리지 않았다.

실제로 북방의 반란은 끝났고, 우수한 자는 클라우디아가 포로로서 이 땅에 데려왔다. 그렇게 붙잡힌 자들을 탈환하려고 북방의 군세도 적잖이 클라우디아를 쫓아오고 있었다.

그들을 군에 편입하고, 붙잡혀 온 자들을 부대장이나 지휘관으로 삼으면 「무모왕」과의 싸움도 유리하게 이끌 수 있을 것이다.

"그건 이해하고 있어. 하지만 지금 히로는 4황자가 아니야. 바움 소국에 소속된 타국의 왕이야. 결과가 어떻든 간에 레벨링 왕국과 싸우며 적잖은 부상자도 나왔어. 타국이 그렇게 멋대로 굴었는데 어느 귀족이 좋게 생각하겠어?"

그렇기에 독단으로 작전을 수행한 히로를 유폐했다. 조금이라도 그란츠 귀족의 불만을 해소하기 위해서. 안 그러면 불만이 분출되어 괴물들과 대결할 수 없었을 것이다.

"하지만 잘 구슬렸나 보네요."

"그래. 레벨링 왕국의 도움은 무척 감사히 여기고 있어. 보상은 기대해도 좋아."

"그런가요. 그럼 안심했으니 저는 이만 실례하겠어요."

즐겁게 미소 지은 클라우디아는 그 이상 말하지 않고 홍차를 마셨다.

걸어가다가 히로를 힐끗 봤지만 역시나 아무 말도 하지 않고 계단을 올라갔다.

"……얘기할 분위기가 아니게 됐네."

할 이야기는 산더미 같은데 리즈에게 주어진 시간은 무한하지 않았다.

지금 리즈의 입장으로는 히로에게 따질 시간을 확보하기가 어려웠다.

아우라가 합류한다면 조금은 여유가 생긴다.

그때 히로와 느긋하게 이야기하면 된다고 자신을 타일렀다.

"아쉽지만 나도 회의가 있어서. 히로, 나중에 봐."

클라우디아와 리즈가 사라지자 메테오아가 깊은 한숨을 쉬었다.

탄식과 어이없음과 다양한 감정이 담겨 있었다.

하지만 침착한 모습으로 쇠창살 너머에서 히로에게 말했다.

"탈주하려고 해도 소용없어. 이 감옥에는 실을 둘러쳐 뒀어. 이상한 움직임을 보이면 바로 내가 눈치채니 괜한 짓 하지 마."

"알고 있어. 나는 신경 쓰지 말고 리즈를 도와주러 가."

변함없이 히로의 표정은 읽을 수 없었지만 어쨌든 뭔가 행동하지는 않을 듯했다.

「흑춘희」도 이쪽이 가지고 있었다.

당분간은 아무것도 못 할 테지만, 일단 못은 박아 두는 편이 좋을 것이다.

"그럼 잠시 쉬어. 너는 너무 과하게 일해."

그 말을 남기고서 메테오아도 리즈를 쫓아 떠났다.

히로는 벽에 머리를 부딪치고 허공을 바라보며 자조적으로
웃었다.

"이미 충분히 쉬었어. 이제 천운을 기다릴 뿐이야."

제3장 어둠은 꿈틀댄다

"주인장, 이것도 받아 가겠어."

손바닥만 한 빵을 두 개 집은 스카아하는 식당 안쪽에 있는 남성에게 말했다.

그녀의 양팔에는 채소 요리를 중심으로 한 음식들이 들려 있었다.

시금치 무침. 감자조림. 그란츠의 명물인 매실 장아찌.

전부 1000년 전에 「군신」이 전했다는 요리였다. 앞으로 있을 싸움에 대비해 효험을 바라는 의미가 있을지도 모른다.

맛있는 냄새가 코를 자극했는지 스카아하가 살짝 미소 지었다.

그런 그녀에게 주인장이라고 불린 남성이 반응했다.

"아니, 저는 주인장이 아니라 타오엔 성채의 식당장입니다. 그리고 제 허락을 구할 것 없이 테이블에 차려진 요리는 마음껏 가져가셔도 됩니다."

"주인장이나 식당장이나 비슷한 거겠지. 그럼 마음껏 가져가겠어. ⋯⋯근데 왜 고기는 없지?"

"아아⋯⋯ 메테오아 님이 고기 요리를 전부 가져가셨거든요. 지금 급히 만들고 있는데 기다리시겠습니까?"

"아니, 조금 출출한 정도니까 신경 쓰지 않아도 돼. 그나저나 참 잘 먹는 사람이야. 그렇게 날씬한데 다 어디로 들어가는 거지?"

스카아하도 메테오아 못지않게 요리를 잔뜩 들고 있었다. 사돈 남 말 한다는 눈빛을 보내면서도 식당장은 어색하게 웃으며 고개를 끄덕였다.

"네……. 그래서 메테오아 님에게는 죄송하지만……."

스카아하는 시원스레 말하지 못하고 웅얼대는 식당장을 이상하게 여겼으나, 살짝 시선을 돌리자 간판이 있었다.

그곳에는 확실하게 『5대 장군 메테오아 님은 출입 금지』라고 적혀 있었다.

제한처럼 가벼운 수준이 아니었다. 완전한 출입 금지였다.

"5대 장군을 상대로 잘도 이러한 결단을 내렸어."

목숨 아까운 줄 모르는 행위였지만 고기 요리가 식당에서 모습을 감췄으니 당연한 처분이라고도 할 수 있었다. 그래서 출입 금지 처분을 받은 메테오아를 동정할 수는 없었다. 하지만 식당장은 보복이 두렵지 않은 걸까?

"세리아 에스트레야 전하의 명령이니 괜찮을 겁니다."

"그, 그런가…… 그럼 안심해도 되겠어."

리즈가 말했다면— 5대 장군이라는 엄청난 직함도 그란츠 황가의 명령 앞에서는 효력을 발휘하지 못한다. 어느 쪽을 우선할지 따진다면 그란츠에 사는 자는 전원 리즈를 따를 것이다. 하지만 당사자는 두 사람 사이에 끼어서 괴로워진다.

"뭐, 큰일이겠지만 힘내도록 해."

스카아하는 요리를 껴안고서 통로로 나와 순찰병에게 인사하며 복도를 걸어갔다. 그 발걸음은 가벼웠고, 분위기가 음침한 곳을 봐도 그녀의 발은 멈추지 않았다. 아래로 이어진 계단을 내려간 스카아하는 삼엄한 장비를 갖춘 병사들에게 치하하는 말을 건넸다. 그녀가 향하는 곳은 히로가 붙잡혀 있는 감옥이었다.

"오랜만이야, 히로 공."

쇠창살 너머로 말을 걸자 감방의 주인은 얼굴을 들고 쓰게 웃었다.

"이런 곳에서 식사라니…… 못 본 사이에 취향이 바뀌었나 봐."

"가끔은 이런 별난 곳에서 먹는 것도 나쁘지 않잖아?"

스카아하는 가져온 요리를 바닥에 늘어놓고 앉아 히로와 시선을 맞췄다.

파수병이 의자를 가져오려고 했지만 같은 눈높이로 이야기하고 싶다며 거절했다.

"그보다 너희도 식사하고 와."

"하지만……."

"감시라면 나한테 맡겨. 아니면 「정령검 5제」 소유자의 말은 따를 수 없나?"

스카아하는 「빙제」를 불러내 그대로 쇠창살에 걸쳤다.

그것을 본 파수병들은 세차게 고개를 휘휘 가로저었다.

"당치도 않습니다. 그럼 감사히 식사하고 오겠습니다."

"그래. 천천히 먹고 와. 만약 한 소리 듣는다면 내 이름을 대."

쫓아내듯 손을 휘젓자 파수병들은 빠른 걸음으로 감옥에서 나갔다.

　조용해진 감옥에서 스카아하는 밥을 먹기 시작했다. 그 모습을 보고 히로는 물음표를 띄웠다.

　"그건 나한테 주려고 가져온 거 아니었어?"

　"배고픈가? 파수병에게 부탁할 걸 그랬군."

　"……아니, 딱히 배가 고픈 건 아니니까 괜찮아."

　"그렇겠지. 그리고 그 모습으로는 식사를 가져와도 먹을 수 없을 테고."

　히로는 구속되어 있었다. 엄밀히 말하자면 밧줄로 묶여 있지는 않았다.

　메테오아의 능력으로 히로가 잡혀 있는 감옥에는 실이 둘러쳐져 있었다. 조금이라도 팔을 움직이면 실을 건드릴 만큼 밀집되어 있었다.

　그 절묘한 거리감에 감탄함과 동시에 스카아하는 궁금한 점을 물었다.

　"그나저나 어떻게 식사하고 있는 거지?"

　"메테오아가 가져와. 그때만 구속을 풀어 주는데…… 어째선지 요리는 누가 먹던 거야."

　출입 금지의 여파가 감옥에까지 미치고 있을 줄이야. 하지만 히로라면 불평하지 않고 고기를 줄 것 같다.

　어떻게 반응하면 좋을지 알 수 없어서 스카아하는 그냥 웃었다.

　"하나 묻고 싶은 것이 있는데, 괜찮을까?"

식사도 하는 둥 마는 둥 마치고 스카아하는 진지한 표정으로 히로에게 말했다.

히로는 스카아하가 하려는 말을 깨달았는지 작게 고개만 끄덕일 뿐, 감정의 변화는 보이지 않았다.

덕분에 괜히 부담을 느끼거나 긴장하지 않고 물어볼 수 있었다.

"「빙제」와 나는 재계약하지 않았어. 그런데 내 수중에 계속 남아 있지. 이게 어떻게 된 건지 설명을 듣고 싶어. 현재 소유자는 여전히 히로 공이야."

단도직입적으로 말했지만 이에 대한 히로의 반응은 기묘했다.

히로는 짙게 웃고서 즐겁게 입을 열었다.

"모든 것은 하나야."

이해할 수 없는 말에 스카아하는 물음표를 띄우며 히로에게 물었다.

"너는 어쩌고 싶은 거지? 이대로 나는 「빙제」를 사용하면 되는 건가? 협력할 수 있는 일이 있다면 할 생각이야."

거짓말은 아니었다. 이제껏 히로에게 받은 은혜, 다 갚을 수 없는 은혜를 조금이라도 그에게 갚을 수 있다면 어떤 명령이든 받아들일 각오가 되어 있었다.

하지만 기대했던 대답은 돌아오지 않고 침묵이 찾아왔다.

히로는 잠시 고개를 숙이고 고민했지만 결심한 것처럼 얼굴을 들었다.

"「정령검 5제」의 역할이 뭔지 알아?"

"역할?"

"「정령검 5제」는 각각이 지대한 힘을 발휘해. 하지만 그건 아직 미완성 단계야."

"본래의 힘이 아니라는 건가?"

스카아하는 숨을 삼키고서 히로의 말을 기다렸다. 히로는 고개를 끄덕여 긍정했다.

"기원의 검 「천제」는 그릇이고, 정강의 검 「뇌제」는 위력을 담고, 활력의 검 「풍제」는 힘을 증폭시키고, 봉쇄의 검 「빙제」는 「주」를 봉인해."

작은 목소리로 주문처럼 중얼거리는 히로의 표정은 몹시 냉담했다.

그 표정에 숨어 있는 것은 체념이었다. 슬픔이었다. 분노였다.

형용하기 어려운 다양한 감정이 담긴 말의 나열은 불길한 것을 불러들이듯 어두웠다. 하지만 스카아하의 얼굴은 천천히 이해를 표했고, 용기를 쥐어짜 의문을 입에 담았다.

"「염제」는?"

"종언의 검 「염제」는 모든 것을 파괴하지."

히로는 아득한 눈에 후회를 담으며 말을 이었다.

"전부 모여야 「정령검 5제」는 진가를 발휘해."

"모이지 않으면 어떻게 되지?"

"모이지 않았기에 지금 같은 상황이 생기고 말았어."

자신의 죄를 고백하듯 히로의 얼굴은 고뇌로 범벅이 되어 있었다. 그러나 그는 말을 멈추지 않고 사죄하듯 계속 말했다.

"일찍이 「신」과 같은 힘을 가진 인족이 태어났어."

—레온 벨트 알티우스 폰 그란츠.

그란츠 대제국의 초대 황제— 천년 대제국을 만든 그란츠 열두 대신 중 하나.

"「정령검 5제」를 정제한 인물이자, 당시 세계를 지배했던 「마족」을 타도하고 중앙 대륙의 패권을 장악하여 일대 제국을 만든 위대한 인물— 하지만 그런 그도 이기지 못한 존재가 있었어. 바로 「5대 천왕」이라는 절대적인 지배자들이야."

말을 멈춘 히로는 고개를 가로젓고 빈정거리는 웃음을 지었다.

"정확히 말하자면 그는 「5대 천왕」을 없앨 수 있었어. 하지만 한 어리석은 소년 때문에 그러지 못했어."

"「천제」가 없었기 때문인가?"

"맞아. 「정령검 5제」는 「5대 천왕」을 없애기 위해 만들어졌어. 하지만 「천제」가 없는 그는 완전히 없애지 못했고— 현재에 이르기까지 「5대 천왕」은 맹위를 떨치며 대륙은 혼란기를 맞이하고 말았지."

"그렇다면 리즈 공에게 전부 맡기면 되는 것 아닌가? 「빙제」가 내게 온 것처럼 「천제」도 똑같이 하면 문제는 해결될 것 같은데……."

히로는 힘없이 고개를 가로저었다.

"그게 가능했다면 고생 안 하지. 「빙제」는 스카아하와의 유대가 있었기에 계약자가 나여도 너에게 달려갈 수 있었어. 그런 유대가 없으면 리즈가 위기에 빠져도 달려갈 수 없어."

"그건 다른「정령검 5제」도 마찬가지인가……."

"그래. 그래서 리즈는 보여야 해."

「풍제」가 바라는 마음.

「뇌제」가 바라는 힘.

「빙제」가 바라는 각오.

「염제」가 바라는 감정.

「천제」가 바라는 미래.

"「정령검 5제」에 걸맞은 인물이 되어야만 해."

히로의 열띤 말에 약간 압도되면서도 스카아하는 물었다.

"……강제로 복종시키는 방법도 있다고 들었는데."

"그래서는 본래 힘을 끌어낼 수 없어. 설령 강제로 복종시키더라도「정령검 5제」가 거절하면「주」를 한 몸에 받게 돼. 네 자루가 그러면 어떤 결말을 맞이할지 몰라."

"버틸 수 있다면 문제없는 것 아닌가?"

실제로 스카아하는「빙제」와 재계약하지 않았지만「주」를 받지 않았다.

힘도 예전에「빙제」와 계약했을 때와 다름없었다.

그래서 혹시나— 하는 가능성에 생각이 미쳤지만 히로의 얼굴은 부정적이었다.

"그거야말로 정령에게 의사가 있기에 가능한 반칙이야. 강제와 순종의 차이지."

피곤한 듯 탄식한 히로는 어깨를 떨궈 낙담을 표했다.

"게다가 「주」는 후세에까지 이어져. 자신이 무사하더라도 자식까지 안전할지는 알 수 없어. 무엇보다 「주」는 다종다양해. 본인조차 「주」를 받았다는 자각이 없는 경우도 있어. 「정령검 5제」조차 자신들의 「주」를 완벽하게 이해하고 있지 않아. ──아니, 솜씨 좋게 구분해서 쓸 수 있을 만큼 「정령검 5제」의 지능은 높지 않다고 해야겠지."

"……히로 공이 「주」를 극단적으로 두려워하고 있다는 건 이해했어. 하지만 왜 그렇게나 「5대 천왕」을 고집할 필요가 있지? 그들이 있어도 물리치면 문제없다고 생각하는데."

히로가 「주」를 두려워한다는 것은 이야기 과정에서 잘 알았다. 하지만 「정령검 5제」를 모두 모아 「5대 천왕」을 소멸시켜야만 하는 이유는 알 수 없었다.

"그란츠 23대 황제는 「염제」를 강제로 복종시켜서 혼란기였던 그란츠 대제국을 구했어. 그리고 그란츠 열두 대신 중 하나인 「무신」으로 숭상받게 됐는데, 그의 특징이 뭔지 알아?"

"특징이라면 붉은 머리……."

스카아하의 말은 끊기고 말았다. 히로가 무슨 말을 하고 싶은지, 왜 「5대 천왕」을 고집하는지 완전히 이해했기 때문이다.

"리즈와 만난 뒤로…… 나는 시간이 나면 서재에 틀어박혀서 여러 문헌을 조사했어. 그란츠 황가의 역사에 관해……. 그리고 찾았지. 그란츠 23대 황제는 원래 금발 금안이었다고 해."

초대 황제 알티우스의 혈통을 나타내는 금발 금안. 그것이

변질됐다면 「주」를 받았다고 볼 수밖에 없다.

"「염제」를 강제로 복종시킨 대가로 「주」를 받아서 그는 적발 적안이 되었고, 수명도 짧아져서 젊은 나이에 세상을 떠났어. 거짓말 같으면 문헌을 찾아봐. 타오엔 성채의 서재에도 있을 테니까."

스카아하는 지금 느끼는 감정을 말로 표현할 수가 없었다.

부정할 수도 없고, 긍정할 수도 없고, 반응하려고 해도 자신조차 납득이 가는 말을 찾을 수 없었다. 그래서 그저 히로를 바라볼 수밖에 없었다. 스카아하가 고민하는 동안에도 히로의 이야기는 진행되었다.

"그 과정에서 나는 그란츠 황가의 비밀을 알았어."

히로가 말한 비밀이란 최근 들어 소문이 돌고 있는 그란츠 황가의 어둠일 것이다.

300년 전에 「흑사향」이 당시 그란츠 황가를 암살했고, 그 혼란을 틈타 다른 혈통이 그란츠 황가가 되었다는 이야기다. 소문의 출처는 불명, 신빙성도 낮아서 큰 소동이 일어나지는 않았다.

"하지만 그건 진실이야. 리즈를 제외한 현 그란츠 황가에는 알티우스의 피가 흐르지 않아. 그래서 300년간 「정령검 5제」에게 선택받는 자가 감소했고 현 그란츠 황가는 초조해졌어. 그런 가운데 선대 황제 글라이하이트는 한 여성을 발견했지."

"리즈 공의 어머니 말이지?"

스카아하도 그 이야기는 리즈에게 들었다.

히로는 희로애락이 느껴지지 않는 모호한 표정을 짓고서 고개를 숙였다.

"응…… 그리고 나는 「주」가 남아 있음을 확신했어. 리즈의 모친도 적발 적안이었으니까. 그리고 그녀도 요절했어."

후궁 학살 사건— 1황비의 정신병이 일으킨 사건이다.

깊이 살펴보면 주모자는 「흑사향」이고, 그 계기를 만든 사람은 선대 황제 글라이하이트와 여섯 나라의 중진이었다.

복잡하게 얽힌 각 진영이 일으킨 참극에 리즈의 모친이 휘말려 젊은 나이에 세상을 떠났다.

"그렇다면…… 아직 「주」는 이어지고 있다는 건가……. 리즈 공에게."

히로는 인정하고 싶지 않은 듯 얼굴을 찡그리면서도 최종적으로는 작게 고개를 끄덕였다.

"아마 리즈는 앞으로 10년도 못 살 거야. 어쩌면 5년…… 더 짧을지도 몰라. 무엇에 기인하여, 무엇이 원인이 될지 모르지만, 젊은 나이에 세상을 뜰 운명이라는 건 틀림없어."

"하지만 지금 「염제」를 소유하고 있는 사람은 리즈 공이야. 어쩌면 「주」에 걸리지 않았을지도 몰라. 애초에 「주」는 23대 황제에게 걸린 것이지 리즈 공에게 걸린 것이 아니잖아. 과하게 반응하는 건 좋지 않아."

"아니. 「주」는 리즈에게 계승됐어. 무엇보다 아까 말했듯 「염제」가 어떻게 할 수 없는 문제야. 이런 사태가 벌어지리라고는 제작자인 알티우스도 상정하지 못했을 테니까."

리즈를 둘러싼 상황을 보면 그녀를 「죽음」으로 모는 「주」가 존재함을 확인할 수 있다.

유년기, 그리고 현재에 이르기까지 리즈는 죽었어도 이상하지 않을 사건에 너무 많이 휘말렸다. 하지만 다양한 요인에 의해 간발의 차이로 살아났다.

"……「염제」의 속죄였을 거야. 옛 주인인 알티우스의 후손에게 「주」를 계승시켰기에 리즈를 몇 번이나 위기에서 구한 거야."

—그리고 「정령왕」이 리즈를 지켰을 테지.

속삭임처럼 작은 히로의 목소리는 어둠에 녹아들어 스카아하에게 전해지지 않았다.

그럴 만도 했다. 여기까지 설명을 들은 스카아하는 까다로운 얼굴로 생각에 잠겨 있었으니까.

한동안 정적이 이어졌다.

두 사람 사이에 침묵이 어렸을 때, 스카아하가 먼저 입을 열었다.

"그게 사실이라면…… 리즈 공의 「주」를 풀 방법은 없는 건가?"

그렇게 스카아하가 묻자 히로는 짙게 웃었다.

"그 준비는 갖추고 있어."

"그게 뭐지? 나도 협력할 수 있는 일인가?"

"모든 것은 하나야."

태연한 어조로 담담히, 당연하다는 듯, 너무나도 간결하게 히로는 잘라 말했다.

*****

특별히 비싸지도 않은 싸구려 책상이 하나, 비슷한 재질의 의자가 하나. 방을 둘러싼 네 벽에는 책장이 설치되어 있고 많은 책이 꽂혀 있었다. 관리는 정기적으로 이루어지고 있을 테지만 그래도 자세히 보면 먼지가 쌓여 있는 것이 보였다.

특필할 것 없는 흔한 방. 그게 타오엔 성채의 서재였다.

다만 한 가지 말할 수 있는 점이라면 군대는 남초 사회인 탓인지 청소가 별로 꼼꼼하지 않았다. 정돈되어 있기는 했다. 하지만 아주 깔끔하지도 않았다. 굉장히 애매한— 어중간한 완성도였다.

그런 방에서 리즈가 한 손에 책을 들고 눈을 감은 채 의자에 앉아 있었다. 그녀를 지키듯 백랑이 발치에서 자고 있었다.

그런 그녀에게 작은 체구의 사람이 다가갔다.

"리즈, 무사히 합류가 끝났어. 부하에게 재편을 서두르라고 했는데, 이쪽에는 문제없어?"

트레아 르단디 아우라 폰 브나다라.

그란츠 서방에 본거지를 둔 대귀족 브나다라 가문의 영애였다.

제립 훈련 학교를 수석으로 졸업함과 동시에 최연소로 제3 황군 사령관의 참모로 발탁되었다.

그 당시 상관이었던 브루탈 3황자와 함께 페르젠 침공 작전에 참여하여 다대한 공적을 올려 참모장으로 출세했다.

그녀는 참모장으로 발탁된 후 보기 드문 지략을 이용해 교묘하고 교활한 작전을 차례차례 입안, 실행, 성공시키며 눈 깜짝할 사이에 페르젠의 영토를 차지했다.

그 공적을 기려 브루탈 3황자는 제국의 승리에 공헌한 그녀를 그란츠 2대 황제의 이명 『군신』에서 따와 《군신소녀》라고 칭했다. 그 재능은 의심할 여지가 없어서 여성의 몸으로 현재는 차기 황제 후보인 리즈의 참모로서 명성을 드높이고 있었다.

"리즈?"

불러도 반응하지 않는 리즈가 이상했는지 입구에 있던 아우라는 리즈에게 다가와 어깨를 흔들었다.

"리즈, 또 자?"

"아니, 깨어 있어."

놀란 기색도 없이 냉정한 태도로 갑자기 리즈가 대답했다.

오히려 놀란 사람은 아우라였다. 아우라는 두 걸음쯤 뒤로 펄쩍 물러났고, 바닥을 쿵 밟은 충격으로 책상에 수북이 쌓여 있던 책이 무너졌다.

앗 하고 깨달았을 때는 한발 늦은 뒤였다.

책으로 만들어진 벽은 쉽사리 무너져 바닥에 쏟아졌다.

귀에 거슬리는 큰 음량에 리즈의 발밑에 있던 서버러스도 깼는지 「적이 습격했나!」 하는 표정으로 주위를 둘러보았다.

"깜짝 놀라게 해서 미안해. 잠깐 「눈」의 힘을 쓰고 있었어……"

미간을 누르며 리즈가 대답했고 아우라는 바닥에 떨어진

책을 주웠다.

"그랬구나……. 너무 무리하지는 마. 근데 리즈가 독서라니 웬일이야? 심지어 그란츠의 역사라니, 대체 무슨 바람이 불었길래?"

바닥에 떨어진 책을 포함해 리즈의 손에 있는 책까지 전부 그란츠 황가에 관한 책이었다.

리즈는 황족이면서 그란츠 황가를 좋게 생각하지 않았다.

타국을 침략했던 부친을 경멸했고, 그렇게 황제가 자리를 비운 사이에 일어난 후궁 학살로 모친을 잃어서, 판도 확대 노선을 추진했던 역대 황제들을 싫어하지는 않아도 기꺼이 그들을 알려고 하지는 않았다.

"새삼스러울지도 모르지만 내 선조님이 어떤 분들이었는지 조금 궁금해져서."

"그럼 「흑지서」부터 읽도록 해. 그란츠의 역사는 「군신」으로 시작해서 「군신」으로 끝나."

"아, 암기할 만큼 읽어서 괜찮아."

아우라가 자신의 옷을 뒤적거리기 시작했기에 리즈는 황급히 그녀를 말렸다.

"그보다 용건이 있어서 왔지?"

"맞아. 다른 일 때문에. 재편에 관해 상담하고 싶은 게 있어. 그래서 메테오아 대장군을 찾고 있었어."

이야기를 돌리는 데 성공한 리즈는 내심 안도하면서 지극히 냉정한 표정을 꾸미고 발밑에 있는 서버러스를 가리켰다.

"아아, 메테오아 대장군이라면 여기 있잖아."

크게 입을 벌려 하품하는 백랑의 동그란 눈이 아우라에게 꽂혔다.

아우라는 약간의 당황을 눈에 담으며 고개를 갸웃하고 리즈에게 말했다.

"……잠이 덜 깼어?"

"왜?"

"……얘는 서버러스야."

미심쩍어하는 아우라의 시선을 받고 나서야 리즈는 메테오아가 서버러스의 모습으로 돌아가 있다는 것을 깨달았다.

"뭐라고 설명하면 좋을까……. 서버러스, 메테오아의 모습으로 돌아갈 수 있어?"

리즈가 백랑에게 말했지만 서버러스는 고개를 가로저으며 바람을 들어주지 않았다. 지금 아우라에게 대충 둘러댈 수도 있겠지만 나중에 혼란스러워하지 않도록 설명만큼은 해 두고 싶었다. 그렇게 판단한 리즈는 믿을지 말지는 아우라에게 맡기기로 하고 지금까지 있었던 일과 서버러스의 정체를 알렸다.

"……그랬구나. 아직 잘 이해가 안 되지만, 알겠어."

아우라는 변함없이 무표정으로 고개를 끄덕였다. 그래서 표정만 봐서는 납득했는지 알 수 없었다. 하지만 반신반의하는 목소리였다.

"그럼 나중에 메테오아 대장군 모습으로 돌아오면 물어볼게."

"조금 있으면 돌아올 수 있는 것 같으니까 기다려 줄래?"

그렇게 리즈가 말하자 서버러스가 미안해하는 얼굴로 아우라의 다리에 머리를 비볐다.

"알았어."

아우라는 서버러스의 머리를 쓰다듬으며 고개를 끄덕이고 시선을 돌려 방 안을 확인했다.

"그런데 히로는 어디 있어?"

"도망치면 안 되니까 감옥에 넣어 뒀어. 히로가 폭주하면 어떻게 될지 알 수 없고, 향후 작전에 히로는 필요 없잖아."

"솔직히 전력은 많으면 많을수록 좋아. 히로 정도의 실력자라면 전선에 투입하고 싶어. 이 기회에 묻겠는데, 어째서 히로가 싸우지 않도록 하려는 거야?"

"이것도 어려운 문제지만, 아우라한테 말을 안 하는 것도 좀 그러니까……."

복잡한 표정으로 이마를 짚은 리즈는 할 말을 정리하듯 중얼중얼 혼잣말하기 시작했다. 그런 그녀의 태도에 아우라는 고개를 갸웃하면서도 재촉하지 않고 서버러스의 목을 쓰다듬으며 기다렸다.

이윽고―.

"아우라는…… 히로가 이 세계의 주민이 아니라― 과거의 인간이라고 하면 믿겠어?"

"……보통은 안 믿어. 하지만 히로는 의심스러운 부분이 많아."

"안 놀라는구나."

서버러스에 관해서는 반신반의했지만 의외로 히로에 관해서는 쉽게 받아들였다.

맥이 빠졌다는 듯 리즈의 몸에서 힘이 빠졌다. 조금 전까지의 긴장감도 날아가 버렸다.

"이전부터 어쩌면 히로가 「군신」일지도 모른다고 생각했어. 본인은 숨기고 싶은 것 같았지만, 주변의— 「흑사향」의 존재, 여섯 나라와의 확집, 지금까지 상대한 사람들의 태도를 보고 대충 예상은 했어."

"그럼 긴말 안 해도 되겠네……. 히로에 관한 건데."

기묘한 부분에서 말을 끊은 리즈는 뭔가를 확인하듯 서버러스에게 시선을 보냈다. 뭔가를 허락받는 것 같은 동작이었다. 이에 아우라의 의심이 깊어졌는지 미간에 희미하게 주름이 잡혔다.

"메테오아가 말하길, 히로의 성장은 멈춰 있다는 것 같아."

"……성장이 멈췄다고?"

"그래. 나도 믿을 수 없었지만……."

「무모왕」은 「5대 천왕」 중 하나인 「흑진왕」의 그릇으로 히로를 준비했다.

「5대 천왕」의 힘을 육체가 버틸 수 있도록 「무모왕」은 히로를 「마인」으로 만들었다.

하지만 「무모왕」의 계획은 실패로 끝났다.

반대로 「흑진왕」이 히로에게 흡수된 것이다.

「불사」와 「왕권」을 손에 넣은 히로는 「마족」에게 복수하기 레갈리아
시작했고, 그 무시무시한 기세는 막을 수 없어서 「무모왕」의

야망은 박살 났다.

그 후 히로는 원래 세계로 돌아갔지만 「정령왕」에 의해 다시 소환되었다.

"하지만 나랑 메테오아는 히로를 다시 부른 게 정말 「정령왕」인지 의심하고 있어."

"무슨 말이야? 그럼 대체 누가 히로를?"

"확신이 있는 건 아니지만, 내 생각에는 「무모왕」 같아."

「마족」을 낳고, 「마인」을 만들고, 「기육족」을 풀어놓고, 「각인족」으로 변모시켰다.

1000년이라는 긴 세월에 걸쳐 「흑사향」이라는 암부 집단을 만들고 그란츠 황가를 약체화시켰다.

그 목적은 확실하지 않지만, 중앙 대륙의 패권을 잡으려 하는 것은 틀림없다.

그리고 현대에 모든 준비를 마친 「무모왕」은 히로를 다시 불렀다.

"자신의 「그릇」으로 삼기 위해서."

「무모왕」과 짧게 싸워 봤을 뿐이지만 그의 신체는 불완전했다. 지금 쓰는 「그릇」과 상성이 나쁜지 떨어진 팔을 완전히 수복하지 못했다.

"무엇보다 「흑사향」은 처음부터 히로만을 노렸던 것 같아. 루시아 여왕에게 들은 얘기인데, 3년 전의 싸움에서 그들은 히로의 시신을 뺏으러 왔다고 해."

실제로 히로는 무사히 도망쳐서 뺏긴 시신은 가짜였던 모양이지만, 그 이후로도 「흑사향」은 집요하게 히로의 신병을 노렸다.

아니, 히로가 이 세계에 다시 나타났을 때부터 「흑사향」은 슈트벨 1황자 등을 이용해 차근차근 퇴로를 막으며 히로만을 집요하게 노렸다.

어쩌면 시련을 줌으로써 완전한 「그릇」을 만들려고 한 것이 아닐까. 그런 생각을 지울 수 없었다.

왜냐하면— 현시점에 「무모왕」의 「그릇」으로 히로가 가장 적합하니까. 그렇게 리즈는 추측했다.

"그러니까 히로는 가둬 둘 거야. 「무모왕」과 싸우게 할 수는 없어."

조용히 리즈의 설명을 들은 아우라는 고개를 끄덕거리고서 얼굴을 들었다.

"확실히 앞뒤는 맞아. 정말 그렇다면 히로와 「무모왕」이 만나게 해선 안 돼."

"응. 그리고……메테오아가 말하길, 「5대 천왕」은 본래의 「그릇」을 1000년 전에 잃어버렸다고 해. 그래서 「불사」지만 전성기의 힘은 없는 것 같아."

그래서 지금의 전력만으로도 「무모왕」은 물리칠 수 있다.

아우라는 리즈의 설명에 납득하려다가 고개를 갸웃했다.

"본래의 「그릇」이 없어서 「5대 천왕」이 힘을 잃었다는 건 이해했어. 하지만 「흑진왕」이 된 히로는 「그릇」이 필요 없는 거야?"

"거기서부터는 내가 설명하지."

아우라가 의문을 말하자 맑은 목소리와 함께 눈부신 빛이

방을 채웠다.

　아우라와 리즈는 놀라서 소리 지를 새도 없었다. 너무 눈부셔서 눈을 감고 빛이 사그라들기를 기다렸다가 다시 눈을 뜨자 벌거벗은 미녀가 허리에 손을 얹고서 당당한 태도로 서 있었다.

　"먼저 히로는 「그릇」을—."

　부끄러워하지도 않고 이야기를 시작하려 했지만 눈앞에 외투가 쑥 내밀어지며 말을 차단했다. 초를 치다니— 그렇게 말하고 싶은 것처럼 메테오아는 외투를 내민 인물을 원망스럽게 노려보았다. 하지만 금세 시선은 약해졌고 메테오아의 머리에 난 짐승 귀도 축 처지고 말았다.

　"일단은 이걸 걸쳐."

　반론을 허락하지 않는 리즈의 날카로운 눈빛 앞에서 메테오아는 고분고분하게 고개를 끄덕이고 외투를 걸쳤다.

　"여기에는 우리밖에 없지만 그래도 수치심을 가져야지."

　"알고 있지만…… 백랑은 옷을 입지 않으니까 아무래도 잘 잊어버리게 돼."

　물론 메테오아도 수치심이 없지는 않았다. 그러나 백랑으로 지낸 시간이 긴 탓에 의류가 거북해지고 말았다. 압박감을 비롯해 피부에 들러붙는 감촉과 움직일 때 스치는 느낌이 참을 수 없이 간지러웠다.

　"외투도 걸쳤으니 설명해도 될까?"

　"응, 부탁할게."

허락을 받은 메테오아는 근처에 있던 의자에 앉아 다리를 꼬았다. 조금 전의 순순한 태도는 어디로 간 걸까. 그 빠른 전환에 쓴웃음을 지으면서도 리즈와 아우라는 나무라지 않고 귀를 기울였다.

　"원래는 히로도 다른 「5대 천왕」처럼 쇠약해졌어야 해. 그걸 피하려면 「그릇」이 필요한데, 히로는 어떤 수단을 이용하여 「그릇」이 필요 없는— 완전한 「불사」를 구현했어."

　"완전한 「불사」……."

　아우라는 저도 모르게 복창했다. 불길한 예감이 들었을 것이다. 동서고금 「불로불사」를 추구한 권력자는 적지 않았다. 하지만 다들 수상쩍은 방법으로 약에 손을 대고 비참한 결말을 맞이했다.

　애초에 그들은 죽는 게 두려워서 「불사」를 추구한 것이 아니었다.

　지금까지 쌓아 올린 「부」를 잃는 것이 두려워서였다.

　그렇기에 영원한 생명을 추구하는 자가 끊이지 않는 것이다.

　"먼저 히로는 「마인화」로 사람이 아닌 존재가 되며 「불사」를 손에 넣었어. 다음으로 「흑진왕」의 힘을 흡수하여 강대한 힘이 그 몸에 깃들었지."

　그때부터 히로는 더 큰 힘을 원하며 뭔가에 홀린 것처럼 전장을 전전하게 되었다. 위험한 징후임을 깨달았지만 누구도 히로를 막을 수 없었다.

　초대 무녀공주 레이를 구하기 위해 행동하고 있다는 것은 주지의 사실이었기 때문이다.

"초대 무녀공주였던 레이 님의 임종이 다가오면서 히로의 행동은 더 과격해졌어. 「불사」라는 점을 이용하여 자신을 실험대 삼아 다양한 「주」를 몸에 담기 시작했어."

그래도 히로는 레이를 구하지 못했다.

「무모왕」의 손에 의해 레이가 죽어 버렸기 때문이다.

"지금도 그때가 떠올라. 비가 거센 날이었어. 히로와 나는 다른 전장에 있었고. 레이 님이 요양 중인 성이 공격받고 있다는 보고가 들어왔어."

아군의 영토에 둘러싸인 안전지대. 적이 가지고 싶어 할 만큼 중요한 장소도 아니었다.

하지만 「마족」은 처음부터 옥쇄를 각오하고 초대 무녀공주 레이가 요양 중인 성을 공격했다. 오로지 히로를 절망의 구렁에 빠뜨리기 위해. 그래서 숫자만을 보자면 그때의 싸움은 「인족」의 압승이었다.

"서둘러 달려갔지만 늦고 말았어. 내가 히로를 따라잡았을 때, 그 녀석은 레이 님의 시신을 끌어안고서 울고 있었어."

비를 맞으며, 이 세계에 원망을 내뱉으며, 그럼에도 희망을 버리지 못하고 하늘에 기도하고 있었다.

하지만 구원의 손길은 내밀어지지 않았고, 차가워지는 레이의 체온을 느끼며 히로의 마음은 망가졌다.

"그리고 히로는 「흑춘희」에 레이 님을 흡수시켰어. 그 시신이 「그릇」으로 이용되지 않도록."

"초대 무녀공주도 「그릇」이었어?"

"그래. 「요정왕」의 「그릇」이었던 것 같아. 초대 황제 알티우스 폐하는 「정령왕」의 「그릇」이었다고 들었어."

갈증이 일었는지 물을 마신 메테오아는 목을 축이고 다시 말했다.

"그 후 히로는 복수에 사로잡혀 버렸어. 그 녀석은 열두 마주를 고문하여 「마석」을 빼앗고, 당시 「무모왕」의 「그릇」이었던 자의 목을 쳐서 흡수했다고 해."

다양한 힘―「주」를 흡수하면서 히로는 「그릇」이 필요하지 않게 되었다.

"하지만 그 탓에 히로의 존재와 상태는 몹시 애매해졌어. 언제 그 균형이 무너져도 이상하지 않을 정도야. 그렇기에 지금 「무모왕」과 싸우게 하는 건 득책이 아니야."

어떤 사태가 벌어질지 상상도 할 수 없다.

그러니 일단은 「무모왕」을 물리치는 것을 우선한다. 그러고 나서 히로 안에 있는 「주」를 풀 방법을 찾을 수밖에 없다. 안 그러면 그의 몸은 조만간 반드시 망가져 버린다.

"그래도 내일 당장 망가지는 건 아니야. 당면한 문제를 해결한 뒤에 고민해도 늦지 않아."

"그렇지……. 문제는 히로가 가만히 있어 줄지인데……."

"무리겠지. 그래서 히로와 「흑춘희」를 떼어 놓은 거야."

"스카아하한테도 감시해 달라고 부탁해 뒀으니까 지금 히로의 상태로는 탈주할 수 없겠지만, 경계만큼은 해 두는 게 좋겠지."

"나중에 나도 모습을 보고 올게."

"응. 설득해 줘. 그래야 히로도 반성할 거야."

리즈는 아우라를 보며 미소 지었다.

그때였다.

누군가가 방문을 두드렸다. 세 사람은 나란히 시선을 보냈다.

그걸 눈치챈 것은 아니겠지만 문 너머에서 낮은 목소리가 울렸다.

"가더다. 잠깐 할 얘기가 있는데 괜찮을까?"

*****

"그러고 보니 아우라 공이 아까 도착한 것 같아. 그 얼빠진 꼴로 실컷 혼나도록 해."

스카아하는 웃음을 참으며 어깨를 떨었다. 감옥에 갇힌 것도 자업자득이라 히로는 쓴웃음을 지을 수밖에 없었다.

그런 스카아하의 뒤에 식사를 마치고 돌아온 파수병이 서 있었다.

그들은 붙잡힌 히로를 보고 웃는 스카아하에게 놀란 모습이었다.

그럴 만도 했다. 「정령왕」이 있는 나라의 왕을 향해 스스럼없이 웃고 있었다.

정령 신앙을 가진 그들에게는 단순히 불경한 수준을 넘어선 일일 것이다.

하지만 스카아하에게 뭐라고 할 수 있는 입장도 아니어서 그들은 스카아하의 안전을 걱정하며 곤혹스럽게 두 사람을 지켜보았다.

"분명 「흑지서」의 모서리로 때릴 거야. 의외로 두꺼우니까 그런대로 파괴력은 각오하는 게 좋겠지."

"……아우라가 「흑지서」를 무기로 쓰지는 않을 것 같은데."

"그만큼 화났다는 거지. 그다음에는 「흑지서」를 읽어야 할 거야. 다 읽으면 감상문을 쓰라고 하겠지."

"그거 무섭네."

「군신」에 대한 아우라의 열의는 엄청나다. 지금 히로의 모습을 본다면 틀림없이 「흑지서」를 읽게 할 것이다. 그런 미래도 즐거울 것 같지만, 시대의 거센 파도는 히로를 놓아 주지 않았다.

"……아쉽지만 「흑지서」를 읽을 시간은 없을 것 같아."

히로는 스카아하의 뒤를 보며 말했다.

조금 전까지의 온화한 분위기는 무산되어 있었다.

갑작스러운 변화를 눈치챈 스카아하도 뒤에 나타난 기척을 알아차렸을 것이다.

스카아하는 「빙제」를 들고 휙 뒤돌았다.

"누구— 윽?!"

스카아하는 뭔가에 얻어맞은 것처럼 바닥에 쓰러졌다.

파수병들도 바람에 날아가듯 벽과 격돌했다.

눈 깜짝할 사이에 일어난 일이었다. 복도에는 기절한 병사들이 넘쳐 났다.

그런 이상한 광경 속에 더욱 이상한 존재가 서 있었다.

"마침내…… 나타났나."

히로의 시야에 잡힌 것은 한 소녀였다. 그 손에는 불꽃처럼 빨간 꽃— 특수한 환경. 북방에서만 피는 「연꽃」이 들려 있었다.

"왜 내 조언을 무시했지."

아직 열 살도 안 된 소녀의 목소리라고 하기에는 너무나도 어울리지 않는 음성이었다.

노옹 같으면서도 노파 같은 쉬어 버린 목소리라 음질로 성별을 판별하기는 어려웠다. 청각을 무시한다면 아주 귀여운 소녀인데, 시각을 무시하면 섬뜩한 목소리가 마음을 술렁거리게 했다.

하지만 히로는 동요하지 않았다.

잘 아는 상대이기도 했고, 기다리던 상대이기도 했기 때문이다.

"「정령왕」, 오랜만이야. 어디 숨어 있었어?"

「정령왕」이라고 불린 소녀는 한 송이 꽃— 「연꽃」을 쇠창살에 걸쳤다.

"물음에 답해라. 왜 내가 말한 대로 안 했지. 몇 번이나 충고했을 텐데."

오만불손한 태도에 히로는 코웃음 치고 입꼬리를 올려 도발적으로 말했다.

"그러면 「5대 천왕」이 다시 이 세계에서 패권을 다투게 돼. 그럼 1000년 전의 싸움이 허사가 되잖아. ……그렇게 둘 수는 없어. 그래서 「5대 천왕」— 「정령왕」, 너의 계획을 먼저 망치기로 했어."

"그런가……."

희로애락이 느껴지지 않는 대답이었다. 그 반응은 몹시 공허했다. 대화하는 히로조차 정말로 눈앞에 실재하는지 헷갈릴 만큼 희미했다.

하지만 이게 「5대 천왕」이었다.

인형처럼 생기 없는 표정으로 감정을 절대 겉으로 드러내지 않는다. 모든 것을 꿰뚫어 보는 것 같은 태도. 유일한 예외는 「흑진왕」뿐이었다. 그녀만큼은 희로애락을 거침없이 표현했다. 다른 「5대 천왕」은 「정령왕」과 비슷한 반응을 보였다. 타인에게 관심을 가지지 않고 자신의 욕구만을 추구하며, 형제자매여도 가차 없이 철퇴를 내렸다. 그런 「5대 천왕」에게 있어 이 세계에 사는 사람들은 쉽게 망가지는 장난감에 불과했다.

"입어라."

「정령왕」이 쇠창살 틈으로 히로에게 검은 외투를 내밀었다.

"무슨 속셈이야? 아니, 그 전에 어떻게 「흑춘희」를 가져왔지?"

「흑춘희」는 리즈가 가지고 있었을 터다. 「정령왕」이 빼앗는 것은 현실적이지 않았다. 지금의 리즈를 상대한다면 「5대 천왕」이라고 해도 멀쩡할 수 없기 때문이다.

"그저 방에 보관된 물건을 가져오는 것쯤은 간단한 일이다."

그렇게 간단한 일은 아니지만 상대는 「5대 천왕」이었다. 리즈의 「눈」으로 포착하지 못하는 것도 어쩔 수 없었다. 「천리안」으로도 놓칠 정도인데 하물며 파수병 중에 「정령왕」의 힘을 감지하는 특수한 기능을 가진 자는 없을 것이다.

"「흑춘희」를 주면 내가 어떤 수단을 쓸지 알잖아."

「정령왕」은 긍정하듯 작게 고개를 끄덕였다.

뭔가를 꾸미고 있는 것은 틀림없었다. 하지만 그 답을 찾기는 쉽지 않았다.

히로가 노려보자 「정령왕」은 쇠창살 안에 「흑춘희」를 던졌다.

"마음대로 해라."

"뭐?"

히로가 물음표를 띄웠다. 「정령왕」이 무슨 말을 하는지 이해할 수 없었다.

패배를 인정하기에는 너무 빨랐다. 함정이라고 하기에는 너무 명백했다.

"이 이상은 쓸데없는 행동이겠지. 무엇보다 나는 이 앞의 미래를 바라고 있다."

진심인가 거짓인가. 불손한 태도만 봐서는 알 수 없었다.

정말로 「정령왕」이라는 존재는 성가셨다. 질투, 증오, 격분, 아무리 도발해도 감정을 겉으로 드러내지 않았다.

계획이 실패해도 화내지 않고, 계획이 성공해도 기뻐하지 않고, 담담히 자신의 목적을 위해 아군 적군 관계없이 끌어들여서 제거하고 계획을 수정한다.

「5대 천왕」 중에서도 「정령왕」이 가장 만만치 않다고 할 수 있었다.

"훌륭해. 내 상상을 가볍게 뛰어넘어. 그렇기에 체념을 수용할 수 있는 것인가."

칭찬하는 말이지만 그것은 히로에게 하는 말이 아니었다. 이곳에 없는 누군가를 향해 「정령왕」은 말하고 있는 것 같았다.

"히로여, 이제부터는 마음대로 해라. 1000년 전부터 줄곧 나는 패배자였던 모양이다."

쇠창살을 지나쳐 히로의 눈앞까지 온 「정령왕」이 손을 내밀었다.

"하지만 잊지 마라. 전부 그의 손에 놀아나고 있는 것에 불과해."

「정령왕」의 손 위에는 「핵」이 있었다. 「5대 천왕」의 약점이라고 해야 할 부분이었다. 그것을 본 히로는 경계심이 들어 잠깐 망설였다가 움켜잡았다.

"「무모왕」의 생각대로 되지는 않을 거야. 너처럼 간단히 포기할 수는 없어."

「핵」을 중심으로 방대한 빛이 넘쳐흘렀다.

눈을 뜨고 있을 수 없을 만큼, 세계를 태워 버리듯, 순식간에 어둠을 없애 버렸다.

*****

"사양 말고 들어와."

보라색 피부를 가진 거한― 가더라고 불리는 「마족」이 허락을 받고 문손잡이를 잡았다.

그는 일찍이 리히타인 공국에서 노예 소녀와 만나고, 그녀를 돕기 위해 동지를 모아 노예 해방군을 만들어서 봉기를 일으켰다. 하지만 히로가 이끄는 그란츠군에 패배했고, 소녀의 안전을 조건으로 히로를 위해 일하고 있었다.

"실례하지."

"얘기를 엿듣다니 가더답지 않네."

"미안, 그럴 생각은 아니었지만……."

붉은 머리 황녀 리즈의 말에 가더는 멋쩍어하며 뒤통수를 긁적였다.

히로에 관한 이야기를 엿듣고 싶지는 않았다.

고의는 아니었다. 애초에 가더가 이곳에 온 것은 리즈가 불렀기 때문이었다. 찾아왔더니 우연히 히로 이야기를 하고 있어서 저도 모르게 발을 멈췄고, 저도 모르게 경청하고 말았다.

하지만 고의든 아니든 엿들었다는 것은 틀림없는 사실이었다.

변명도 하지 않고 가더는 순순히 머리를 숙였다.

"신경 쓰지 않아도 돼. 원래부터 말할 생각이었으니까. 뒤에 있는 아이들에게도 말이야."

"그렇게 말해 주니 고맙군."

그렇게 말하고서 가더는 뒤에 있는 시끄러운 녀석들을 보고 눈썹을 찌푸렸다.

　"역시 그 녀석은 죽여야 해요."

　"누님, 진정하라니까요. 그래서 면회를 금지당한 거예요. 계속 그러면 영원히 현형을 만날 수 없어요."

　제압 담당인지 후긴이 울상을 짓고서 필사적으로 루카를 달래고 있었다.

　그런 후긴의 오빠인 무닌은 얻어맞았는지 뺨을 감싸고 바닥에서 괴로워하고 있었다.

　하지만 전장에서 봤을 때보다도 루카는 조금 진정된 것 같았다.

　조금 전의 이야기를 엿듣고 불만이 약간 가셨을지도 모른다.

　그래서 순수한 분노뿐만 아니라 어딘가 슬퍼 보이는 그림자가 얼굴에 드리워져 있었다.

　가더는 그런 그들 앞에 서서 피곤한 듯 한숨을 쉬었다.

　"어쨌든 얘기는 들었어. 그래서 나를 부른 거였군."

　"맞아. 그러니 정보를 교환하자. 가더. 히로에게 들은 게 있다면 얘기해 줘."

　전부 리즈가 계산한 일이었을지도 모른다. 면회를 금지하고, 가더를 호출하고, 적당한 시기에 히로의 이야기를 듣게 했다. 무엇보다 리즈는 가더의 성격을 잘 알고 있었다. 빚을 진 채 방치하는 성격이 아니다. 리즈의 요구를 거부할 수도 있었지만, 가더가 그러지 않으리라는 것도 예상했으리라.

"좋아. 단, 조건이 있어."

"뭔데?"

"「독안룡」을 구해 준다면 전부 밝히고 협력하겠어."

"좋아. 그런 조건이 없었어도 원래부터 그럴 작정이었으니까 안심해도 돼."

충성심이 참 높다며 리즈는 작게 쓴웃음을 지었다. 하지만 그것도 어쩔 수 없는 일이었다.

가더는 히로에게 다 갚을 수 없을 만큼 큰 은혜를 입었다.

자신의 목숨을 구해 줬고, 소중한 소녀를 지켜 줬고, 그리고 동료들이 있을 곳을 만들어 줬다. 가더뿐만이 아니다. 노예 해방군에 속했던 자는 대부분 리히타인 공국을 떠나 히로의 부하가 되어 있었다. 가더 뒤에 있는 남매도 그랬다.

나라는 다르지만 루카도 예외가 아닐 것이다. 세상에서 버려지고 받아들여지지 못했던 자들— 그런 그들에게 히로는 「아군」이라는 거처를 줬다.

"그럼 교섭 성립이다."

기쁜 말인데도 가더의 얼굴은 어두웠다. 이유가 무엇이든 간에 히로를 배반하는 일이었다. 그래도 히로는 가더를 원망하지 않을 것이다. 그 뜻을 존중해 줄 터다.

"「독안룡」은 용서받고 싶다고 했어."

"용서받고 싶다고?"

"그래. 모든 책임이 자신에게 있다고 생각해. 1000년 전부터 현대에 이르기까지 그란츠 황가에 닥친 모든 재앙이 자신

탓이라고 여기고 있어."

"······왜?"

마침내 히로를 몰아붙이는 원인을 알아낼 수 있다.

그렇게 생각했는지 리즈는 눈을 반짝이며 가더의 말을 기다렸다.

"모든 것의 시작— 「정령검 5제」— 웃?!"

가더의 거구가 흔들리며 말이 끊겼다.

아니— 격렬한 진동이 타오엔 성채를 덮쳤다.

진동은 오래가지 않고 금방 가라앉았지만 리즈는 낯빛을 바꾸고서 벌떡 일어났고, 근처에 있던 메테오아도 눈을 날카롭게 좁혔다.

"리즈 님! 히로를 구속했던 실이 전부 뜯겼습니다!"

"알고 있어!"

리즈는 허둥지둥 문을 지나 복도를 달렸다.

그 발걸음에 여유는 없었다.

전력으로 달리고 있는데도 부족하다는 듯 분한 얼굴로 입술을 깨물고 있었다.

*****

진동이 가라앉고 복도에 나가니 그란츠 병사가 분주하게 뛰어다니고 있었다.

방문을 닫은 클라우디아는 고요한 눈으로 소란스러운 곳을 보았다.

어둠 속으로 빨려 들어가는 많은 그란츠 병사, 그들의 노성과 함께 발생한 열기가 복도를 가득 채우고 있었다. 무방비하게 바라본 탓인지 방을 지키던 레벨링 병사 두 명이 클라우디아를 지키듯 다가왔다.

"클라우디아 여왕 폐하, 침입자일까요?"

"조금 전의 진동이 외부의 공격이라면 침입자겠지만, 그렇게 요란하게 공격했다면 안쪽보다 바깥이 더 시끄러워졌겠죠."

목소리가 하나씩 사라졌다. 그토록 소란스러웠는데. 갑옷이 스치는 소리도 어둠 속에서 불꽃이 하나 나타날 때마다 사라졌다. 병사들의 신음이 들렸다. 격렬한 칼부림 소리가 귓가에 어른거렸다. 클라우디아를 지키기 위해 레벨링 병사가 앞으로 나섰지만 그들의 몸은 떨리고 있었다.

"클라우디아 여왕 폐하, 도망치십시오."

그들이 겁쟁이라서 그런 것은 아니었다. 오히려 숙련된 전사이기에 어둠 속에 숨은 괴물과의 역량 차이를 감지한 것이다. 자신들의 힘이 미치지 않는 정체 모를 괴물이 어둠 속에 있음을.

이윽고 통로 안쪽에서 소년— 히로가 어둠보다 짙은 흑도를 손에 들고 나타났다.

두 레벨링 병사가 기합을 담아 우렁차게 외쳤다.

칼자루를 힘껏 움켜잡고, 이를 악물고, 전력으로 돌격했다.

"안녕, 클라우디아. 이런 곳에 있었구나."

마치 인사하듯 한 손을 든 히로는 흑도의 칼자루로 레벨링 병사의 투구를 깨부수고, 왼발을 축 삼아 그 자리에서 허리를 틀어 남은 레벨링 병사의 목을 발뒤꿈치로 쳤다. 한 명은 의식을 잃고 바닥에 나자빠졌고, 목에 충격을 받은 병사는 벽에 얼굴을 세게 부딪치며 요란하게 넘어졌다. 일어날 기미가 없는 것을 보면 기절한 듯했다.

"「흑진왕」 폐하야말로 요란한 등장이네요. ……다른 분들은 죽여 버린 건가요?"

"그럴 리가. 잠시 재웠을 뿐이야."

그렇게 히로가 가볍게 말하자 어둠 속에서 고통스러워하는 신음과 갑옷인지 뭔지 쇠가 스치는 듯한 소리가 희미하게 들렸다.

확실히 목숨까지 빼앗지는 않은 것 같았다. 적당히 봐줬음에도 불구하고 역전의 병사들조차 히로를 막을 수 없었다는 뜻이기도 했다.

그렇기에, 그만한 기량을 보았기에 클라우디아의 머릿속에 의문이 스쳤다. 과연 괴물 무리를 향해 혼자 돌격했을 때의 히로는 진짜 실력을 발휘했던 걸까?

상대가 「인족」과 「마족」이라 그렇다고 한다면 그만이지만, 히로가 그렇게 열세에 빠졌던 것이 묘하게 마음에 걸렸다.

어쩌면— 전부 히로의 계획이었던 게 아닐까…….

그런 생각을 지울 수 없었다.

눈앞에 나타난 히로에게 클라우디아는 냉정한 태도로 물었다.

"왜 저들을 죽이지 않았죠?"

히로는 어깨를 으쓱이고서 의문에 답해 줬다.

"귀중한 전력을 이런 데서 잃을 수는 없잖아."

"당신의 목적은 뭐죠?"

"모든 것을 하나로 만드는 것."

기묘한 언동, 불가해한 행동, 이해할 수 없는 신념. 히로의 목적지를 알 수 없었다.

보통은 보이는 법이다.

그 인물이 걸어온 길을 보면 어디로 향하는지 대충 예측할 수 있다.

왜냐하면 그 길은 이미 선인들에 의해 정리되었고 목적지는 개척되어 있기 때문이다.

지금 살아가는 자들과 앞으로 태어날 자들은 반드시 선인들이 만든 길을 걷는다. 누구도 거기서 벗어날 수 없다.

가는 길, 중간에 존재하는 곳, 어디를 봐도 종착점까지 존재하는 것은 과거에 누군가의 손을 탄 것들뿐이다.

하지만 지금 히로가 걷는 길은 존재하지 않았다.

그가 손수 만들고 있었다. 선인들이 만들지 못한 길을 히로는 지금 만들고 있었다.

그리고 아무도 해내지 못한 곳에 도달하려고 했다.

그래서 클라우디아는 보이지 않는 길을 걷는 그의 목적을 이해할 수 없었다.

―물어보고 싶은 것이 너무 많다.

하지만 지금 상황을 보건대 전부 물어볼 시간은 없었다.

클라우디아가 고민하는 사이에 그녀에게 적의가 없음을 알았는지 히로는 묵묵히 발걸음을 옮겼다.

히로가 어둠 속으로 사라지려고 함을 알아차린 클라우디아는 그 뒤를 쫓았다.

"기다려요. 당신은 변함없이 남의 얘기를 안 듣는군요."

"그럼 얼른 궁금한 걸 물어봐."

그렇게 말하며 히로는 통로를 막는 병사를 기절시켜 나갔다. 앞을 가로막는 모든 이가 히로의 손에 의해 모조리 혼절했다.

압도적인 기량. 평범한 사람이라면 그와 대치하기만 해도 좌절한다. 그러나 몸과 마음이 단련된 그란츠 병사들은 포기하지 않았다. 설령 이기지 못할 상대여도 무모하게 맞섰다. 클라우디아는 그것을 만용이라고 생각하지 않았다.

동화에도 나오듯 언제나 약자가 강자를 타도한다. 도전하지 않는 자에게 행운은 찾아오지 않는다. 그리고 매우 드물게 영웅이 탄생한다.

그나저나 요란한 탈출극을 벌인 탓에 많은 인간이 히로를 눈치챘다.

보통 같으면 초조해질 상황인데 히로가 걷는 속도는 변함이 없었고 담담히 눈앞에 나타난 병사를 때려눕혀 나갔다.

다대일이라면 몰라도 소수로는 히로의 걸음을 막을 수조차 없었다. 이건 인족뿐만 아니라 괴물에게도 해당하는 말일 것이다.

그렇기에 이해할 수 없었다.

그렇다면 왜 히로는 「무모왕」이 있는 곳까지 일직선으로 향했는가. 굳이 괴물이 있는 곳을 가로질러서―. 지금처럼 소수를 상대했다면 시간은 걸렸겠지만 상처 없이 확실하게 도달할 가능성이 컸다.

"이만한 역량이 있는데 「무모왕」의 목을 치지 못하는 건 이상하지 않나요?"

클라우디아는 속을 떠볼 겸 기묘한 물음을 던졌다. 그의 목적지가 어디인지 판별하고 싶었다. 히로는 누구도 본 적 없는 경치를 향해 가고 있었다. 그보다 먼저 갈 수 있다면 나무랄 데 없었다. 일국의 여왕으로서, 향후를 생각하면 많은 명성을 얻어 두고 싶었다.

"확실히 다소 희생을 치르면 「무모왕」의 목은 그 시점에 딸 수 있었어. 하지만 그래서는 의미가 없어."

"왜죠? 그때 「무모왕」을 쓰러뜨렸다면 이 싸움은 승리로 끝났을 텐데요."

붉은 머리 황녀도 뒤처리만 하면 됐을 터다. 그리고 레벨링 왕국은 베푼 은혜를 내세워 그란츠 대제국으로부터 다대한 포상을 받을 수 있었을 터다.

클라우디아가 사전에 예상한― 정했던 길의 종착점은 그곳이었다.

하지만 지금은 상황이 이리저리 뒤집히기 시작했다.

지금 히로의 행동만 봐도 그랬다.

클라우디아가 예상했던 길은 끊겨 버렸다. 발 디딜 곳 없는 숲을 헤매는 감각과 비슷했다. 자신이 어디를 걷고 있는지 전혀 알 수 없었다. 그저 눈앞에 있는 소년에게 손을 잡혀 강제로 걷고 있었다.

"무엇보다 군대의 전개가 부자연스러웠어요. 선수를 빼앗기면서도 손해는 최소한으로 억제했죠. 사전에 예측했던 것처럼— 당신은 마치 괴물 군세의 승리를 유도하듯 싸웠어요."

"너는 이상하게 여긴 적 없어?"

의문에 답하지 않고 다른 이야기를 꺼내서 클라우디아는 불쾌함을 드러냈지만, 히로는 아랑곳하지 않고 이야기를 진행했다.

"전쟁이 시작되면 누군가가 이득을 보고 손해를 봐. 우는 자가 있고 웃는 자가 있어."

"당연하죠. 이익이 있기에 전쟁이 일어나요. 이기면 득을 보고 지면 손해를 봐요. 그건 이상한 일이 아니라 당연한 일 아닌가요?"

"맞아. 당연하다고 생각하며 누구도 의문스럽게 여기지 않아. 당사자조차 마찬가지야. 모두가 자신들이 시초라고 믿고 있을 뿐이야."

클라우디아는 발을 멈췄다. 그 얼굴은 경악에 차 있었다. 히로의 말장난에 숨은 진실을 알아차렸다는 것처럼. 그리고

이 소년의 무서움을 통감한 것처럼 멍하니 그 자리에 섰다.

"어, 언제부터…… 언제부터 시작된 거죠?"

히로가 계속해서 걸어가는 것을 깨닫고 클라우디아는 황급히 뒤쫓았다.

히로는 그런 그녀에게 과시하듯 한 손을 들고 검지를 세웠다.

"처음부터."

클라우디아의 입꼬리가 경련했다. 그녀는 괴물을 보듯 눈을 부릅뜨고 있었다.

"처음부터 「5대 천왕」도 「이웃 나라들」도 내 손에 놀아난 것에 불과해."

마음이 부정했다. 아무리 남다른 특수 기능이 있어도 불가능하다.

애초에 처음이란 것은 어디서부터인가. 그가 4황자가 됐을 때부터? 아니면 그가 이 세계에서 이름을 알리기 시작했을 때부터? 대체 어디서부터 어디까지 그의 계획이었는가—.

"목적지만 알면 대처할 수 있어. 도중에 함정을 설치하고 원하는 것을 주며 길을 유도하는 거야. 그걸 반복하다가 마지막에는 목적지에서 잠복하고 있으면 돼."

단순한 일이라고 히로는 말했다. 하지만 클라우디아는 말도 안 된다고 중얼거렸다.

세계를 조종하는 것은 불가능하다. 무엇보다 이 세계에는 방해하는 자가 너무 많다.

모든 의도를, 모략도 전부 물리치며 유도한다니.

그런 게 가능하다면…… 그건 그야말로 「신」의 조화다.

"「5대 천왕」조차 예외가 아니라는 건가요?"

"그래. 그들도 내 수중에 있어."

히로가 잘라 말해서 클라우디아는 어안이 벙벙해졌다.

"후, 후후후후, 그건…… 정말로— 아주 즐겁겠네요."

너무 황당무계한 이야기라 클라우디아는 웃었다. 바보 취급하는 것은 아니었다. 칭찬하는 것이었다. 그리고 놀아난 광대 속에 자신이 포함됨을 알자 웃음을 멈출 수 없었다.

"……하지만 인정할 수 없어요."

이렇게나 무시당하고서 어떻게 가만있을 수 있겠는가. 뭐라도 파문을 일으킬 수밖에 없다. 모든 것이 생각대로 되지는 않음을, 이 기고만장한 소년에게 알려 줄 수밖에 없다.

"그럼 제가 지금부터 뭘 할지도 아시나요?"

"물론이지. 그렇게 살기를 뿜어내는데 어떻게 모르겠어."

"제가 당신을 붙잡는 것도 계획의 일부인가요?"

"그럴 리가……. 그런 일은 없을 테니 걱정하지 마."

어깨를 으쓱인 히로가 타오엔 성채의 안뜰로 가는 문을 열었다.

안뜰에 발을 들이니 달빛이 대지를 비추고 있었다.

그리고 달보다도 격렬하게, 거친 광경이 안뜰을 가득 채우고 있었다.

많은 레벨링 병사가 안뜰에 있었다.

수백 개의 횃불이 달빛을 튕겼고, 붉게 일렁이는 불빛이 그들의 무기에 무디게 반사됐다. 다들 정한한 얼굴을 하고 있었다. 클라우디아라는 절대적인 여왕이 모습을 드러내자 그 투쟁심은 식지 않고 더 활활 타오르는 것 같았다.

"저와 귀여운 정예 부대를 돌파할 수 있나요?"

클라우디아의 손에는 어디선가 나타난 조왕 로크스가 남긴 마기— 마황검 5살 중 하나 「아수라」가 있었다.

클라우디아는 미소를 지우지 않으면서도 한기가 들 만큼 싸늘한 살기를 눈에 담고 있었다. 망설이지 않고 히로를 향해 「아수라」를 겨눴다.

"「흑춘희」."

히로가 이름을 부르고 가슴을 두드리자 흑의는 생물처럼 꿈틀거리며 빠르게 찔러 들어오는 칼끝을 막았다. 어둠이 도신에 휘감기기 시작하자 위기를 감지한 클라우디아는 뒤로 휙 물러났다.

"다대 일, 비겁하다고는 하지 마세요."

클라우디아가 손을 들었다. 그리고 빠르게 아래로 휘둘렀다.

"해치우세요. 거리낄 필요 없어요!"

클라우디아의 호령과 함께 레벨링 병사가 함성을 지르며 히로에게 쇄도했다.

바람이 불었다. 클라우디아 앞에 있던 히로의 모습은 눈 깜짝할 사이에 사라졌다.

히로는 달려드는 집단을 향해 질주하고 있었다.

선두 집단과 접촉하자 바탕손으로 한 명의 턱을 치고 발을 걸어서 잔디밭에 넘어뜨렸다. 그를 밟고 뛰어 더 안쪽에 있던 병사를 걷어찼다.

지면에 착지하자 오른손을 지지대 삼아 크게 허리를 틀어서 여러 명의 발을 걸어 넘어뜨렸다. 그 기세를 몰아 물구나무서고 두 다리를 빠르게 휘둘렀다.

투구가 튕겨 날아가 무방비해진 안면에 발뒤꿈치가 직격하고 어떤 이는 코가 부러졌다. 격통에 신음하는 소리가 들림과 동시에 히로는 다음 행동에 나서고 있었다.

지면에 발을 미끄러뜨려 다리를 크게 벌리고 팔을 구부려 팔꿈치로 찍자 상단으로 검을 든 병사의 흉갑이 함몰되며 몸이 날아갔다.

당황한 병사의 얼굴을 잡아 지면과 격돌시키고, 팔을 잡아 가뿐히 공중에 띄우고, 목을 찔려 괴로워하며 허리를 굽힌 병사를 발판 삼아 후방의 병사에게 돌려차기를 먹였다.

마치 바람처럼 집단 사이를 빠져나가며 레벨링 병사를 침묵시켰다.

교묘한 동작으로 레벨링 병사를 농락했다.

상대가 되지 않았다. 체술만으로 대처했다.

그것이 레벨링 병사들의 자존심을 건드리고 화를 돋워서 판단력을 떨어뜨리고 무모한 공격을 계속하게 만들었다.

"길을 비키세요!"

클라우디아가 외침과 동시에 레벨링 병사들이 좌우로 갈라졌다.

아무리 욱했어도 여왕의 명령을 무시할 수는 없었던 모양이다. 몸에 밴 것일지도 모른다.

하지만 그 덕분에 클라우디아 앞에 방해물은 사라지고 히로에게 가는 일직선 통로가 만들어졌다. 클라우디아가 「아수라」를 땅에 푹 꽂았다.

그 순간— 냉기가 발생하며 지면이 똑바로 얼어붙었다. 그것이 히로에게 향했지만.

"느려."

히로는 단 한마디를 내뱉고서 발로 땅을 쿵 밟았다.

간단히 얼음이 깨지며 파편이 튀었다. 자잘한 결정이 바람을 타고 하늘로 날아갔다. 그 광경을 보고 노여움을 담아 혀를 찬 클라우디아는 질주했다.

대검을 가볍게 들어서 내리치려고 했지만 움직임을 읽은 히로가 칼자루를 잡아 버렸다. 앞차기를 날렸으나 그것도 손으로 쳐 냈다. 히로의 시선이 앞쪽으로 가고 칼자루가 해방되면서 클라우디아의 중심은 강제로 앞으로 쏠렸다.

자세가 무너진 클라우디아의 몸이 히로에게 기울었지만 복부에 손을 얹은 히로가 오른발을 잡고 공중으로 가볍게 날려 버렸다.

땅에 떨어지기 직전에 낙법을 취한 클라우디아는 곧장 자세를 바로잡고 날카로운 시선을 보냈다.

하지만 조금 전에 히로가 있던 곳에는 아무도 없었다.

레벨링 병사들도 깜짝 놀라 주위를 두리번거리는 것을 보면 그들도 히로를 놓친 듯했다.

어디 있나 기척을 살피니 흉벽 위에서 엄청난 패기가 흘러 넘치고 있었다.

달을 등지고 흑의를 촉수처럼 휘날리며, 어두운 밤에 빛나는 금색 눈이 아래를 내려다보았다.

"도망치시려는 건가요?"

"그래…… 이대로 계속 싸우면 붙잡힐 것 같으니까."

전혀 창피해하지도 않고 도망친다고 말한 히로는 타오엔 성채의 입구로 시선을 향했다.

아름다운 붉은 머리는 어둠 속에서도 불꽃처럼 선명했다.

희미해지지도 않고, 흐려지지도 않고, 어둠을 몰아내듯 장엄하게 군림하는 붉은 황녀.

그녀는 흉벽에 있는 히로를 보더니 말을 망설이다가 입을 열었다.

"어디 가려는 거야?"

"너는 내 기대에 부응해 줬어."

흉벽 가장자리에 선 히로는 두 팔을 벌렸다.

"그럼 이번엔 내가—."

히로는 달을 올려다본 후 리즈를 향해 다정하게 미소 지었다.

타산적인 웃음도 아니었고 비웃음도 아니었다.

이 자리와는 어울리지 않는 자애롭고 순수하며 투명한 웃음이었다.

"—너에게 부응할 차례야."

흉벽 너머로 몸을 기울인 히로는 중력에 이끌려 어둠 속으로 사라졌다.

*****

청량한 공기가 감도는 숲속, 밀집한 나무들에 둘러싸여 신기하게 탁 트인 곳이 있었다.

온화한 바람이 불자 나무들이 흔들렸고, 가지에서 떨어진 초록색 이파리가 작은 샘에 내려앉았다. 수면이 조용히 흔들리며 파문이 일었다가 사라졌다. 다종다양한 꽃들이 그런 샘을 에워싸고, 뻥 뚫린 곳으로 들어오는 상현달의 빛을 받아 아름답게 반짝였다.

그곳에 한 청년이 나타났다.

아름답게 생겨서 미소 짓기만 해도 여성은 도취될 것이다.

하지만 본능이 접근을 허락하지 않았다.

뿜어내는 살기, 몸에 두른 기백, 그 압박감을 감지하고 도망칠 것이 틀림없다.

금색으로 빛나는 그의 눈은 샘에 세워진 두 동상을 보고 있었다.

정확히 말하자면— 그란츠 열두 대신 「시신」과 「군신」의 동상 사이를 보고 있었다. 거기에는 아무것도 존재하지 않았다. 하지만 뭔가가 확실히 있었다는 생각이 드는 시선을 청년은 계속 보냈다.

"「정령왕」······ 흡수됐나. 「5대 천왕」도 나 하나만 남았군."

비애의 말과는 달리 감정은 담겨 있지 않았다.

슬픔은 없었다. 한탄도 없고 분노도 느껴지지 않았다.

"나의 형제자매들이여. 마침내 오랜 싸움도 끝을 맞이하려고 한다."

세계가 탄생했을 때부터 함께 살아온 형제자매. 지금은 자신 혼자만 살아남았다.

그렇다고 해서 감상에 빠지지는 않았다.

형제자매를 죽인 것은 다름 아닌 이 청년—「무모왕」 자신이었기 때문이다.

"생각해 보면 여기 오기까지 길었어. 1000년이라는 세월, 그 이전을 헤아리면 떠올릴 수도 없지."

누군가에게 말하듯 목소리만큼은 낭랑하게 숲에 울려 퍼졌다.

벌레의 울음소리만이 끝없이 귀에 들려왔다.

대답은 없었다. 대답할 자가 아무도 없음은 알고 있었다.

그렇기에, 혼자가 된 지금이기에 그는 중얼거리지 않을 수 없었다.

"내 승리다."

「무모왕」이 억양 없는 음성으로 선언하자 풀숲에서 소리가 들렸다.

투박한 침입자는 자신의 존재를 감출 생각이 없었다.

평범하게 걷고, 평범하게 숨 쉬고, 평범하게 살기를 날렸다.

「무모왕」의 시선이 소리가 나는 곳으로 천천히 향했다.

"「왕」이여. 우리의 「아버지」여. 당신에게 묻고 싶은 것이 있다."

1000년 전, 「군신」에게 꼴사납게 패배한 「마족」의 정점—열두 마주.

마력의 원천인 「마석」을 빼앗기고 일반인보다 못한 힘만을 내게 된 불쌍한 아이.

「군신」에게 진 그들에게 흥미를 잃은 「무모왕」은 치하의 말도 건네지 않았다. 그들은 위로받지도 못하고, 명령받아 임무를 수행할 뿐인 편리한 말로 전락했다. 그래도 그들은 「무모왕」에게 심취하여 계속 섬겼다.

하지만 그런 열두 마주도 지금은 단 두 명으로 줄어들어 버렸다.

"키마이라, 무슨 용건이냐. 호위 임무는 내리지 않았을 텐데 왜 따라왔지."

불쌍한 아이에게서 시선을 뗀 「무모왕」은 샘에 생겨난 파문으로 관심을 돌렸다.

변함없는 태도에 키마이라라고 불린 남자는 분한 듯 표정을 일그러뜨렸다.

"「왕」이여. 당신은 정말로 「군신」에게 이길 생각이 있는가?"

"어리석은 질문이군. 뻔히 아는 것을 묻지 마라."

실소한 「무모왕」이 돌아보았을 때, 충격을 받은 그의 몸이 허물어졌다.

땅에 한쪽 무릎을 꿇은 「무모왕」은 허공에 뜬 자신의 왼팔을 남의 일처럼 바라보았다.

그리고 자신의 팔을 벤 범인에게 시선을 줬다.

"키마이라, 뭐 하자는 거지?"

기습이고 배신이었다. 그러나 「무모왕」에게서 분노는 느껴지지 않았다. 조용히 배신자를 바라볼 뿐이었다.

그 눈빛, 여전히 변함없는 「무」에 압도되었는지 키마이라가 뒷걸음질 쳤다.

그런 그 앞에서 아무 일도 없었다는 듯 일어난 「무모왕」의 왼팔은 초속 재생으로 수복되었다. 하지만 불완전한 회복이었다. 팔에서 살점이 떨어졌다.

"당신 잘못이야."

"흠, 내 잘못인가. 이유를 말해라."

"우리는 당신을 아버지로 쭉 받들었어. 1000년이나 당신의 명령에 따랐어. 그런데, 그런데! 치하하는 말은 없어. 있는 것은 매도뿐이야. 아이가 죽어도 눈물 한 방울 보이지 않아. 정말로 당신은 우리의 아버지인가?!"

눈물을 흘릴 수 있었다면 키마이라는 오열했을 것이다. 하지만 「눈」을 빼앗긴 그는 눈물을 흘릴 수 없었고, 떨리는 목소리로 감정을 부딪칠 수밖에 없었다.

"시시하군."

단언했다. 쌀쌀맞게 잘라 말했다.

"나는 「신」에 가까운 「5대 천왕」 중 한 명. 이 세계에 사는 모든 것이 나의 귀여운 아이이자 사랑스러운 장난감이다."

"그, 그렇다면, 목숨 걸고 충성을 맹세한 우리 열두 마주도 장난감인가!"

말로 표현할 수 없는 오열을 섞어 키마이라가 외쳤으나.

"당연하다."

「무모왕」은 내뱉듯 말했다.

"그럼 죽어! 너 따위는 이제 「왕」이 아니야!"

키마이라에게서 망설임이 사라졌다. 무기를 들고 「무모왕」에게 달려들었다.

하지만 「무모왕」은 피하려고 하지 않았다.

느릿하게, 자연스러운 동작으로 「사선」^{에페탈}을 불러내 육박하는 키마이라에게 휘둘렀다.

일도양단— 피가 튀었다. 충격으로 키마이라가 한 걸음, 두 걸음 뒤로 물러났다.

키마이라는 집념으로 쓰러지지 않고, 피를 철철 흘리며 이를 악물고서 「무모왕」을 노려보았다.

그리고 뭔가를 호소하려고 입을 열었지만.

"방해돼."

—뒤에서 나온 흑도가 그를 꿰뚫었다.

"아?"

자신을 꿰뚫은 흑도의 감촉에 키마이라는 양손으로 칼날을 움켜잡았다. 하지만 칼이 쑥 빠지며 키마이라의 양쪽 손가락을 베어 버렸다. 베인 손가락이 땅에 떨어져 떼구루루 굴러갔다. 소년이 가차 없이 손가락을 짓밟고서 키마이라 옆을 지나쳤다.

「무모왕」, 찾았잖아. 이런 곳에 있었네.”

키마이라는 멀어지는 소년의 등을 향해 손을 뻗었으나 그대로 뒤로 넘어갔고 입을 달싹이며 숨졌다. 그런 그를 힐끗 본 소년은 「무모왕」을 향해 어둡게 웃었다.

“자, 방해꾼은 사라졌어. 1000년 전의 인연을 끝내자.”

“그렇게 서두르지 마라. 쌓인 이야기도 있지 않나. 먼저 얘기를 나눠야지.”

걸음을 멈추지 않는 소년에게 손을 들고 두 팔을 벌린 「무모왕」은 내방을 환영하는 모습을 보였다.

“이곳이 최후에 걸맞다고 생각했다. 모든 것이 시작된 곳이니까.”

이곳의 이름은 안팡 삼림.

그란츠 대제국의 동쪽에 있는 숲으로, 히로가 리즈와 만난 곳이자, 1000년 전에는 레이와 만난 곳이기도 했다. 그리고 이 숲은 「정령왕」이 사는 「성역」이기도 했다.

“자, 어느 쪽이지?”

소년이 반응을 보이지 않자 안달이 난 「무모왕」이 대답을 요구했다.

“……알고 있잖아.”

소년의 대답에 목울대를 울린 「무모왕」은 손가락을 튕겼다.

그것이 신호였는지 공간에 금이 가며 창 하나가 튀어나왔다.

모든 것을 꿰뚫는 신창— 「천지개벽^{롱기뉴스}」.

공간에서 창을 뽑은 「무모왕」은 찌르는 듯한 차가운 시선을 소년에게 보냈다.

"「흑진왕」…… 아니, 「군신」…… 아니, 여러 이름을 가진 애매한 존재여."

「무모왕」은 살기를 흩뿌렸다. 싸울 준비가 됐다는 듯 오만 불손한 태도로 자신의 무기를 들었다.

"「그릇」으로서 이제 충분하다. 수고했다. 상으로 편히 만들어 주마."

"……내가 할 말이야."

소년은 흑도를 칼집에 되돌리고서 하단으로 들고 자세를 낮추며 몸을 앞으로 기울였다.

"마침내 너를 죽일 수 있어."

고개 숙인 채 활짝 웃은 소년은 강렬한 발자국을 남기고서 달렸다.

다음 순간, 날카로운 기합이 충돌했다.

격렬한 참격이 종횡무진 어둠을 갈랐다.

*****

「괴물」은 추악하다.

구역질이 날 만큼 혐오감만 든다.

지능이 낮고, 사체조차 먹으며, 때로는 동포마저 죽인다.

그들에게 다른 이는 전부 식량, 혹은 적이다.

그래서 케리네이아는 지성이라고는 조금도 없는 괴물을 혐오했다.

"냄새도 강렬하군."

「괴물」의 야영지를 둘러본 열두 마주 케리네이아는 코를 찡그렸다.

가장 혐오하는 생물의 집합소에 케리네이아가 있는 이유는 하나뿐이었다.

경애하는 「왕」이 본진에서 모습을 감춰 버렸기 때문이다.

의사소통이 되지 않는 「괴물」에게 볼일은 없었다. 그래서 케리네이아의 발걸음은 가장 떠들썩한 곳으로 향했다. 거리가 가까워질수록 천박한 웃음소리가 들려왔다. 바람에 실려 온 술 냄새가 코를 간질였다.

「괴물」이 지배하는 야영지에서 유일하게 말을 할 줄 아는 지성 높은 「괴물」이 있었다. 이 세계에 사는 사람들은 그들을 「각인족」이라고 부르며 두려워했지만, 케리네이아가 보기에는 그들도 「괴물」과 동렬— 혐오 대상에 불과했다.

"실례하지."

「각인족」이 진을 친 곳에 오자 「마인화」에 실패한 추악한 생물인 「기육족」이 전장에서 시체를 가져왔는지 「인족」의 살을 게걸스럽게 먹고 있었다. 품격이라고는 조금도 없는 생물이지만 그래도 「괴물」보다는 지성을 가지고 있었다.

"너희의 지휘관은 어디 있지?"

물어보자 내장을 먹던 「기육족」이 폐를 입에 문 채 목적지를 가리켰다. 그 손끝에는 먹이의 선혈이 맺혀 있었다. 케리네이아는 고맙다는 말도 없이 다시 걷기 시작했다.

"키마이라도 없으니…… 여기 안 계신 걸지도 모르겠어."

평소라면 「왕」이 모습을 감췄다고 해서 찾지 않는다. 그러나 동포인 키마이라마저 사라졌다. 최근 「무모왕」에 대한 태도를 생각하면 케리네이아의 가슴에 불안이 스쳤다. 키마이라의 마음은 이해한다. 확실히 「무모왕」의 지휘에 의문을 느끼는 일이 늘었다.

"그래도 「왕」께 칼을 겨누진 않겠지만……."

이 불안이 기우로 끝나길 바라며 케리네이아는 「각인족」의 본거지에 발을 들였다.

화톳불을 받아 생긴 케리네이아의 그림자에 그보다 큰 그림자가 포개졌다.

"……구린내가 난다 싶더니 너였냐, 케리네이아."

"너희가 풍기는 썩은 내보다는 낫겠지, 누르."

전신에 복잡한 문양을 새긴 갈색 피부의 거한이 케리네이아 앞에 나타났다.

「각인족」의 족장이라고 해야 할 존재였다. 예전에는 5대 장군이 될 뻔한 「인족」이었다. 5대 장군에 필적하지 못함을 깨닫고 도망쳤지만 패배를 인정하지 못하고 힘을 추구한 결과 지금과 같이 된 것이다.

「각인족」 대부분이 누르와 비슷한 형편이었다.

악행을 저지르고 도망칠 곳을 잃은 강도, 전장에서 달아난 전사, 몰락하여 복수에 불탄 귀족, 권력 싸움에서 패배한 성직자. 그야말로 패배자들의 모임이었다.

그렇기에 「군신」처럼 되지 못한 「각인족」이라는 실패작을 케리네이아는 깔보았다. 마음 같아서는 같은 전장에 서고 싶지 않은 상대였다. 하지만 그들에게는 다소나마 지능이 있고 「괴물」보다 전투력이 높았다. 무엇보다 무모왕이 직접 만들어 낸 존재라서 지금의 상태를 감수할 수밖에 없었다.

"썩은 내를 맡으러 왔을 리는 없고. 냉큼 용건을 말해."

"「왕」께서 모습을 감췄다. 그래서 이곳에 오셨는지 확인하러 온 거다."

「무모왕」이 이곳에 왔을 가능성은 있었다.

주인의 마음은 읽을 수 없다. 무슨 생각을 하는지조차 알 수 없다.

그래서 짚이는 곳은 전부 찾아보고 싶었다.

설령 가장 싫어하는 장소더라도 말이다.

"모르겠군. 하지만 「아버지」라면 금세 홀연히 돌아오겠지."

"그럼 키마이라는 못 봤나?"

그렇게 케리네이아가 묻자 누르는 입꼬리를 한껏 올려 기분 나쁘게 웃었다.

"알고 있잖아. 너희 열두 마주— 아아, 지금은 두 명으로 줄었지."

도발적인 누르의 말에 케리네이아의 한쪽 눈썹이 반응했다.

"말조심해. 팔푼이."

"크크큭, 그렇게 너처럼 키마이라도 우리를 싫어해서 가까이 안 와. 언제까지고 우리를 깔볼 수는 없을 거다, 제일 약한 「마족」아."

누르가 노기를 팽창시키자 케리네이아 주위로 「각인족」이 모였다.

"호랑이의 위세를 빌린 여우 주제에. 여기서 죽여 줄 수도 있어. 「아버지」가 있으니까 참은 거야. 그의 화를 사지 않는다는 걸 알면 언제든 덮쳐 주마."

적의와 살의에 노출된 케리네이아의 이마에 비지땀이 맺혔다. 그들이 마음만 먹는다면 약해진 케리네이아 따위는 상대도 되지 않을 것이다. 그리고 치명적으로 「무모왕」이 부재함을 가르쳐 주고 말았다. 억제제가 사라진 지금, 케리네이아를 죽이는 걸 망설이지는 않을 터. 그래도 케리네이아의 자존심이 굽히고 들어가기를 거절했다. 팔푼이라며 깔보는 「각인족」에게서 도망치는 것을 허락하지 않았다.

어떻게 이 상황을 타개할 것인지 생각하고 있을 때— 이변이 일어났다.

주위를 둘러싼 「기육족」과 「각인족」이 거리를 벌리기 시작했다. 눈앞에 서 있던 누르도 동요했는지 압도된 것처럼 후퇴했다.

기척을 읽는 데 뛰어난 케리네이아도 눈치챘다. 어째서 누르가 그렇게 반응했는지도 이해했다. 왜냐하면 케리네이아는 그들보다 먼저 정체 모를 생물의 기척을 감지했기 때문이다.

하지만 처음 느끼는 강대한 기운이라 몸을 움직이지 못했다.

"웬 소란이지."

그 인물이 목소리를 낸 순간— 모두가 두려워하며 한쪽 무릎을 꿇고 머리를 숙였다.

지능이 낮은 「기육족」도, 자존심 높은 「각인족」도, 그리고 케리네이아도 예외는 아니었다. 겁먹어 몸을 떨고 땀을 줄줄 흘리며 신하의 예를 취했다.

"누르, 케리네이아, 설명해라."

익숙한 음성에 케리네이아는 불신감을 품었다. 「흑진왕」의 목소리였기 때문이다. 하지만 그가 내뿜는 기운에는 「무모왕」의 기운도 섞여 있었다. 판별할 수 없을 만큼 애매한 존재가 되어 나타나서 케리네이아는 몹시 동요했다.

그때, 중압에 익숙해졌는지 주위에 있던 「기육족」이 일어나 함성을 지르기 시작했다. 누르가 진정하라고 일갈했지만 흥분했는지 몇몇 「기육족」이 「왕」에게 달려들었다. 덩달아 많은 기육족이 일제히 덤벼들었다.

"멈춰!"

제지하는 누르의 목소리 따위 전해지지 않았다.

나타난 「왕」에게 적의를 드러낸 「기육족」이 쇄도했다.

그리고— 피의 비가 세차게 대지에 쏟아졌다.

한 번.

그저 한 번 휘둘렀을 뿐이다.

부드러운 바람이 붊과 동시에 「기육족」들의 몸통이 찢어지고 대량의 선혈이 밤하늘을 꾸몄다. 내장이 끈적한 소리를 내며 땅에 떨어졌다.

압도적인 무력, 머리를 쓰다듬는 듯한 가벼운 동작으로 많은 「기육족」이 가차 없이 육편이 되었다. 그런 피의 비를 맞으며 다가오는 「왕」의 기척을 눈치채고 케리네이아는 공포로 몸을 경직시켰다. 옆에 있는 누르도 납작 엎드려 있는지 그의 거친 숨소리가 귀에 들렸다. 너무나도 큰 공포에 정상적으로 산소를 마시지 못하는 것 같았다.

"누르."

냉혹한 시선을 받고 거구가 떨렸다.

"제대로 교육이 안 되어 있는 것 같군."

"으아악?!"

가감 따위 없었다. 가차 없이 머리를 짓밟힌 누르는 격통에 소리를 질렀다.

두개골이 섬뜩한 소리를 내기 시작했다.

"누구를 공격했는지 이해하고 있는 건가? 아니면 네가 명령했나?"

"「아버지」여. 용서를…… 부디, 자비를, 한 번 더, 제게 기회를 주십시오."

격통을 참으며 누르는 사죄의 말을 꺼냈다. 그렇게 꼴사나운 모습으로 팔을 휘둘러 경계하는 「기육족」에게 제자리로 돌아가라고 지시했다.

두 사람의 대화를 듣고 케리네이아는 확신을 얻었다. 마침내 「무모왕」이 「그릇」을 손에 넣었음을 깨달았다. 완전한 힘을 손에 넣은 것이다. 환희로 가슴이 떨렸다.

"축하드립니다. 마침내 「그릇」을 손에 넣으셨군요."

진심으로 기뻐하며 말을 꺼냈다. 하지만 「무모왕」은 대답도 하지 않고 누르의 머리에서 발을 치우더니 그의 등을 의자 삼아 앉았다.

변함없이 무시당했지만 그게 바로 「무모왕」이라는 증거라고도 할 수 있었다.

드문 일은 아니었다. 줄곧 그를 섬기며 똑같은 취급을 받았다. 만약 치하하는 말을 했다면 케리네이아는 의심했을 것이다. 그래서—.

"키마이라가 없는데 「왕」께서는 뭔가 아십니까?"

평소와 다름없는 태도로 대하기로 했다.

"녀석은 내게 칼을 겨눴다. 그래서 처리했다."

날벌레를 죽인 것처럼 그렇게 간결히 알렸다.

그럴 거라고 생각은 했다. 최근 키마이라가 「무모왕」에게 보이던 태도는 이전과 달랐기 때문이다. 불신에 지배되어 의구심이 뿌리내려 있었다. 폭주했더라도 이상하지는 않았다. 그래도 가슴속은 복잡했다. 어리석은 동포를 향한 규탄과 열두 마주도 마지막 한 명만 남았다는 쓸쓸함이 동시에 엄습했다. 하지만 감상에 젖어 있을 시간은 없다며 묵살했다.

최후의 한 명이 되었어도 「무모왕」을 계속 보좌해야 한다.

"「왕」이시여. 한 가지 부탁이 있습니다."

"뭐지?"

"최후의 싸움을 앞두고 지금의 저로서는 실력이 부족합니다. 그래서 「사선」을 빌리고 싶습니다."

어쭙잖고 버릇없는 부탁이었을지도 모른다. 조금 후회가 됐다.

하지만 지금의 「무모왕」에게 「사선」은 필요 없었다.

「그릇」을 손에 넣어 완전한 힘을 얻은 지금, 그 정도 여유는 있으리라고 판단하여 부탁한 것이었다. 등을 타고 흐르는 땀을 느끼며 케리네이아는 「무모왕」의 말을 기다렸다.

"좋다. 마음대로 해라. 내 장기말로서 보탬이 되어라."

「무모왕」이 던진 「사선」이 케리네이아 앞에 꽂혔다.

환희를 주체할 수 없다는 듯 케리네이아의 몸이 떨렸다.

가볍게 승낙받았으나 원래는 간단히 줄 수 있는 무기가 아니었다. 「무모왕」이 케리네이아를 신뢰한다는 증거이기도 했다.

"누르, 케리네이아, 부족장을 모아라."

「무모왕」은 일어나 밤하늘을 올려다보았다.

두 사람은 말없이 고개를 끄덕이고 행동을 시작했다. 이유를 물을 필요는 없었기 때문이다.

멀어지는 부하들의 발소리를 들으며, 남겨진 「무모왕」은 구름에 가려진 상현달로 손을 뻗었다.

"이제 나를 막을 자는 없다."

제4장 결별

구름 한 점 없이 맑은 하늘은 산뜻했다.

지상에서는 눈을 가리고 싶어지는 참극이 펼쳐지고 있지만 이 창궁을 올려다보면 피폐해진 마음이 씻기는 것 같았다.

이 앞에 밝은 미래가 기다리고 있다는 생각이 들었다.

남들은 현실 도피라고 할지도 모르지만, 글린다 변경백은 새로운 마음가짐으로 앞을 보았다.

현재 글린다 변경백이 이끄는 군세는 북상 중이었다.

바람에 펄럭이는 깃발은 그란츠 대제국의 문장기가 가장 크지만, 그 밖에도 그란츠에 속한 귀족들— 남방, 동방, 파벌을 뛰어넘어 다양한 문장기가 나부끼고 있었다.

그 선두 집단에 글린다 변경백이 있었다. 그는 긴장한 얼굴로 앞을 보고 있었다.

난생처음 4만이나 되는 병사를 이끌게 되었다.

그저께 마침내 동방과 남방이 냉정하게 이야기를 나누는 자리를 마련할 수 있었다.

동방 귀족이 베투를 암살했다는 용의는 벗겨졌으나, 베투라는 절대적인 대들보를 잃은 동방 귀족들의 동요는 이루 헤아릴 수 없었다.

무엇보다 베투가 그란츠를 배신하려고 했다는 이야기를 들었으니 기력이 쇠하는 것도 어쩔 수 없었다. 그래서 세계 나가면 교섭도 원활히 진행되리라고 여겼지만, 지금껏 베투의 말을 충실히 따랐던 그들의 판단 능력은 저하되어 있었다.

남방 귀족들은 글린다 변경백에게 병사를 빌려주기 꺼렸다.

글린다 변경백은 출병한 사이에 남방에서 문제가 일어나기를 원치 않았다. 그렇기에 동방 군세를 변함없이 선스피어에 주둔시키고 싶었다.

그래서 부족한 병력을 보충하기 위해 남방 귀족에게 협력을 청했으나, 직접 중요한 결단을 내린 적이 없었던 그들과의 대화는 진전이 없었다.

"로잉 양, 고맙습니다. 로잉 양이 없었다면 동방과 남방은 하나로 뭉치지 못했을 겁니다."

"그렇게 말씀해 주시니 감사하네요."

글린다 변경백이 고개를 숙이자 그야말로 귀족다운 소녀가 쑥스러운 듯 수줍게 대답했다.

겸손한 태도였으나 정말로 그녀가 없었다면 이렇게 빨리 군세를 중앙으로 보내지 못했을 것이다.

동방과 남방의 대화가 진전이 없는 것을 보고 그녀는 남방 귀족을 열심히 설득해 줬다. 그 교섭술은 훌륭했고 문관으로서 나무랄 데 없는 재능을 가지고 있었다. 장래에는 조카를 보좌할 것이라는 예감이 들 정도였다.

자신보다 스무 살은 어린 소녀를 상대로 패배를 인정하려니 분하기도 했지만, 솔직히 재능만 보자면 글린다 변경백은 발끝에도 미치지 못했다.

압도적인 차이가 있기에 납득할 수 있었다.

그러나 계급 등의 문제가 있고, 남성 우위인 세계라서, 지장이 생기지 않도록 글린다 변경백이 군대를 이끌게 되었다. 그건 그녀도 납득해 줬으나, 크게 공헌해 준 로잉 양을 무시하기도 미안해서 독단으로 참모장 자리에 앉혔다.

처음에 그녀는 괜한 알력을 피하려고 했지만, 몇 가지 조건을 내세우고 납득해 줬다.

첫 번째 조건은 이 전쟁이 끝나고 나서 조카인 리즈와 만나고 싶다는 것.

이에 관해서는 문제없었다.

그녀의 공적을 생각하면 리즈가 직접 로잉 양에게 포상을 내리게 될 것이기 때문이다.

두 번째 조건은 배속을 바꾸는 것. 그녀는 문관으로서 중앙에 배속되어 있었다.

로잉 양은 리즈의 참모가 되고 싶은 모양이라 직속 부하가 되기를 원했다.

이에 관해서는 독단으로 정할 수 없기에 나중에 말을 보태는 것으로 납득해 달라고 했다.

세 번째 조건은 그란츠 본대와 합류했을 때 리즈와의 연락을 담당하고 싶다는 것이었다. 지금의 군세도 그렇지만, 그녀에게 전부 맡기고 있는 부분이 많아서 전령 역할까지 맡기면 로잉 양의 부담이 컸다.

하지만 고집스럽게 양보하지 않았고 그 열의에 진 글린다 변경백은 승낙했다.

조건을 다시금 머릿속에 떠올린 글린다 변경백은 역시 로잉 양은 리즈 신봉자일 거라고 생각했다.

최근 리즈의 인기가 폭발적으로 상승 중이라는 것은 알고 있었다.

「이장족」보다 뛰어난 미모는 남녀노소를 매료하고, 수많은 무용담은 사람들에게 용기를 줘서, 로잉 양 같은 열광적인 사람들이 전국적으로 늘고 있다고 듣기는 했다.

"글린다 변경백."

갑자기 이름을 불러서 깜짝 놀란 글린다 변경백은 당황하여 말에서 떨어질 뻔했다. 어떻게든 자세를 바로잡고 식은땀을 흘리며 로잉 양을 보았다.

"왜 부르십니까?"

창피함에 얼굴이 빨개졌지만 로잉 양은 글린다 변경백에게 시선을 주지 않고 가슴 앞에서 양쪽 검지를 맞대며 수줍게 고개를 숙이고 있었다.

"조금 묻고 싶은 게 있는데……."

혼잣말처럼 작은 목소리는 말굽 소리에 금세 지워졌다.

"묻고 싶은 것이요……? 대답할 수 있는 것이라면 뭐든 대답하겠습니다."

"그럼, 실례일지도 모르지만 글린다 변경백에게 부탁이 있어요."

한 손으로 뺨을 감싸며 사랑에 빠진 소녀처럼 얼굴을 붉혔다.

대체 무슨 이야기를 하려는 걸까. 글린다 변경백의 심장이 뛰었다.

젊디젊은 아가씨, 기품 넘치는 외모도 매력적인 아름다운 소녀였다.

하지만 자신에게는 아내가 있다고 타이르며 그녀가 꺼낼 말을 기다렸다.

"세리아 에스트레야 님의 어릴 적 이야기를 듣고 싶어서요."

말해 버렸어. 어쩌지. 사랑을 고백한 소녀처럼 감정을 폭발시킨 로잉 양은 수치심을 쫓아내듯 고개를 휘휘 저었다.

그런 반응과는 반대로 글린다 변경백은 맥이 빠져서 어깨를 축 떨궜다.

"난 또 뭐라고. 그런 거라면 얼마든지 얘기할 수 있습니다."

"정말요?!"

그렇게 기뻐하는 그녀 곁으로 한 전령이 왔다.

"로잉 님, 타우젠트 가문과 문터 가문이 협력을 승낙했습니다. 나중에 사자가 올 겁니다."

"알겠어요. 맞이할 준비를 해 두겠어요. 그럼 다음은 프리슈 가문에 이 서신을 보내 주세요."

글린다 변경백은 등골이 오싹해졌다.

조금 전에 보았던 꿈꾸는 소녀는 그곳에 없었다. 무인 같은 예리한 기운을 휘감고서 새로운 지시를 내리고 있었다. 역시 5대 장군의 핏줄이라고, 그녀도 확실하게 피를 물려받았다고 글린다 변경백은 감탄의 한숨을 쉬었다.

전령이 떠난 후 로잉 양은 부하를 불렀다.

"타우젠트 가문과 문터 가문은 옛날부터 사이가 나쁘니 두 가문의 병사가 합류하면 알타르 가문을 사이에 두고 행군시키세요."

"거리가 너무 가깝지 않습니까? 앞뒤로 나누는 편이 좋을 것 같습니다만."

"그러면 왜 저 녀석들이 앞이고 우리가 뒤냐며 오히려 다툼이 생겨요. 그리고 알타르 아저씨는 두 가문과 교류가 있으니 무슨 일이 생기면 중재해 주실 거예요. 따로따로 나누는 것보다 가까이에서 감시하는 편이 문제가 안 일어나요."

"그런 거라면…… 알타르 님께 알리겠습니다."

"네. 그리고 제가 부탁했다는 것도 전해 주세요."

"알겠습니다."

로잉 양은 5대 장군 가문의 영애였던 만큼 아는 사람이 많았다. 자신의 입장을 최대한으로 이용하고 있었다. 자칫 잘못하면 잘난 조부를 둔 덕에 혜택을 보는 거라는 말을 듣겠지만 그런 느낌을 주지 않을 만큼 그녀는 유능했다.

그래서 누구도 험담하지 않았다.

오히려 그런 소문을 퍼뜨린다면 남방 귀족 대부분이 적으로 돌아설 것이다.

그녀를 통해 로잉 대장군의 위대함을 새삼 느꼈다. 보통 같으면 계집애라며 비웃는 자나 명령을 무시하는 자가 있을 법한데 다들 로잉 양의 지시를 의심하지 않고 받아들였다. 그만큼 그녀의 지시가 정확하다는 증명이기도 했다.

남방 귀족 대부분이 로잉 대장군에게 신세를 졌다는 이유도 있을 것이다.

다른 영역에서 온 글린다 변경백은 가질 수 없는 비장의 카드였다.

물론 리즈의 외숙부인 글린다 변경백에게 잘 보이려고 하는 귀족들이 찾아오기도 하지만, 거의 다 흑심을 가진 족속이라서 안심할 수는 없었다.

그것도 어쩔 수 없는 일이다. 리즈가 두각을 드러낸 것은 최근 일이고, 로잉 가문은 남방을 수호하는 5대 장군으로서 마지막까지 남방의 평화를 유지했다.

그렇기에 발언력은 강하고, 남방에서 확고한 지위를 확립하고 있는 것이다.

그렇다고 해서 글린다 변경백은 비굴해지지 않았다.

적재적소라는 말이 있다.

자신이 할 수 있는 일을 힘껏 하다 보면 따르는 사람이 생기기 마련이다.

낙심하지 않고, 안달하지 않고, 자신의 역할을 다하여 남방 귀족들의 신뢰를 쟁취할 수밖에 없다.

장래가 기대되는 소녀에게 다시금 시선을 보냈다.

로잉 양은 잇따라 찾아오는 전령 대처에 쫓기고 있었다.

왜 이렇게나 전령이 오가고 있느냐 하면, 인근의 그란츠 귀족들을 계속 독려하고 있기 때문이었다. 4만이라는 대군을 보여 줘서 하나로 뭉쳐 있다고 주장하여 주위 귀족들이 딴마음을 먹지 못하도록 하고 있는 것이다.

그래서 중앙에 원군으로 가고 있지만 행군 속도는 느렸다.

괴물 군세와 그란츠군의 싸움이 끝난 뒤에 도착할지도 모른다.

하지만 안달 내 봤자 해결될 문제는 아니었다.

그래서 지금은 자신들이 할 수 있는 최대한의 일을 하고 있었다.

이대로 인근 그란츠 귀족들의 사병을 합류시켜 군대를 계속 키우면 이웃 나라들에 위협도 된다. 만약 싸움이 끝나기 전에 도착한다면 큰 도움이 될 것이 틀림없다.

"훌륭합니다. 역시 로잉 양, 할아버님에게 배우신 겁니까?"

전령과 부하에게 모든 지시를 끝낸 그녀에게 글린다 변경백이 물었다.

"아뇨, 할아버님은 제가 평범한 길을 가길 원했던 모양이라 아무것도 가르쳐 주시지 않았어요."

로잉 양은 살짝 슬픈 기색을 보이며 눈을 내리떴으나 곧장 고개를 들고 웃었다.

"하지만 그 뒤를 쫓으며 할아버님의 이름에 먹칠하지 않을 만한 노력은 했어요. 물론 앞으로도 자만하지 않고 세리아 에스트레야 님을 보좌하고 싶어요."

쑥스러워하며 발언하는 그녀를 보고 글린다 변경백은 눈을 크게 떴다. 아직 성장이 부족하다면서 자신을 단속하고 더 노력하고자 하는 향상심의 화신 같은 소녀인 듯했다.

질 수 없다며 분기하는 글린다 변경백에게 로잉 양이 물었다.

"그리고 저 혼자였다면 이렇게 원활하게 일이 진행되지 않았을 거예요."

"그럴 리가요. 로잉 양이 진력해 줬기에 지금이 있는 겁니다."

"아뇨. 차기 황제인 세리아 에스트레야 님— 그 외숙부인 글린다 변경백에게 칼을 겨누면 어떻게 될지 귀족들은 이해하고 있어요."

대놓고 글린다 변경백에게 협력을 타진하면 주변 남방 귀족에게 미운털이 박힐 가능성이 있다. 그렇기에 중간에 로잉 양을 둬서 반감을 사지 않으려고 하는 것이다.

"죄송해요. 물론 글린다 변경백의 인품도 있었기에 가능했던 거예요."

글린다 변경백의 기분을 해쳤다고 생각했는지 바로 허둥지둥 사과했다.

그런 그녀를 보며 글린다 변경백은 쓴웃음을 지었다.

"아뇨, 제 입장은 잘 이해하고 있습니다. 자만하지 말고 이용당하지 않도록 조심해야겠죠."

조카가 있을 아득한 북쪽에 시선을 보냈다.

어느새 리즈는 자신의 명성을 뛰어넘어 구름 위의 존재가 되어 버렸다. 질투가 나지는 않았다. 오히려 자랑스럽다는 생각마저 들었다.

그녀의 모친도 용맹하고 백성에게 사랑받는 존재였다. 성장한 리즈를 보여 주지 못해서 몹시 아쉽지만, 그래도 하늘에서 따뜻하게 지켜보고 있을 것이다.

몇 년 전까지는 자신의 비호가 없으면 아무것도 못 하는 소녀였는데 지금은 반대로 글린다 변경백이 그녀의 이름에 기대야 할 만큼 급성장을 이루었다.

시대의 빠른 흐름, 세대교체의 물결은 확실하게 온다. 아니— 이미 발밑까지 와 있었다. 이 전쟁이 끝나면 자신의 역할도 끝날 터다.

옆에 있는 로잉 양을 보고 그것을 강하게 실감했다.

다음 세대에게 세상을 맡기고 자신은 은거하게 될 것이다.

"신경 쓰지 마시길. 그보다 리즈와 처음 만났을 때 이야기를 할까요."

"부, 부탁드릴게요!"

머지않은 미래를 상상하고 글린다 변경백은 저도 모르게 미소 지었다.

*****

눈이 녹으면 물이 땅에 스며들고 진흙이 생겨난다.

사람들에게 짓밟히면 질척질척해져서 발을 삐끗하여 넘어지는 자도 생길 것이다.

그란츠 북방— 멜라렌 근교.

괴물과 「인족」이 격렬한 충돌을 반복하고 있었다.

자신을 분기시킨 「인족」이 함성을 지르면 지지 않겠다는 듯 괴물도 포효로 대답했다. 검이 부러져도 손잡이가 무사하다면 괴물을 때리고, 부러진 창을 투척하여 괴물의 머리를 부수며, 어떤 장애물이 있든 간에 분쇄하고 전진했다. 그들에게 후퇴라는 두 글자는 없었다. 오로지 전진만이 있었다.

눈을 가늘게 뜨고서 그런 용감한 병사들을 바라보는 남자가 있었다.

셀레네 2황자로부터 북방을 맡은 북방 3대 가문 중 하나, 헤임달 가문의 적장자 헤르마.

주위에서는 우수한 남자라고 평가했다.

하지만 천재는 아니었다. 재능만을 보자면 범인에 속하는 인물이리라.

그러나 헤임달 가문의 적장자라는 자부심, 주인을 지켜 내겠다는 높은 충성심, 그리고 자신을 과신하지 않고 열심히 훈련한 나날이 있었기에 셀레네 2황자의 참모가 될 수 있었다. 그것들을 평가받아 만부부당의 노력가라는 말을 들었다.

"마침내 「정령벽」에 도달할 것 같군."

헤르마가 이끄는 북방군은 괴물 무리를 헤치우며 멜라렌까지 와 있었다.

「흑진왕」이 정령 장비를 원조해 줘서 괴물과 대등하게 싸울 수 있었다. 병사 수는 뒤처지지만 사기가 높아서 후퇴하지 않고 파죽지세로 전진 중이었다.

하지만 순조롭게 나아가는 이유는 그뿐만이 아니었다.

괴물 군세에는 지휘관이 없었다. 수가 많아도 연계가 되지

않는 괴물은 오합지졸, 매일 열심히 훈련한 북방군의 상대가
되지 않았다.

그래도 멜라렌에 다가갈수록 저항은 격심해졌다.

「정령벽」이라는 목표를 눈앞에 두고 조급해지는 마음을 억
누르며 헤르마는 부하에게 지시를 내렸다.

"적의 양익을 물어뜯는다. 중앙은 일단 물리고, 양익의 전
선이 밀어붙이면 단숨에 공격해라."

이쪽이 유리하다. 안달할 필요는 없다. 괴물은 연계가 되지
않아서 이쪽 마음대로 전장을 조종하고 있었다. 일단은 착실
하게 괴물을 토벌하여 주위의 안전 확보를 우선한다.

하지만 「정령벽」이 앞에 있는데 무시하는 것도 성미에 맞지
않았다.

"오라버니, 별동대가 준비됐어요."

"프로디토스, 지휘를 맡겨도 될까?"

"맡겨 주세요. 헤임달 가문의 명예에 흠이 가지 않는 활약
을 보여드리겠어요."

교만하다고도 여길 수 있는 건방진 발언이었으나 동생의 자
신감에 헤르마는 눈을 가늘게 떴다.

오빠인 헤르마는 평범한 인물이지만 동생 프로디토스는 천
재 부류에 속했다.

주로 전투 방면에 특화되었으나, 북방에서 전투력이 높기로
는 다섯 손가락 안에 들 것이다. 그리고 자신이 전사했을 경
우에 대비해 다양한 전술을 주입해 뒀다. 외교나 내정 등은

평범한 수준이지만 전투에 관해서라면 솜에 물이 스며들듯 빠르게 흡수했다.

"그럼 「정령벽」 주위에 있는 괴물들을 쫓아내고 와. 섬멸하려 들지 말고 위험하다고 느끼면 돌아와."

"제가 무슨 앞뒤 안 가리는 돌격대장인 줄 알아요? 그 부분은 잘 알고 있어요. 셀레네 님의 소중한 병사를 헛되이 죽일 수는 없죠."

"그럼 가. 적의 주의를 끌면 전선에서 싸우는 자들이 편해져."

"네. 오라버니도 조심해요."

말에 올라타 대기 중인 별동대 쪽으로 갔다. 믿음직스러운 동생에게서 시선을 뗀 헤르마는 전선을 보았다.

"일단…… 「정령벽」을 탈환하면 오명은 씻을 수 있나."

다시 「정령벽」을 점거하더라도 북방이 떳떳해지지는 않는다.

북방의 반란, 「정령벽」 붕괴, 레벨링 왕국의 침입. 글라이하이트 황제가 건재했다면 죽으라고 명령했을 것이다.

즉, 셀레네 2황자는 틀림없이 옥좌에서 멀어졌다.

"아니, 원래부터 황위 계승권을 포기할 생각이셨던 것 같으니까. 셀레네 님은 신경 쓰지 않으시겠지."

그래도 북방 3대 가문으로서 한심한 모습을 보일 수는 없었다.

주군이 얕보이는 일은 참을 수 없다. 어떻게 해서든 「정령벽」을 되찾아서 북방의 명예를 회복시키겠다. 그렇기에 이번 일은 북방의 군세만으로 해결해야 했다.

"적의 중앙을 물어뜯는다. 우리의 고향 멜라렌에 둥지를 튼 괴물들을 박멸해라."

부하에게 지시를 내리고 있을 때, 별동대가 출발하는 것이 보였다.

동생 프로디토스가 선두로 달리며 전방을 향해 검을 들고 있었다.

우뚝 선 「정령벽」을 향해 별동대는 말과 하나가 되어 인족의 방파제로 빠르게 말을 몰았다. 많은 병사의 함성이 헤르마가 있는 곳까지 들렸다.

요격하는 괴물과 충돌하여 세차게 흙먼지가 일며 동생의 모습은 보이지 않게 되었다.

그래도 불안하지는 않았다. 믿기 때문이다. 프로디토스라면 반드시 목적을 달성할 것이다.

"우리의 사명을 잊지 마라! 「정령벽」의 수호자로서 고집을 보여 줘라!"

중앙에서 싸우고 있을 셀레네를 생각하며, 「정령벽」 탈환이 자신에게 주어진 사명이라고 외쳤다.

*****

"훌륭한 평원이야."

말을 탄 스카디는 끝없이 펼쳐진 초록빛 지평선을 보고 짙게 웃었다.

"이거라면 의회도 납득할 겁니다. 광대한 평원을 확보하면 말을 더 잘 육성할 수 있겠죠."

부하의 말에 스카디는 만족스럽게 고개를 끄덕였다.

이 주변 일대를 지배하는 자유의 민족은 유목민이다. 특정한 토지에 거처를 만들지 않고 계절에 따라 사는 곳을 바꾼다. 그래서 토지 대부분에 사람의 손길이 닿지 않았다.

"적의 모습은 찾았어?"

"아뇨. 역시 장정 대부분이 그란츠에 갔는지, 근처 야영지에 가 봤지만 노인과 아녀자들뿐이었습니다."

"그런가……. 편하게 영토를 뺏을 수 있는 게 가장 좋긴 하지만…… 너무 심심하네."

자유의 민족은 타고난 기병, 슈타이센이라는 대국이 작은 나라를 멸망시키지 못한 원인 중 하나였다.

무엇보다 지리적 이점도 상대편에게 있어서 그런대로 손해를 각오하고 왔다. 생사를 건 싸움을 기대했는데 뚜껑을 열어 보니 대부분 나가 있어서 저항이 없었다.

"당연한 일이겠지만 몇몇 부족은 항복을 나타냈습니다."

"그럼 받아들여 줘. 노인과 아이 상대로 잘난 척해 봤자 소용없으니까."

애초에 자유의 민족은 과거로 거슬러 올라가면 「동포」다. 부족 대부분이 「수족」으로 구성되어 있었다. 그저 「반인」이라는 이유로 박해받아 이 땅에 머물고 있는 것에 불과했다.

그란츠 황가처럼 슈타이센에도 순혈주의가 존재하지만 스

카디에게는 어찌 되든 좋은 일이었다.

"사이좋게 지내라고는 안 하겠지만 철저히 우호적으로 대해."

처음부터 적의를 가지고서 대하면 상대는 믿어 주지 않는다. 이 땅을 병탄하기 위해서도, 나중을 생각하면 우호적으로 대해 두는 것이 편하다.

그란츠에 패배한 자유의 민족 기병들이 돌아왔을 때, 저항할 기력을 없애기 위해서도 필요한 처치였다.

"알겠습니다."

"그나저나 몇 번을 봐도 좋은 토지야."

어떻게 해서든 이 토지는 손에 넣고 싶다. 휴양하고 싶을 때 찾아와 평원에서 한계까지 말을 모는 것도 즐거우리라. 그뿐만이 아니다. 광대한 평원을 이용하여 강인한 군마를 육성하면 슈타이센 공화국은 한층 더 강대해진다.

그렇기에 괜한 분쟁을 일으켜 이 토지를 망칠 수는 없었다. 관대한 마음으로 자유의 민족을 대해서 혼란 없이 합병해야 한다.

"이렇게 간다면 바닐 3국— 크와실도 먹을 수 있겠어."

거기서 더 가면 바닐 3국의 성도다.

자원이 풍부한 곳이다. 바다와도 면해서 무역이 활발했다. 금은보화도 많이 숨겨져 있을 것이다. 약탈하고 싶지만, 무절제하게 굴면 귀찮은 일이 벌어질 수도 있다.

"하여간…… 승부는 이기고 봐야 해. 지면 욕구 불만이 되어 버려."

이번에 그란츠에 쳐들어가지 않은 것도, 자유의 민족을 노린 것도.

전부 「흑진왕」에게 패배했기 때문이었다.

정정당당한 일대일 결투였다. 그래서 불평할 생각은 없다.

패배한 자신 잘못이니까. 그때 살려 주는 조건이 『복종』이었다.

원래는 죽었어도 이상하지 않았다. 살려 줬으니 은혜를 갚아야 했다. 그건 언제까지 계속되는가. 스카디는 지기 싫어하는 「수족」이란 종족이며 자존심도 세다.

「수족」은 약속하면 두말하지 않는다. 즉, 철회하려면 다시 싸워서 이길 수밖에 없다.

"뭐…… 이대로 공격하면 강한 녀석이 나오겠지."

자신을 타이르듯 중얼거린 스카디의 한숨에는 약간의 후회가 섞여 있었다.

그란츠 대제국과 「무모왕」의 싸움이 언제 끝날지 모른다.

시간과의 승부가 되리라.

하지만 이 앞에서 저항 세력이 기다리고 있을지는 의문스러웠다. 그란츠 대제국에서 온 정보에 의하면 여섯 나라가 바닐 3국으로 진군 중이라고 했다. 그렇다면 그들이 수비군을 대부분 해치우고 있을 것이다.

전투가 일어나지 않는 것은 아쉽지만, 몹시 아쉽지만, 아군의 손해 등을 고려하면 이렇게 기쁜 일은 없었다.

힘들이지 않고 영토가 손에 들어오는 것이니까 기뻐해야 할 일이다.

이제 그란츠가 승리하기를 기도하기만 하면 된다.

그들이 이기지 못하면 영토를 얻어도 의미가 없다.

그란츠라는 벽이 사라지면 「괴물」들이 남쪽을 노릴 것은 쉽게 상상이 갔다. 슈타이센 공화국이 한층 더 발전하려면 그란츠의 승리가 필요조건이었다.

그리고 몇 년의 세월이 지나 결판을 낼 때가 올 것이다.

「5대 천왕」이라는 절대적인 존재를 잃은 세계에서 아무런 뒷배도 없는 순수한 승부가 벌어지리라.

좋게도 나쁘게도 그란츠는 「5대 천왕」의 개입으로 살아왔다.

「5대 천왕」을 잃으면 어떻게 될까……. 여전히 강대할까, 아니면 약체화될까……. 그러나 영원히 번영하는 나라는 없다.

"내 대에 볼 수 없다는 게 아쉽지만."

하지만 그것은 미래의 이야기다.

그란츠가 「5대 천왕」을 물리치면 국가는 최전성기를 맞이할 것이다.

느리게 약체화해 가겠지만, 쓰러뜨리려면 한참 시간이 걸린다.

"근데 루시아 여왕이 얌전히 있으려나."

인사 정도만 나눈 사이지만, 그 끈적한 시선을 보건대 분명 속이 시꺼멓다.

방심하면 발을 걸어 넘어뜨릴 터다. 자칫하면 바닐 3국에서 세 세력 간의 대전이 벌어질 수도 있다.

"「법정검 5멸」 소지자를 죽이면 안 된다는 조건은 없었으니까."

루시아 여왕의 군세를 몰아내고 여섯 나라에 뛰어드는 것도 재미있을 것 같다.

입맛을 다신 스카디는 그러기를 강하게 바랐다.

*****

노성 한 번에 목숨이 하나 사라졌다. 화살이 날아가고, 피가 튀고, 목이 날아갔다.

칼날을 맞부딪치지도 못한 채 둔기에 머리가 분쇄되고, 승리를 외칠 새도 없이 뒤에서 찌른 창에 꿰뚫렸다. 적군과 아군이 뒤섞인 전선에서는 긴장을 늦추면 죽는다. 지상만을 신경 쓰다가는 상공에서 날아온 무수한 화살이 꽂힐 것이다.

운 좋게 사다리를 성벽에 걸쳐도 기름이 쏟아지고 몸은 불길에 휩싸였다.

정신력과 체력을 소모하며 정상에 도달해도 수십, 수백, 수천의 칼날이 무딘 빛을 내며 맞이했다.

그것이 공성전이다.

바닐 3국의 성도를 둘러싼 여섯 나라군이 맹공을 가하고 있었다.

끊임없이 공격의 물결이 밀려들어 하얀 벽은 새빨갛게 물들어 있었다.

마음이 부서지는 광경이었다. 하지만 벽 안쪽에는 가족이 있었다. 그렇기에 바닐 3국의 군세는 적을 안에 들일 수 없다며 필사적으로 저항했다.

아군에게 화살이 비처럼 쏟아지는 것을 바라보며 루시아는 쇠부채를 부치고 있었다.

　그녀의 주위에는 입구를 제외하고 천을 덮어 햇빛을 차단하고 있었다. 인공적으로 만들어진 그늘 속에서 긴 가죽 의자에 누운 루시아는 눈앞에 놓인 과일 하나를 집었다.

　"저토록 아름다운 흰 벽도 시간이 지나니 새빨갛게 물드는구나."

　더러움을 몰랐던 아름다운 성벽이 더러워져 갔다. 유린당하고 있다는 증거이기도 했다.

　"피로 더럽히기에는 참으로 아까워. 멀쩡하게 손에 넣고 싶었거늘."

　"저들이 항복 권고를 받아들이지 않았으니 어쩔 수 없습니다."

　"전황은 어떻지?"

　루시아는 부관 셀레우코스의 말을 무시하고 질문했다. 익숙한 일인지 셀레우코스는 기분 상한 기색도 보이지 않고 양피지 한 장을 참모에게 받았다.

　"동쪽 벽은 저항이 심한 듯합니다. 서쪽도 마찬가지입니다. 남쪽은 원군을 요청해서 제가 독단으로 3여단을 보냈습니다. 정문이 있는 북쪽은 저항이 약해지기 시작한 것 같습니다."

　"그런가…… 작전은 성공한 모양이구나."

　사과를 통째로 베어 문 루시아는 아삭아삭 소리를 내며 눈을 가늘게 떴다.

　루시아는 성도를 공격하기 전에 사방의 벽으로 적을 분산시키기로 했다. 일부러 북쪽을 허술하게 두고 남은 벽에 일제히 맹공을 가한 것이다.

상대는 깜짝 놀라서 곧장 북쪽의 병력을 쪼개 각 벽으로 보냈다.

그러기를 기다렸다가 북쪽에 예비 병력을 투입, 힘들어진 바닐 3국의 지휘관은 각 벽에 원군을 요청했고 그와 동시에 루시아는 북쪽의 공격을 완화했다. 이것을 반복하고 있었다.

역시 이제는 통하지 않게 됐지만 초동에 우세함을 점했으니 문제는 없었다. 벽은 하나만 넘어도 이쪽의 승리다.

"오늘 중으로 벽을 넘을 수 있겠느냐?"

"그건 어려울 겁니다. 성도답게 성벽은 높고 흉벽에 병사가 많습니다. 만약 돌파하더라도 밤이 되면 시간 초과입니다."

"흠, 그렇다면, 역사적인 문을 파괴하고 싶지는 않지만 어쩔 수 없구나."

"충차는 보냈지만 문도 튼튼하니 오늘 중으로 함락한다는 기대는 안 하시는 게 좋을 겁니다."

"안다, 알아. 성벽을 넘고 문을 파괴해도「이장족」은 항복하지 않겠지."

"자존심만큼은 세니까요. 그렇게 되면 어쩌실 겁니까?"

"다소의 약탈은 허가한다고 내 귀여운 병사들에게 전해라. 가족을 인질로 잡으면 녀석들의 마음도 꺾이겠지."

루시아는 쇠부채를 부치며 전장을 바라보고 있었지만, 한 병사가 입구에 서며 그 절경을 차단했다.

"루시아 여왕 폐하, 지금 시간 괜찮으십니까?"

"무슨 일이냐? 낭보인가?"

"그란츠 대제국에서 사자가 왔습니다."

시간이 멈춘 것처럼 주변이 고요해졌다.

루시아는 뺨을 실룩였고 셀레우코스는 뭔가를 체념한 듯 눈을 감았다. 바쁘게 움직이던 주변의 참모들도 작업을 멈추고 입구에 선 병사를 바라보았다.

누구보다 빨리 평정심을 되찾은 루시아는 쇠부채를 접고 그것으로 병사를 가리켰다.

"불러와라. 용건을 듣지."

병사가 떠나자 셀레우코스가 다가왔다.

"잘한 일일까요?"

"내쫓을 수도 없지 않으냐."

짜증스레 대답하자 병사가 그란츠 사자를 데리고 돌아왔다.

루시아는 한쪽 무릎을 꿇은 사자를 향해 곧장 쇠부채를 척 들었다.

"딱딱한 인사는 필요 없다. 냉큼 용건을 말해라."

"그럼 이것을 받아 주십시오. 세리아 에스트레야 6황녀께서 보낸 것입니다."

형식을 따지는 그란츠인은 약간 당황스러워했지만, 대국의 사자답게 발소리도 내지 않고 앞으로 나와 양손에 편지 한 장을 올리고 내밀었다.

"……"

말없이 편지를 받은 루시아는 봉인을 떼고 안에 든 종이 한 장을 바로 펼쳤다. 그녀의 눈이 빠르게 좌우로 움직였다. 내용을 읽던 루시아는 크게 어깨를 떨며 주먹을 번쩍 치켜들었지만 결국 힘없이 어깨를 떨궜다.

"천막을 준비시킬 테니 답장을 적을 동안 그곳에서 기다려 주겠나."

"알겠습니다."

그란츠 사자가 퇴장하자 루시아는 세리아 에스트레야의 편지를 구겨 버렸다.

그 주먹은 분노로 떨렸고, 그 눈에는 증오가 깃들었고, 그 입술은 분함에 악물렸다.

루시아가 이상한 반응을 보이자 참모들이 두려워 떨었고, 셀레우코스는 내용을 안 봐도 알겠는지 탄식했다.

"뭐라고 적혀 있었습니까?"

한 참모가 결심하고 앞으로 나왔다. 증오에 지배된 루시아의 눈빛을 받고 주춤했지만 살기는 곧장 무산되었고 루시아는 의자에 등을 기댔다.

"바닐 3국에서 손을 떼라는구나. 이 이상의 싸움은 필요 없다면서."

"그런 요구를 받아들이실 겁니까?"

"받아들일 수밖에 없겠지. 본국에 쳐들어갈 준비가 되어 있다고 하니까."

"그런 여력이 그란츠에 있겠습니까?"

셀레우코스가 반신반의한 표정으로 고개를 갸웃했다.

그 질문에 코웃음으로 대답한 루시아는 어깨를 으쓱이고 입술을 떨었다.

"바닐 3국이 대패한 거겠지. 참으로 도움이 안 되는 녀석들이야."

"······일단 성도를 함락하고 나서 철수할지 말지 판단하는 건 어떻습니까? 그란츠가 본국에 쳐들어간다고 해도 당장 가지는 못할 겁니다."

"그것도 무리다. 이쪽에 슈타이센 공화국을 보낸 모양이야."

성도를 함락하고 철수해도 나중에 온 슈타이센이 점령할 것이다.

그것에 저항하면 눈 깜짝할 사이에 그란츠가 본국을 유린한다.

돌아갈 곳이 없으면 싸울 수 없다.

병사들의 사기는 유지되지 않을 테고 전군이 이 땅에 뼈를 묻게 되리라.

그렇다면 약탈하고 철수하는 것도 생각할 수 있지만, 그러면 이웃 나라들의 반감을 사서 여섯 나라는 멸망할 때까지 계속 싸우게 된다.

"무엇보다 「세계 3대 비안」 중 하나인 「천리안」으로 감시하고 있다고 하니 두 손 들 수밖에."

이토록 강하게— 아니, 협박이나 다름없는 편지를 보낸 것을 보면 바닐 3국의 군세는 철저히 패배한 모양이다.

그렇다면 그대로 드랄 대공국을 경유하여 그란츠군이 성도까지 밀어닥칠 가능성도 크다.

슈타이센 공화국과 그란츠 대제국이라는 두 대국을 상대로 버틸 수 있을 만한 전력은 가지고 있지 않았다. 패배하면 루시아는 모든 영지를 잃게 된다.

참고, 참고, 참고 견뎌서 마침내 염원하던 통일왕이 되어 제 뜻대로 모든 것을 움직이게 됐는데 그것을 뺏기는 것은 사형 선고나 다름없다.

"종이와 먹을 준비해라."

힘없이 웃은 루시아는 세리아 에스트레야의 편지를 땅에 떨어뜨렸고.

"……철수한다."

비통하게 일그러진 얼굴을 숙이고서 맞잡은 양손을 이마에 대고 어깨를 떨었다.

*****

온화한 바람이 불자 썩은 내가 주위로 퍼졌다.

엄청난 악취에 구역질하며 작업에 몰두하는 사람들이 있었다.

그들은 2인 1조, 또는 3인 1조를 이루어 대지에 가라앉은 시체를 옮기고 있었다.

뭔가에 먹힌 시신, 손상이 심한 시신, 동료, 친구, 가족, 다양한 시신이 넘쳐 났다. 이취와 함께 슬픔만이 감돌았고, 모두가 흐느끼며 천으로 시신을 감싸 나갔다.

이곳은 그란츠군과 바닐군이 충돌한 평원이었다.

전장이었던 흔적이 생생히 남아 있었다.

전후 처리를 맡은 그란츠 재상 로자도 얼굴을 찌푸렸다.

아무리 시간이 지나도 피비린내는 익숙해지지 않았다. 그렇다고 해서 방치할 수는 없었다. 시체 부패가 진행되면 역병이 발생할지도 모른다.

바닐 병사는 타국 사람이라 풍토병이라도 있으면 최악의 결과가 된다.

그래서 신속히 시체를 처리해야 했다.

매장할 여유도 없으니 한데 모아 화장하게 될 것이다.

무서운 점은 질병 발생뿐만이 아니었다.

며칠씩 시체를 방치하면 피 냄새를 맡고 「괴물」이나 시체털이가 나타날 것이다. 그렇게 되면 치안이 악화하여 산적과 도적까지 나타나서 주변 마을들을 위협하기 시작한다.

확실하게 처리를 끝내야 이곳을 떠날 수 있다.

"인근 주민에게서 협력은 얻었나?"

로자가 발언하자 뒤따르는 참모 한 명이 반응했다.

"네. 이미 100명쯤 작업에 참가시켰는데, 소문이 퍼졌는지 그 외에도 300명쯤 고용해 달라는 탄원이 들어왔습니다."

"전원 고용해도 돼."

"하지만 고용비가……."

"그 부분은 걱정하지 마. 물론 주위 귀족에게 돈을 내라고

하진 않을 거야."

"그렇다면?"

로자는 발을 멈추고 물음표를 띄운 참모에게 턱짓하여 시선을 유도했다.

그들의 시선이 향한 곳에는 바닐 3국의 병사가 포로로 잡혀 있었다.

양손이 뒤로 묶여 있고, 그 밧줄은 허리를 경유해 옆 사람에게 이어져 있었다. 도주를 방지하기 위해 발을 묶은 밧줄도 염주처럼 다음 사람에게 이어졌다. 드랄 대공국으로 도망치지 않고 포로가 되기를 선택한 자들이었다.

들려온 소식에 의하면 도망치기를 선택한 자들은 드랄 대공국에서 붙잡혔고 저항한 자는 살해당했다고 한다.

"계급이 높은 자들은 몸값을 받을 거야. 그렇지 않은 자들은 드랄 대공국에 넘길 거고. 답례로 돈을 좀 주겠지."

그들의 말로는 정해져 있다. 「이장족」은 아름다운 자가 많았다.

넘겨진 후 그들이 갈 곳은 여전히 노예가 매매되는 리히타인 공국이다. 비싸게 거래될 것이다.

항복한 것이 그들에게 좋은 일이었는지는 모르겠다.

하지만 로자는 동정할 생각이 없었다.

졌다면 자신들의 입장이 그랬을 테니까.

"그럼 몸값으로 고용비를 충당하는 겁니까?"

"그래. 그때까지는 켈하이트 가문 쪽에서 대신 내겠어."

로자는 다시 걷기 시작했다가 문득 뭔가를 눈치챈 것처럼 시선을 방황시켰다.

"슬슬 리즈의 편지가 올 때인가……. 어떤 반응을 보였을까."

자신이 루시아였다면 아마 화가 나서 얼굴이 벌게졌을 것이다.

누구든 계획대로 일이 진행되면 기분이 좋아진다.

하지만 그걸 누군가가 옆에서 갑자기 막으면 불쾌해진다.

이쪽도 여섯 나라의 진군을 이용했으니 그냥 넘어가 줄 수도 있었다.

하지만 바닐 3국을 격퇴한 지금, 그들이 완전히 쓰러지는 것은 바람직하지 않았다.

요컨대 균형의 문제였다.

바닐 3국이 쓰러져서 새로운 강국이 나타나게 할 수는 없었다.

지금은 리즈가 황제가 됐을 때를 대비해 안정된 치세를 위한 준비 기간과 같았다.

"루시아 여왕 폐하가 따르지 않으면 어떡합니까?"

"드랄 대공국을 경유해서 바닐 3국으로 가야겠지. 슈타이센 공화국과 연락하여 여섯 나라를 협공할 수밖에 없어."

그럴 우려가 있기에 주변 마을들에서 주민을 고용하여 전장을 청소하고 있었다.

유비무환. 어떤 상황에 빠져도 대처할 수 있도록 준비해 둬야 했다.

"그 밖에도 남방과 동방 연합군이 북상하기 시작했어. 그들에게 진로를 변경하라고 해서 이곳을 맡기고 우리는 여섯 나라에 쳐들어가는 수단도 있어."

빈틈없이 대책을 세워 왔다. 전쟁이 시작되기 전부터 다양한 가능성을 상정하여 면밀하게 작전을 수행했다.

"그리고 바닐 3국도 적잖이 저항하고 있을 테지. 그것들을 고려하면 여섯 나라는 따를 수밖에 없어. 이 상황에서 성도 침공을 강행하면 자기 목을 조르는 꼴이야."

모처럼 통일왕이라는 꿈을 이루었다. 멸망으로 가는 어리석은 선택을 하지는 않을 것이다.

이제 리즈가 히로를 구하면 전부 끝난다. 그 후에는 대관식이 리즈를 기다리고 있다.

그란츠 사상 첫 여제가 탄생하는 것이다.

이 대란을 끝낸 영웅으로서 리즈의 영웅담은 영원토록 회자되리라. 사후에는 틀림없이 신이 될 것이다.

자신들의 부친— 글라이하이트 황제가 욕심냈던 열세 번째 자리를 손에 넣을 것이다.

그리고 그것이 그란츠의……

아니— 로자는 고개를 가로젓고 상상하기를 그만뒀다.

미래는 어떻게 될지 모른다. 그렇기에 삶이 즐거운 것이다.

눈부신 결과가 기다리고 있으리라는 보장은 없다. 앞으로도 고생이 끊이지 않을 것이다. 그렇기에 필사적으로 지금을 살고 있었다.

"미래의 걱정은 다음 세대에게 맡기기로 하지."

중앙 대륙 전체를 끌어들인 대란으로 각지에서 우수한 자들이 싹을 틔우기 시작했다.

그들을 발굴해서 키우면 그란츠는 아직 왕으로 군림할 수 있을 것이다.

"그러기 위해서도 히로는 살아남아야 해. 약속도 지키라고 해야 하고."

히로가 무사하길 기도하며 로자는 머나먼 하늘을 올려다보았다.

*****

해가 저물어 갔다.

다시 밤이 찾아오려고 했다.

야행성 벌레가 대합창을 시작하고, 어둠 속에 숨은 짐승이 사냥감을 찾아 방황하기 시작했다.

어둠의 장막이 세계를 덮으려고 하는 시각에 어마어마한 광량을 뿜어내는 곳이 있었다.

그란츠 대제국— 타오엔 성채.

어둠이 파고들 틈이 없을 만큼 곳곳에 화톳불이 타고 있었다.

성채를 둘러싼 야영지에서 불을 피우기 시작했고 병사들이 불빛으로 모여들었다.

며칠 전과는 비교가 안 될 만큼 병사들의 기력은 충만했다.

리즈가 이끄는 본대가 원군으로 오면서 병사들은 사기를 되찾고 다음 싸움에 대비하고 있었다. 가만있을 수 없는지 훈련에 힘쓰는 자가 있는가 하면, 아직 잠들기에는 이른 시각이지만 술을 마시고 곯아떨어진 병사, 동료들과 최후의 담화를 즐기는 자 등등 실로 다양한 행동이 타오엔 성채에서 펼쳐지고 있었다.

그런 그들의 사령관인 리즈는 타오엔 성채 안에 있는 집무실에서 미모를 어둡게 흐리고 있었다. 사정을 아는 중신들이 그녀를 지켜보고 있었다.

그중에서 몸집이 작은 은발 소녀가 대표하듯 앞으로 나왔다.

"히로는 찾았어?"

아우라의 말에 리즈는 힘없이 고개를 가로저었다.

"히로는 「무모왕」에게 흡수됐을지도 몰라."

히로가 탈주한 날, 리즈는 가까운 자들로 수색대를 편제했다. 그러는 동안에도 「눈」을 사용하여 단독으로 추적했지만 그의 기운은 안팡 삼림에서 끊어지고 말았다. 그 직전에 격렬한 굉음이 났고 폐를 도려내는 듯한 무시무시한 패기도 느꼈다.

하지만 리즈가 달려갔을 때에는 말라붙은 샘과 무너진 동상 두 개만이 남아 있었다.

예전에 타오엔 성채에 부임했을 때는 매일같이 안팡 삼림의 샘에서 멱을 감았다. 희미한 정령의 기운을 느끼며 아름다운 꽃밭에 둘러싸인 샘에서 헤엄치면 모든 굴레로부터 해방된 듯한 기분을 맛볼 수 있었다.

무엇보다 히로와 리즈가 만난 곳이기도 했다.

정신적인 고통은 컸다. 하지만 히로를 찾는 것이 선결이었다.

그러나 오늘에 이르기까지 계속 찾았지만 결국 히로는 찾을 수 없었다.

　"애매모호한 사람이네요. 그 녀석이 무사한지 안 무사한지 당신은 「눈」으로 볼 수 있지 않나요?"

　리즈의 애매한 대답에 납득할 수 없었는지 루카가 짜증을 숨기지 않으며 따져 들었다. 그런 그녀를 후긴이 뒤에서 붙잡았다.

　"진정하세요, 누님, 이런 데서 싸워 봐야 무슨 소용이겠어요!"

　"후긴 공의 말이 맞아. 진정해. 아무튼 리즈 공, 히로 공의 기운을 찾을 수 없다면 「무모왕」의 기운은 찾을 수 있는 것 아닌가?"

　책상에 기대고 있던 스카아하가 쓴웃음을 지으며 리즈에게 물었다.

　"그럴 텐데 「무모왕」도 찾을 수가 없어."

　「눈」의 힘을 잃어버리지는 않았다. 「보려고」 하면 바닐 3국에 있는 루시아 여왕을 확인할 수도 있었다.

　하지만 히로와 「무모왕」의 기운만큼은 감지할 수 없었다.

　원인은 알 수 없다. 그러나 히로가 탈주한 직후에는 「5대 천왕」의 위광을 느낄 수 있었다. 「무모왕」과 「흑진왕」이 충돌하는 기운은 확실하게 「눈」으로 포착할 수 있었는데 지금은 그 두 가지 기운이 완전히 사라져 버렸다.

　"한 가지 기묘한 점은 「괴물」 군세에 지금껏 본 적 없는 기운이 섞여 있다는 거야."

　"그게 히로 공일 가능성이 있다는 건가?"

스카아하의 물음에 리즈는 고개를 갸웃하고 눈썹을 찡그렸다.

"확신할 수는 없어. 히로의 기운이 희미하게 느껴지는 것 같지만, 그 밖에도 여러 가지 이상한 기운이 섞여 있는 탓에 파악할 수 없어."

"만약 그게 「독안룡」이라면 구해 낼 수 있을지 없을지가 문제겠군."

「마족」 가더가 말했지만 리즈는 고개를 가로저었다.

"음…… 설령 히로가 맞더라도 어쩌면 좋을지 모르겠어."

전장에서 확인하기 전까지는 알 수 없다. 히로가 아닐 가능성도 크다. 무엇부터 손을 대야 할지 전혀 알 수 없는 상황에서 벽 쪽에 서 있던 한 인물이 앞으로 나왔다.

"한 가지 신경 쓰이는 점이 있는데."

그란츠 대제국 2황자 셀레네였다.

"셀레네 오라버니, 신경 쓰이는 점이라니?"

"「무모왕」도 발견되지 않는다면 지금 「괴물」들은 누가 이끌고 있는 거야?"

"아까 말한 정체불명의 인물이려나……. 「괴물」 군세 속에서 혼자만 강대한 기운을 휘감고 있는걸."

"「무모왕」의 기운도 느껴지지 않고 히로의 기운도 사라져 버렸어. 그럼 그 인물이 수상하잖아."

방에 모인 자들의 얼굴을 확인하며 셀레네는 이어서 말했다.

"각오만큼은 해 두는 편이 좋아."

정체불명의 인물이 히로이더라도 싸울 각오를, 죽일 각오를.

물러 터진 생각은 허락되지 않는다.

"싸우지 않으면 죽어. 나라가 멸망하는 걸 조용히 기다릴 거라면 몰라도 말이야."

"셀레네 공, 아닐 가능성도 있으니 섣불리 단정할 순 없어. 하지만 현재 상황을 생각하면 일단 히로 공을 찾는 건 포기하는 편이 좋을 것 같아. 지금은 눈앞의 적에게 집중해야 해. 리즈 공, 그래도 되겠지?"

"그래, 맞아. 일단은 「괴물」 군세에 집중하자. 히로는 나중에 생각하고."

망설일 시간 따위 없다. 「괴물」 군세와의 결전도 코앞이다.

히로 한 명을 찾겠다고 애쓸 상황이 아닌 것도 확실했다.

"그럼…… 오늘은 쉬자. 각자 생각하고 싶은 일도 있을 테니까."

셀레네는 몇 번 손뼉을 치고서 방에 모여 있던 자들을 쫓아냈다.

그리고 누구도 듣지 못할 만큼 작게 한숨을 쉬고 마지막으로 방을 나갔다.

리즈는 아무도 없는 것을 확인하고서 이를 악물고 북받치는 눈물을 참았다.

나무 의자에 등을 기대니 삐걱거리는 소리가 공허하게 울렸다.

리즈가 양손으로 얼굴을 덮었다.

"또 틈새로 빠져나가 버렸어."

어깨를 떠는 그녀를 발밑의 백랑이 조용히 바라보고 있었다.

횃불을 받아 꺼림칙한 그림자가 일렁였다.

「인족」의 가죽과 뼈로 만든 북이 울렸고, 소리에 맞춰 주변에서 긴 울음소리가 났다.

그것은 싸움의 시— 마음을 분기시키는 극약. 이에 흥분한 「괴물」들이 치고받기 시작했다. 뼈가 부서지는 소리가 울리고, 피가 튀어 어둠에 섞였다. 그래도 그들은 멈추지 않았다. 어느 하나가 죽을 때까지 계속 치고받는다.

왜냐하면— 「괴물」의 본능이 죽음을 추구하여 싸우게 하기 때문이다.

승자의 맛을 알라는 것처럼 도망치는 것을 허락하지 않았다.

하지만 「본능」이 뿜어낸 열은 급격히 식었다. 눈치챘기 때문이다. 「본능」을 묵살할 정도의 살기를, 어둠에 떠오른 검은 눈동자에 담긴 비정상적인 살의를.

치고받던 「괴물」들이 고양이 앞에 쥐처럼 움직임을 멈췄다.

겁먹고 떨던 두 마리의 목이 갑자기 날아갔다.

조금 전까지 열광하던 소리가 사라졌다. 그 뜨거웠던 열기가 싸늘하게 식었다.

「괴물」들의 눈은 어둠 속으로 빨려 들어갔고, 공포에 물든 시선은 한 소년에게 향했다.

투기장처럼 원형을 이룬 피 웅덩이. 주위에는 결손된 시체들이 가라앉아 있었다.

그 중앙에— 흑발 흑안의 소년이 서 있었다.

이상한 패기를 내뿜는 소년에게 한 그림자가 다가갔다.

「왕」이시여. 몸은 슬슬 익숙해지셨습니까?"

몇 번 손을 쥐었다 편 소년은 근처에 있던 「각인족」의 머리를 으깼다. 뇌척수액이 요란하게 튀었고, 먹이라고 착각한 「괴물」들이 몰려들었다.

"조정은 끝났다. 내일 총공격을 가한다."

"드디어 우리 「왕」의 힘을 세계에 알릴 때가 왔군요."

케리네이아는 감개무량한 듯 후드 아래에서 입술을 떨었다. 하지만 소년은 반응하지 않고 걷기 시작했다. 케리네이아가 허둥지둥 그 뒤를 쫓았다.

"「왕」의 군세도 준비가 끝났습니다. 사기도 나무랄 데 없습니다. 녀석들에게 먹이를 주지 않았으니까요. 「인족」 고기에 굶주려 있습니다."

흥분한 탓인지 케리네이아는 끊임없이 말했다. 무시당해도 그의 격정을 막을 수는 없는 모양이다.

"북방에서는 원군이 오지 않게 되었지만, 「왕」과 10만의 군세가 있으면 충분할 겁니다. 드디어 다시 한번 마족 지상주의를 내세울 수—"

격렬한 소리가 케리네이아의 말을 차단했다.

「인족」의 가죽과 뼈로 만들어진 의자가 그의 앞에서 부서져 어두운 밤에 흩날렸다.

"시끄럽다. 닥쳐라."

반론을 허락하지 않는 기백에 케리네이아는 덜덜 떨며 엎드렸다.

소년은 어깨를 떠는 부하를 힐끗 보고 말했다.

"알티우스의 후손은 내가 끝장내겠다."

"아, 알겠습니다."

대답하는 것만으로도 벅차다는 것을 대량의 땀이 이야기했다.

하지만 케리네이아의 얼굴에는 불신감이 어려 있었다.

「5대 천왕」을 잡아먹고, 「그릇」을 손에 넣고, 「각인족」을 상대로 조정도 끝냈다.

그런데도 별로 기뻐하지 않았다. 전해지는 감정에서 변화는 느껴지지 않았다.

원래부터 「무모왕」은 감정을 겉으로 나타내지 않았지만, 1000년에 걸친 비원을 달성했는데도.

─너무나도 열의가 없다.

그렇기에 불안이, 혐오가 케리네이아의 마음을 삐걱거리게 했고, 어둠이 머리를 침식했다.

"「왕」이시여. 당신은 누구십니까?"

죽음을 각오하고서 경애하는 「왕」에게 답을 구했다.

차디찬 시선이 케리네이아를 관통했다. 등에 오한이 일었다. 온몸의 피가 얼어붙는 듯한 감각, 끝없는 한기를 느낀 케리네이아는 이를 딱딱 부딪쳤다.

"시시하군."

그 한마디에 케리네이아는 어깨를 움찔했다. 긴장이 풀리며 공포보다 안도가 커졌다. 내뱉는 듯한 말을 들었음에도 케리네이아는 환희에 떨었다.

「왕」의 말버릇— 억양도, 음질도, 조금도 다르지 않았다.

"제 생각이 지나쳤습니다. ……죄송합니다."

고개를 조아리는 케리네이아에게 흥미를 잃은 소년은 자신의 손을 바라보았다.

"마침내 여기까지 왔다. 하지만 성취감이 들지 않아. 뭔가가 부족해."

그렇게 소년이 중얼거렸다. 그 고민을 해소할 답을 가지고 있지 않은지 케리네이아는 자신이 한심해서 어금니를 악물었다가 입을 열었다.

"6황녀를 처리하면— 그란츠를 멸망시키면 얻는 것도 있을 겁니다."

"그랬으면 좋겠군."

그렇게 중얼거리고서 밤하늘에 뜬 별들을 바라본 소년은 눈을 가늘게 뜨고 어둡게 웃었다.

*****

아름다운 꽃밭은 이제 어디에도 존재하지 않았다.

미소 짓는 여성, 새의 지저귐, 꽃들의 달콤한 향기, 그 모든 것이 검정 일색으로 칠해져 있었다.

그래도 한 줄기 광명이 리즈를 이끌었다.

이곳에 있으면 괜찮다고 안심시키듯 어둠 속에서 휘황하게
빛났다.

"······죄송해요."

비통, 비애, 우수에 지배된 눈은 당장에라도 눈물을 흘릴
듯 일그러져 있었다.

"레이, 왜 사과해?"

이상하게 여긴 리즈가 묻자 그녀는 애처롭게 웃었다.

"당신에게 전부 전하지 못했어요."

"신경 쓰지 않아도 돼. 그나저나 풍경이 또 달라졌네."

평소와 다른 장소.

평소와 다른 태도.

평소와 다른 표정.

"이제 그의 힘이 남아 있지 않은 거겠죠."

"그건—"

질문을 던지려고 한 리즈 앞에서 레이의 몸은 무너졌다.

발밑에서부터, 마치 어둠에 삼켜지듯 사라져 갔다.

"빠르든 늦든 이렇게 될 운명이었어요."

어느 쪽이 위인지 아래인지도 알 수 없는 세계에서 레이는
달관한 표정으로 하늘을 올려다보듯 얼굴을 들었다. 하지만
그 옆얼굴은 비관에 잠겨 있었다.

가슴이 꽉 죄어들었다.

초대 무녀공주 레이에게는 눈물에 젖은 얼굴보다 웃는 얼굴이 더 잘 어울린다고 리즈는 강하게 생각했다.

"당신은 웃는 얼굴이 더 근사해. 그러니까 그런 표정 짓지 마."

리즈가 말하자 레이는 깜짝 놀란 듯 눈을 크게 떴다.

그리고서 미소 지어 줬다. 하지만 그녀는 여전히 슬픔에 잠겨 있었다.

"마지막까지 포기하지 마세요."

리즈가 불안해하지 않도록 애써 밝은 어조로 말하며 겨우 웃어 줬지만 무리하고 있음을 잘 알 수 있었다. 요구한 리즈가 죄책감에 시달릴 정도였다. 그래도 레이는 책망하지 않고 두 팔을 벌려 리즈에게 안기라고 했다.

"활로는 반드시 찾아낼 수 있어요. 그를 구할 길은 아직 남아 있어요."

귓가에서 속삭이는 말에 리즈는 어깨를 떨어 반응했다.

"……정말로 그럴까? 내가 하는 모든 일이 역효과를 내고 있어."

과연 그를 구할 수 있을까. 자신에게 그런 힘은 없는 것 같았다.

지금껏 길러 온 자신감이 무너지는 기분이었다.

아무리 강해져도, 아무리 거리를 좁혀도, 손을 뻗으면 히로는 사라졌다.

"레이…… 당신이 나 대신—."

해선 안 되는 말이었다.

언제나 말하고 나서 깨닫고 후회가 밀려든다.

"―그를 구해 주는 게 나을 것 같아."

때때로 칼날이 되는 말은 한 번 뱉으면 되돌릴 수 없다.

그래도 레이는 자애롭게, 사랑스럽다고 전하듯 미소 지었다.

레이를 상처 입히는 칼날 같은 말이었는데도― 그녀는 상냥하게 받아 주고 부정했다.

"그럴 일은 없어요. 무엇보다 당신이 그를 구하지 않으면 의미가 없어요."

서로의 숨이 닿을 만한 거리까지 얼굴을 가까이 가져온 레이는 미소 지었다.

"마음에 불을 밝히는 거예요. 절대 신념을 굽히지 마세요. 불을 꺼뜨리지 않는다면 몇 번이고 다시 시도할 수 있어요."

레이가 리즈의 이마에 자신의 이마를 비볐다.

"모든 것을 당신에게 맡길게요."

"기다려! 당신과는 아직 하고 싶은 얘기가 많아!"

리즈는 레이가 사라지길 원치 않았다.

그건 너무나도 슬픈 결말이다.

히로에게 그녀의 마음을 전하겠다고 약속했다.

그 답도 모른 채 사라지는 것은 허락할 수 없다. 허락해선 안 되는 일이다.

"고마워요. 하지만 저는 언제나 당신 곁에 있어요. 당신이 바란다면 언제든 만날 수 있어요."

똑같은 영혼, 똑같은 마음, 또 한 명의 자신.

"당신에게는 우는 얼굴보다 웃는 얼굴이 더 잘 어울려요."

리즈의 이마에 손을 얹은 레이는 눈꼬리에 맺힌 눈물을 엄지로 닦아 줬다.

"사라지는 게 아니에요. 그러니까 부디 슬퍼하지 마세요."

설령 기억이 남지 않아도 마음은 늘 함께 있다.

"당신이라 다행이야."

활짝 웃고서— 초대 무녀공주 레이는 눈앞에서 사라졌다.

소리 지르고 싶다는 충동이 목 안쪽에서 솟구쳤다.

하지만 리즈는 울음을 참았다. 눈물은 흘리지 않겠다고 맹세했으니까.

무엇보다 확실한 온기가 가슴 안쪽에 뿌리내려 있었다.

가슴에 손을 얹으니 확실한 고동이 느껴졌다. 레이는 쭉 함께 있다.

결코 리즈 안에서 사라진 것이 아니다.

자, 돌아가자. 다시는 오지 않을 꿈속 세계에 작별을 고하려고 했다.

하지만 아무리 기다려도 꿈에서 깨지 않았다.

"어떻게 된 거야?"

어두운 세계에 남겨진 리즈는 당황했지만, 문득 기척을 느끼고 뒤돌았다.

"어?"

한 청년이 산뜻하게 웃으며 서 있었다.

이 어두운 세계에 어울리지 않는 인물. 비상식적이라는 생각이 들 만큼 눈부신 존재.

용맹하고, 씩씩하고, 절대적인 존재감을 내뿜는 인물.

—그란츠 대제국 초대 황제 레온 벨트 알티우스 폰 그란츠.

그 외모를 한마디로 표현하자면 「사자」, 그 존재를 한마디로 표현하자면 「오만불손」.

「5대 천왕」보다도 「신」에 가깝다는 말을 들었던 「왕」이 팔짱을 끼고서 입꼬리를 올렸다.

"마침내 시대가 흐르기 시작했다. 1000년 전에 멈췄던 톱니바퀴가 말이야."

하지만 그는 이내 통한의 표정을 짓더니 리즈에게 머리를 숙였다.

"미안하다."

갑자기 사과를 받은 리즈는 눈을 동그랗게 떴다. 초대 황제가 머리를 숙일 줄은 몰랐다. 무엇보다 왜 이곳에 그가 있는 것인가. 여러 가지 일이 한꺼번에 일어나서 리즈는 혼란스러웠다.

"레이 일은…… 너무 마음 쓰지 마라. 전부 그녀가 바란 일이야."

담담히 설명하는 알티우스를 이해할 수 없었다.

너무 놀란 나머지 리즈는 굳어 버렸다. 그래도 알티우스의 이야기는 계속됐다.

"그녀는 이렇게 될 것도 알고 있었어. 그러니 네가 신경 쓸 필요는 전혀 없다."

반응하지 않는 리즈를 보고 쓴웃음을 짓더니 그는 아무것도 없는 공간에 한 손을 휘저었다.

"짐이 이곳에 있는 이유는 단순하다. 「염제」에 남긴 잔류 사념이기 때문이야."

불덩이가 어두운 세계에 현현했다. 뱀처럼 꿈틀거리는 불꽃이 알티우스에게 재롱을 부리듯 휘감겼다. 오랜만에 주인을 만난 개처럼 세차게 불을 뿜어내며 알티우스 주위에서 날뛰었다.

"이야기를 되돌려서. 레이가 바란 일이라고는 하지만 너는 괴로운 기분을 맛보았겠지. 용서해 다오."

알티우스는 다시 사과하고 곧장 고개를 들어 이야기하기 시작했다.

"1000년 전에는 아무것도 하지 못했어. 아직 「5대 천왕」의 힘이 너무 강력했거든."

그는 의미심장하게 말하고서 카드 한 장을 꺼냈다.

티 없이 깨끗한— 새하얀 카드.

"이건 그에게 넘긴 것과 같은 물건이야. 「염제」에도 들어 있지."

"무슨 뜻이야?"

신경 쓰여서 저도 모르게 의문이 입 밖으로 튀어나왔다.

이에 알티우스는 어깨를 으쓱이고 탄식했다.

"이것 덕분에 짐의 몸이 **너덜너덜**해졌어. 고마워했으면 좋겠군."

"제대로 설명해 줘. 무슨 말인지 모르겠어."

리즈가 따져 들었지만 알티우스는 얄밉게 웃고서 자신의 입에 검지를 댔다.

"답은 가르쳐 주지 않을 거다. 지금 알면 허사가 될 가능성이 있으니까. 그저 머리 한편에 기억해 두면 돼."

태연하게 단언한 알티우스는 자신의 가슴을 두드리고 이어서 말했다.

"아이야, 망설임을 버려라. 짐과 같이 되지 마라."

자조를 담아 코웃음 친 알티우스에게서는 확실한 후회가 엿보였다.

"짐은 히로를 구할 수 없었다. 죽을 때까지 그게 마음에 걸렸어. 그러니 너는 후회하지 않을 선택을 해라."

리즈는 작게 웃는 알티우스를 보고 어딘가 레이와 닮았다고 생각했다.

"자신감을 가져라. 그러면 길은— 만들지 않아도 보일 것이다."

알티우스가 머리 위로 손을 쑥 내밀었다. 그 손에는 아까 봤던 새하얀 카드가 있었다.

"길은 바로 옆에 있다. 망설이지 말고 나아가라. 겁먹지 말고 계속 전진해라. 자신의 신념을 관철해라."

그란츠 대제국 초대 황제다운 오만불손한 말이었다.

"위협이 있다면 제거해라. 방해한다면 분쇄해라. 길을 막는 자에게 용서는 필요 없다. 누구든 앞을 가로막게 두지 마라."

꺾이지 않는 자존심. 오만하게도 여겨지지만 그건 반대로 말하자면 마음의 강함이었다.

누구보다도 강대하고, 누구보다도 존대하며, 누구보다도 위대했다.

극한의 악동이야말로 그란츠 대제국의 황제가 될 자격이었다.

"아이야, 너만의 길이다. 절대 멈춰 서지 말고 누구에게도 양보하지 마라."

세계에서 유일하게 정점에 도달한 알티우스는 리즈에게 보여 주려고 했다.

선택받은 자만이 걸을 수 있는 길을, 극소수의 인간만이 걸을 수 있는 길을.

──「왕도」를.

"오만해라. 교만해라. 그란츠 대제국의 옥좌를 원한다면 누구보다도 어마어마해져라."

두 팔을 벌린 알티우스는 그야말로 천상천하 유아독존의 구현자였다.

다양한 수라장을 거치고 다양한 어려움을 극복한 왕의 증명.

망설임 따위 전혀 없었다. 근심 따위 전혀 없었다. 두려움 따위 전혀 없었다.

자신감 넘치는 얼굴, 방약무인한 몸짓은 그야말로 황제의 증거.

그리고──.

"짐의 단 하나뿐인 의제다."

마지막으로 머리를 숙인 알티우스는 의형의 얼굴을 하고 있었다.

그곳에 있는 이는 황제가 아니었다. 왕이 아니었다.

그저 가족을 생각하는 자상한 남자였다.

"짐의 의제를 아무쪼록 부탁한다."

미소를 남긴 알티우스는 빛의 입자가 되어 어두운 세계로 확산됐다.

동시에 어둠이 사라졌다. 넘쳐흐르는 빛이 어둠을 몰아내고 세계를 덧칠해 나갔다.

이제 다시는 만날 일이 없으리라는 예감이 드는 눈부신 빛이었다.

그런데 두 사람은 간단히 사라져 버렸다.

감상에 잠길 틈도 주지 않고, 하고 싶은 말만 하고서 없어졌다.

누군가와 똑 닮았다. 정말로 사이가 좋았구나 싶어서 질투가 날 정도로 가슴이 뜨거워졌다.

의제도 포함해서 정말로 제멋대로인 남매다. 하지만 신기하게도 짜증이 나지는 않았다.

자애는 느낄지언정 원망할 수 있을 리가 없었다.

소중한 것을 많이 가르쳐 줬으니까. 그래서 리즈는 웃었다.

"고마워."

사라져 버린 이들에게 감사를 표했다.

이제 망설임은 끊어 냈다.

새롭게 마음에 싹튼 것은 뜨겁게 들끓는 감정뿐이었다.

그렇기에―.

"뒷일은 맡기고 「영웅 궁전」에서 지켜봐 줘."
<small>발할라</small>

그들의 마음을 이어받았으니 이제 멈춰 설 수 없다.

문득 리즈는 발밑에 카드 한 장이 남아 있음을 알아차렸다.

알티우스가 놓고 갔을 것이다.

하지만 그것을 주울 수는 없었다.

잡은 순간 빛이 넘쳐흘렀고―.

―의식이 각성했다.

깨어난 리즈는 눈가에 위화감을 느끼고 손으로 만져 봤다.

눈물이 피부에 스며들어 있었다. 자신이 울고 있었다는 것을 깨달은 리즈는 손등으로 눈가를 비볐다.

어둠에 눈이 익자 낯익은 천장이 나타났다. 리즈는 침대에서 다리를 내렸다.

손을 보니 확실히 잡았을 터인 하얀 카드가 없었다.

대체 뭐였을까. 전혀 짐작도 되지 않았다.

하지만 리즈의 표정에서 망설임은 완전히 사라진 상태였다.

"일어나, 서버러스."

리즈는 침대에 누워 있는 백랑을 돌연 끌어안았다.

"……?!"

갑작스러운 부유감에 깨어난 백랑은 혼란에 빠져서 고개를 휘휘 돌리며 주위를 확인했다. 그리고 리즈 때문임을 알자 안심하여 사지에서 힘을 뺐다.

강제로 깨어난 서버러스는 원망스럽다는 시선을 보냈지만.

"자고 있을 때가 아니야. —근데 무거워……. 더 쪘어?"

의심스럽다는 눈으로 백랑을 내려다보았다. 서버러스는 귀를 접고서 고개를 돌려 버렸다.

뻔히 보이는 회피 동작에 리즈는 입꼬리를 실룩였다.

하지만 추궁할 시간은 없었다.

이 뜨거운 마음이 식기 전에 행동하고 싶었기 때문이다.

그래서—.

"어디서 뭘 먹었는지 나중에 설명해야 할 거야."

그렇게 고하고서 방을 뛰쳐나가자 방을 지키던 시녀가 깜짝 놀란 얼굴로 리즈를 보았다.

그녀들을 무시하고 옆방의 문을 벌컥 열었다.

"히윽?!"

벽에 격돌한 문소리에 깜짝 놀란 방의 주인이 침대에서 펄쩍 뛰었다.

「흑지서」를 읽고 있던 아우라는 핏기가 가신 얼굴로 경악한 시선을 리즈에게 보냈다.

근처 책상에는 뭔가를 적다가 붓을 멈추고 눈을 동그랗게 뜬 스카아하가 있었다. 하지만 리즈는 곧장 이유를 헤아렸다.

「흑지서」를 읽고 감상문을 쓰고 있었을 것이다.

어쨌든―.

"상담하고 싶은 게 있어."

리즈의 단도직입적인 말에 두 사람과 한 마리가 의아한 표정을 지었다.

그런 그녀들에게 이유도 말하지 않고 리즈는 자신의 기분을 우선하여 협력을 청했다.

"반드시 이겨야 해. 힘을 빌려줘."

지금은 심야― 아무리 황족이어도 다른 사람을 찾아가기에는 비상식적인 시간이다.

하지만 반론을 허락하지 않는 박력이 있었다. 당당한 그 모습에는 누구도 거역할 수 없었다.

당연하다는 듯한, 그녀가 무조건 옳다는 듯한 오만불손한 태도.

그것은 마치.

―그란츠 초대 황제 같았다.

최종장 태양

자유의 민족령— 크와실 국경.

날씨가 좋은 날에는 멀리까지 말을 달리는 게 제일이다.

활과 화살을 들고서 말과 함께 초원을 달리고, 저녁거리로 토끼를 잡는다.

가끔은 거물을 노리는 것도 좋다.

물가에 가면 사슴이나 멧돼지, 곰이 있다.

사슴은 발이 빨라서 눈을 떼면 순식간에 사라져 버린다.

멧돼지는 용감하게 맞선다. 그 돌진력을 정통으로 맞으면 죽을 수도 있다.

곰은 지능이 높아서 만만치 않지만, 그래도 다른 사냥감과 달리 고도의 심리전을 즐길 수 있다.

상상만 해도 마음이 설렜다.

수렵 민족인 「수족」에게는 그야말로 천국이라고 할 수 있는 영토였다.

"자연이…… 사냥감이…… 눈앞에 있는데! 아무것도 안 하고 그냥 지나가려니 재미없어!"

슈타이센 공화국 최고 의장 스카디는 하늘을 향해 울부짖었다.

그 마음을 이해한다는 것처럼 측근들이 쓴웃음을 지었다.

머리를 마구 쥐어뜯으면서도 주위로 시선이 가고 말았다.

「수족」의 오감이 사냥감의 기척을 감지했다.

본능이라서 억누를 수도 없는 습성이었다. 스카디는 어금니를 악물고 앞을 보았다.

현재 스카디는 소수의 호위를 데리고서 어떤 곳으로 향하고 있었다.

시작은 편지 한 통이었다.

"이것 참…… 모처럼 전쟁할 수 있을 것 같았는데…… 아쉬워……."

울적한 얼굴로 스카디는 여섯 나라의 통일왕 후보가 된 루시아에게서 온 편지를 꺼냈다.

그걸 봤는지 측근이 걱정 어린 얼굴로 물었다.

"함정일 가능성도 있습니다. 정말 이 정도 수로 가도 괜찮을까요……. 확실히 스카디 님은 강하지만……."

"나도 처음에는 의심했지만 함정일 가능성은 없을 것 같아."

"그걸 어떻게 아십니까?"

"감으로."

그렇게 말한 스카디는 이야기를 중단하고 다시 편지로 시선을 떨어뜨렸다.

비밀리에 이야기를 나누고 싶다. 지정된 곳까지 와 달라. 그런 내용이었는데, 강약이 구분되지 않은 필적을 보면 루시아가 어떤 기분으로 편지를 썼을지 헤아릴 수 있었다.

"얼마나 분할지 아니까…… 무시할 수도 없어."

머리에 난 뿔을 손끝으로 긁적이며 스카디는 쓴웃음을 지었다.

"하지만 그렇다고 해도…… 이렇게 사냥에 최적인 곳을 고르다니. 우리를 상당히 원망하고 있는 건 확실해."

재차 주위를 확인해도 평화로운 경치가 흐르고 있었다. 개척되지 않은, 있는 그대로의 자연이 스카디의 눈앞에 펼쳐져 있었다.

피비린내가 적은 덕분에 「괴물」이 있어도 저급뿐이었다. 약한 생물들의 낙원이 된 초원은 스카디의 본능을 계속해서 자극했다.

조금쯤은 괜찮지 않을까. 그런 생각이 들었지만, 한번 사냥을 시작한 「수족」은 열이 식을 때까지 멈추지 않는다. 하루 이틀로는 부족할 것이다. 이렇게나 사냥감이 많다면 영원히 수렵을 계속할 수 있을 것 같았다.

그렇게 인내에 인내를 거듭하고 때로는 눈물을 흘리며 스카디 일행은 목적지로 향했다.

이윽고 천막 하나가 보이기 시작했다.

깃발은 걸려 있지 않았다. 하지만 주위를 경비하는 병사의 장비를 보면 도적 부류가 아닌 것은 확실했다. 그렇다면 이런 곳에 천막을 세울 사람은 루시아밖에 없을 것이다.

사냥에 대한 집착을 끊듯 스카디는 말의 속도를 올렸다.

거리가 줄어들자 말에서 뛰어내려 천막 앞에 서 있는 남자에게 말했다.

"여섯 나라지? 루시아 여왕도 있을 테고. 얼른 얘기를 나누자."

"기다리고 있었습니다. 이쪽으로 오시죠. 루시아 님은 안에 계십니다."

귀족처럼 기품 넘치는 남자가 머리를 숙이고 입구를 열어 줬다.

"너희는 밖에서 기다려."

스카디는 부하에게 지시하고, 사냥하지 못하기도 해서, 언짢은 모습으로 성큼성큼 안에 들어갔다.

안은 어두웠다. 향내가 진동하여 코가 좋은 스카디는 얼굴을 찡그렸다.

더 안쪽으로 들어가자 긴 가죽 의자에 앉은 루시아가 보였다. 그녀도 스카디를 알아차리고 웃었다.

"오랜만이구나. 아무 데나 원하는 곳에 앉아라."

"단도직입적으로 묻겠는데 왜 불렀어? 시시한 얘기라면 패 버릴 거야."

적당한 의자에 앉은 스카디는 근처에 있던 포도주를 따서 그대로 마시기 시작했다.

"호쾌하군. 독은 신경 쓰지 않는가?"

"웬만한 독은 체내에서 중화돼. 그보다 얘기를 시작하자."

"음, 그렇지. 입 다물고 있어도 소용없으니 바로 본론으로 들어갈까."

그렇게 말한 루시아는 뱀처럼 눈을 가늘게 뜨고서 접힌 쇠부채를 아래로 휘둘렀다.

부채가 테이블과 충돌하며 큰 소리가 났다.

"몹시 아쉽지만 나는 철수하기로 했다. 따라서 슈타이센 공화국이 이 이상 진군할 필요는 없다."

"흐응, 되게 순순하네. 나는 당연히 공격해 올 줄 알았는데."

"내가 할 말이군. 당연히 슈타이센은 그란츠를 노릴 줄 알았는데 말이야."

그렇군…… 루시아가 불러낸 이유를 안 스카디는 콧방귀를 뀌었다.

루시아는 스카디가 왜 그란츠 편에 붙었는지 묻고 싶은 것이다.

대답에 따라서는 슈타이센 공화국을 그란츠 대제국에 돌격시키려고 할지도 모른다. 그 마음은 아주 잘 안다. 하지만 이유를 이야기하려면 스카디가 「흑진왕」에게 졌다는 오점까지 밝혀야 했다.

그래서 거짓과 사실을 섞어 그에게 들은 진실을 루시아를 이용해 살피기로 했다.

"이걸 봐. 뭔지 알아?"

스카디는 포도주를 마시며 「용황검 5각」 중 하나인 「광조」^{티르빙}를 테이블에 놓았다.

루시아는 미심쩍어했지만 고개를 갸웃하며 대답해 줬다.

"기운을 보건대 「세계 5대 보검」이겠지. 이게 어쨌다는 것이냐"

"네가 갖고 있는 「법정검 5멸」도 그렇고, 「세계 5대 보검」을 누가 만들었는지 알아?"

"「5대 천왕」이다. 뻔히 아는 얘기를 왜 하는 거지? 이 세계의 상식 아닌가.”

“그럼 너는 「법정검 5멸」을 창조한 「요정왕」을 성도에서 봤어?”

“……”

듣고 나서 알았다— 루시아는 퍼뜩 놀란 얼굴로 자신이 든 쇠부채를 응시했다.

시선을 집중하고 뭔가를 호소하는 듯한 표정이었다.

하지만 잠시 후, 루시아의 미모에 그늘이 졌다.

“사라졌어— 아니, 죽지는 않았다. 하지만 그 탓에 「만다라」 의 힘이 약해지고 있어……”

루시아는 아연실색한 얼굴로 자신의 파트너를 내려다보았 다. 스카디가 보기에도 힘은 약해져 있는 것 같았다. 즉, 「요 정왕」에게 무슨 일이 일어난 것이다.

스카디는 포도주를 마시며 입꼬리를 올렸다.

루시아 덕분에 답을 확인할 수 있었다.

“겨우 눈치챘나 보네. 다행이야.”

「세계 5대 보검」은 계약이 계속되는 한 언제나 함께한다. 떨 어지지 않고 곁에 있어 준다. 마치 가족처럼 쭉 함께 있어 준다.

그래서 루시아는 파트너의 이변을 눈치채지 못했다.

있는 게 당연하다는 1000년 된 상식— 그것에 얽매여 진실 을 간과하고 말았다.

“어떤 남자한테 얘기를 들었는데, 「철강왕」이 만든 「여명검 5극」은 존재하지 않는데. 무슨 뜻인지 알아?”

루시아가 충격에서 헤어나지 못하고 있었지만 스카디는 상관하지 않고 말했다.

오히려 공격할 때였다. 혼란에 빠졌을 때 이것저것 캐물어야 했다.

"이유라면 대충 짐작이 가는군. 중앙 대륙에서 소지자를 만난 적이 없어."

"흐응, 나도 너한테 가르쳐 줬으니까 너도 가르쳐 줘."

저도 모르게 테이블로 상체를 내밀 뻔했지만 스카디는 꾹 참았다. 그러나 웃음은 감추지 못했다. 「수족」의 솔직함이 드러나 버렸다. 그걸 아는지 모르는지, 루시아는 스카디를 힐끗 보고 탄식했다.

"「철강왕」은 북대륙…… 비아스산의 분화를 진정시키고 있다는 얘기를 들은 적이 있다. 만약 거기에 힘을 쏟고 있다면 「여명검 5극」은 소멸하진 않았어도 평범한 검과 다름없겠지."

"그런 건가……. 그렇구나……."

생각보다 더 정보가 수집돼서 스카디는 흡족하게 고개를 끄덕였다. 루시아가 이렇게까지 얘기해 주리라고는 생각하지 못했기 때문이다. 그만큼 동요가 큰 것이다. 아마 「만다라」를 잃는 것을 두려워하고 있을 것이다.

"원래 하던 얘기로 돌아가서, 나는 생각했어."

"무엇을 말이지?"

"뻔하잖아."

포도주병을 테이블에 쿵 내려놓고 스카디는 분하다는 표정을 지었다.

"언제 망가질지 모르는 「세계 5대 보검」을 사용하는 위험성에 관해서."

그란츠 대제국의 위기— 달콤한 꿀에 침을 흘리며 달려들어도 이기리라는 보장은 어디에도 없다. 무엇보다 그렇게 한창 싸우다가 「세계 5대 보검」이 망가질 가능성도 있다. 그리고 그란츠가 쓰러지면— 「무모왕」이라는 위협에 대항할 방도가 사라진다. 지금껏 「세계 5대 보검」에 의지했던 스카디와 루시아는 일반병까지는 아니어도, 숙련된 전사 수준까지 떨어지리라.

"너는 「세계 5대 보검」이 사라진 세계에서 「무모왕」에게 이길 자신이 있어?"

"그게…… 그대가 그란츠에 붙은 이유인가. 하지만 그란츠가 이기더라도 녀석들에게는 「정령검 5제」가 있다. 결국 마찬가지라고 생각한다만."

「세계 5대 보검」 중에서 「정령검 5제」는 특별했다.

유일하게 「인족」의 손으로 만들었기 때문이다. 「정령왕」이 창조하지 않았다.

"그렇지. ……그란츠가 이기면 아무리 짧아도 리즈의 시대는 평안할 거야."

「정령검 5제」의 제조 과정은 모른다. 하지만 정령의 의지가 깃들었다는 것은 「정령왕」이 개입했다는 뜻이다. 그러나 그 개입이 간접적이라면— 다른 「세계 5대 보검」보다 수명은 길고 망가지지 않을 가능성이 있다.

"하지만 교섭할 수 있으니 「무모왕」보다는 낫다고 생각했어."

"그걸로 좋은가? 「수족」의 본능이 허락하는가?"

"개인적인 이유로 나라를 멸망시킬 수는 없잖아. 그란츠를 어떻게 할지는 다음 세대에게 맡기고 나는 국력을 올리는 데 힘쓸 거야."

"그런가……. 그렇다면 나도 포기할 수밖에 없겠군."

슈타이센의 협력을 얻지 못한다면 여섯 나라만으로는 어떻게도 할 수 없다.

루시아의 심정을 헤아린 스카디도 웃을 마음이 사라져 버렸다.

스카디는 은잔에 포도주를 따라서 루시아에게 내밀었다.

"마시자."

"잠시 어울려 주지. 전도다난한 우리를 위하여."

"하하! 좋은데. 그런 마음이 있어야지."

스카디도 미련은 있었다.

하지만 그 이상으로 자신의 실력을 잘 알고 있었다.

스카디가 싸우는 방식은— 「광조」가 있어야 비로소 성립한다.

그렇기에 마지막으로 루시아를 상대로 화려하게 날뛰고 싶었다.

그것도 이루어지지 않은 지금, 이제 남은 길은 마시는 것뿐이었다.

"겸사겸사 「흑진왕」의 계획이 잘 풀리기를 기도해 주기로 할까."

포도주를 한 모금 마시고서 작게 중얼거린 스카디는 콧방귀를 뀌고 눈을 감았다.

"세상에서 가장 멍청한 이에게 행운이 있기를."

*****

제국력 1026년 12월 15일.

그란츠 대제국— 타오엔 성채.

맑지만 한기가 밀려드는 아침이었다.

이불에서 나가기 싫을 만큼 찬 공기가 살을 엤다.

하얀 입김이 공기에 섞이고, 바람에 형태를 바꿔 녹아들듯 하늘로 사라졌다.

하지만 특수한 직업— 병사라고 불리는 이들에게는 날씨가 춥든 덥든 상관이 없었다. 가족을, 친구를, 국가를 지키기 위해 추위 따위 느끼지 못할 만큼 뛰어다녔다.

타오엔 성채는 소란스러웠다.

전방에 나타난 수많은 「괴물」 군세, 지평선에서 꿈틀거리는 검은 그림자를 발견했기 때문이다.

그것을 느긋하게 바라보고 있는 자는 한 명도 없었다.

그것에 겁먹어 다리가 얼어붙은 자도 없었다.

그것을 이유로 도망치는 자 따위 전무했다.

나타난 「괴물」을 요격하기 위해 그란츠 병사들은 정연하게 소정의 위치에 섰다.

거대한 사자 문장기가 바람에 펄럭였다.

그란츠의 상징, 마음의 버팀목, 그란츠에 사는 모든 이의 긍지였다.

그란츠 중기병 3만, 그란츠 경기병 1만, 그란츠 중보병 2만, 그란츠 경보병 1만.

총 7만의 군세가 시작을 알리는 뿔피리 소리를 기다리고 있었다.

사기 저하는 보이지 않았다. 오히려 그들은 투지를 불태우고 있었다.

이제나저제나 싸움이 시작되기를 기다리며 발을 굴렀다.

군화가 쿵쿵 소리를 냈다. 그 소리는 구름을 뚫고 하늘 높이 올라갔다.

공기가 쪼개질 듯한 전의에 「괴물」들도 질 수 없다는 듯 울부짖기 시작했다.

양군의 대합창이 시작된 가운데, 조용히 전장을 바라보는 1개 사단급 군세가 있었다.

레벨링 왕국의 정예병이었다.

불과 1만도 되지 않는 그들은 그란츠군 우익 옆에 배치되어 있었다.

수는 적었다. 하지만 「마족」이었다. 「인족」보다 뛰어난 체구를 살린 전술의 파괴력은 무시무시했다.

선두에는 그들이 여왕으로 받드는 절대적인 군주 클라우디아가 서 있었다.

그녀는 아무 말 없이 양군의 대합창에 귀를 기울이며 그저 미소 짓고 있었다.

그 반대편— 그란츠군 좌익 옆에 「아군」 4천이 있었다.

검은색으로 통일된 장비는 그저 압권이었다. 그런 그들 뒤에 사자 문장기에 지지 않겠다는 듯 커다란 깃발이 세워졌다.

검은 바탕에 백은색 검을 잡은 용이 그려진 「군신」의 문장기였다.

바람을 받아 펄럭이는 깃발은 마치 용이 하늘을 헤엄치는 듯한 웅대한 존재감을 보였다. 섬뜩한 기운마저 풍기는 검정 일색의 「아군」은 하나하나가 정강했다. 그들의 눈에는 「군신」이 깃들어 있었다. 눈앞의 적을 도륙하고자 숨을 죽이고서 노려보고 있었다.

열기가 팽창했다.

그란츠 병사들이 자신의 무기를 하늘로 치켜들고 함성을 지르기 시작했다.

사령관인 리즈는 성원과도 닮은 그들의 목소리를 들으며 옆에 선 아우라를 보았다.

"수는 상대방이 더 많지만 사기는 막상막하려나."

"응. 이 정도면 싸울 수 있어. 리즈를 목적지까지 보낼 수 있을 거야."

아우라는 고개를 끄덕이고서 책망하는 듯한 시선을 보냈다.

압도된 리즈는 뒷걸음질 쳤다.

"윽, 왜 그렇게 봐?"

"리즈의 소망을 들어주기 위해 병사들이 무리하게 돼. 그러니까 절대 실패해선 안 돼. 그것만큼은 잊지 마."

"으, 응. 알고 있어. 반드시 성공시킬 거야."

그란츠군은 중앙에 보병을 두고 그 앞에 리즈가 이끄는 기마군이 있었다. 양익은 중앙보다 뒤로 물리고 기병을 배치하여 형태는 용익진이지만 기묘한 포진이었다.

"기대할게. 이쪽은 나한테 맡겨. 리즈는 아무것도 신경 쓰지 말고 앞만 보고 전진하면 돼."

탐관오리 같은 못된 웃음을 남기고서 아우라는 말을 타고 후방으로 갔다.

아우라가 리즈를 따라가지 않는 것은 순수하게 전투력이 부족하기 때문이었다. 전군의 지휘를 완전히 아우라에게 맡겼다는 이유도 있었다.

리즈는 아우라를 보내고 애마에 올라타 전방을 응시했다.

그런 그녀에게 「수족」과 「이장족」의 「반인」인 메테오아가 다가왔다.

"리즈 님, 괜찮아?"

걱정스러워하는 음성으로 물어서 리즈는 심각한 얼굴의 메테오아 쪽으로 말을 몰아 머리를 쓰다듬었다. 간지럽다는 듯 눈을 찡그리고 수줍게 뺨을 붉히면서도 메테오아는 거부하지 않고 얌전히 머리를 맡겼다.

"걱정하지 않아도 돼. 더는 뒤돌아보지 않을 거야. 히로 따위 뒤에 남겨 두고 가 버릴 거야."

"그럼 버려진 히로는 내가 회수해 둘게."

"응. 같이 쫓아와."

리즈는 가슴을 펴고서 허리에 찬 「염제」를 뽑았다.

"이제부터는 내가 길을 만들겠어."

하늘로 치켜든 칼끝이 태양을 겨눴다.

도신에서 햇빛이 난반사되어 메테오아는 눈을 찡그리고 커다란 꼬리를 흔들어 기쁨을 표했다.

"마음에 불을 밝혀라!"

리즈가 외쳤다.

그러자 발을 구르던 소리가 일제히 멎었다. 병사들은 등을 곧게 펴 자세를 바로잡았다.

"우리의 긍지를 바쳐라. 우리의 신념을 바쳐라. 그리하면 태양^{불꽃}이 우리의 적을 재로 되돌릴 것이다!"

최후의 싸움을 앞두고 리즈는 그란츠 병사들의 기염을 불러일으켰다.

"그란츠 열두 대신에게 승리를 바쳐라!"

뿔피리가 높이 울렸다.

바람에 실려, 공기를 타고, 공간을 진동시키며 전장 전체에 봉화처럼 울려 퍼졌다.

열기가 폭발했다.

『붉은 머리 황희에게 승리를 바쳐라!』

그란츠 병사들의 함성이 하나가 되며 하늘을 떨어뜨릴 만큼 커다란 음량이 터져 나왔다. 창과 검으로 방패를 때리고 그 자리에서 크게 발을 굴렸다. 꾕연한 소리를 합쳐 모두가 정신을 통일해 나갔다. 자신 안에 잠든 본능을 일깨워 짐승처럼 으르렁거렸다.

"한 마리도 남김없이—."

리즈는 높이 들었던 팔을 아래로 휙 내렸다.

"—유린하라."

장엄하게, 요염하게 웃어 그 미모를 빛내고 제일 먼저 말의 배를 찼다.

백랑 여성도 미소 짓고 기합을 담아 우렁차게 외치고서 리즈를 뒤따랐다.

그녀들을 놓치지 않도록 그란츠 병사들이 달리기 시작했다.

메테오아를 데리고서 전장을 향해 달려가는 리즈의 뒷모습을 아우라는 눈부시다는 듯 바라보고 있었다.

"아우라 참모총장님!"

"왜?"

"제2진이 전장에 보내 달라고 성화입니다."

"……상관없어. 우익과 좌익도 돌격해. 세리아 에스트레야 전하에게 승리를."

그토록 뜨거운 마음을 받으면 부응하고 싶어지는 것이 남심일지도 모른다.

여자인 아우라가 보기에도 리즈의 뒷모습은 믿음직스러웠다. 동시에 모성을 자극하여 내버려 둘 수 없었다.

문득 아우라는 자신이 주먹을 쥐고 있다는 것을 깨달았다.

그란츠 병사들처럼 열기에 감화된 모양이다.

하지만 마음을 진정시키기 위해 심호흡했다. 냉정한 판단을 내려야 했다.

"주변 경계를 잊지 마. 지금 「괴물」들에게는 지휘관이 있어. 방심은 금물이야."

참모들에게 지시를 내리며 아우라도 천천히 말을 몰았다.

상대는 지성이 없는 「괴물」이다. 보통은 연계하지 못한다.

하지만 지금은 「각인족」이라는 지능 높은 부족장이 있었다. 힘으로 누르면 「괴물」은 순종적인 듯했다.

아우라가 있는 곳에서 보기에도 이쪽의 움직임에 당황하여 돌격해 오는 어리석은 「괴물」은 존재하지 않았다.

통솔되어 있다는 증거이기도 했다.

「괴물」 군세의 수가 더 많으니, 시간이 지나면 그란츠 군이 열세에 몰릴 것이다. 하지만 지금의 기세를 유지한 채 「괴물」들을 조종하는 「각인족」을 집중적으로 없앤다면 지휘 계통이 혼란스러워져서 상대는 간단히 와해될 터다.

아우라는 주위를 살폈다. 정확히 말하자면 그란츠 양익과 그 옆에 배치된 레벨링군과 「아군」의 움직임을 확인했다.

이기려면 그들의 움직임이 중요하다.

인근 마을을 생각하면 「괴물」을 놓칠 수는 없다.

그래서 아우라가 택한 것은— 포위 섬멸 전술이었다.

「군신」이 가장 즐겨 쓴 전술로, 「군신」의 불패 신화를 구축한 전술이기도 했다.

그래서 아우라도 이 전술을 즐겨 썼다. 질 수 없는 싸움이라면 더더욱 그랬다.

"내게도 신념이 있어. 이건 반드시 이기겠다는 선서야."

「괴물」은 한 마리도 남김없이 이 땅에서 없앤다.

그러기 위해서도 저항할 힘을 완전히 뺏어야 했다.

*****

노도와 같은 기세로 육박하는 그란츠군을 보고서도 「괴물」
군세는 동요하지 않았다.

그들에게 「인족」은 먹이다. 그것이 알아서 우르르 사지로 뛰
어들고 있었다.

기쁘면 기뻤지, 탄식할 리가 없었다.

무엇보다 먹이를 먹지 못해 굶주린 그들은 공포보다도 공복
이 더 컸다.

욕망을 훤히 드러낸 채 침을 질질 흘리며 거칠게 호흡했다.

당장에라도 뛰쳐나갈 듯 흥분해 있었다. 그래도 고삐가 매
여 있는 탓인지 먼저 달려 나가는 「괴물」은 없었다.

그들에게 명령을 내리는 것은 「각인족」이라고 불리는 이적
종족이었다.

복잡한 문양이 그려진 상체에는 아무것도 걸치지 않고 허리
에는 달랑 천만 감고 있었다. 장비에 무심한 것은 그들이 자
신의 힘을 의심하지 않기 때문이었다.

말을 타고 무기를 확인하는 「각인족」 옆에서 그들을 수호하
듯 「기육족」이라고 불리는 「마인화」의 실패작— 「각인족」도 되

지 못한 불쌍한 무리가 눈을 빛내고 있었다.

강인한 힘은 있지만 지능은 낮았다. 그러나 상위 종족인 「각인족」의 명령은 따랐다. 본능 때문인지, 아니면 「인족」이었을 적의 기억이 여전히 남아 있기 때문인지는 알 수 없었다.

그런 그들의 후방에서 사령관 위치의 소년이 땅에 앉아 있었다.

양옆을 지키고 선 것은 열두 마주 케리네이아와 「각인족」의 우두머리 누르였다.

양반다리로 앉아 턱을 괴고 있는 소년을 두 사람은 이상하다는 듯 보고 있었다.

"「왕」이시여. 연합군이 움직이기 시작한 모양입니다."

"그런가."

관심 없다는 듯 중얼거리고 소년은 하늘로 시선을 옮겼다.

대답이 없다는 것을 안 누르가 의문을 입에 담았다.

"케리네이아, 우리는 그냥 기다리기만 하면 되는 건가?"

"인정하긴 싫지만— 「각인족」만큼은 지능이 높아. 반면 「괴물」은 세세한 지시를 받아도 이해하지 못하겠지. 이렇게 벽을 만들고 기다리는 편이 손해는 적어."

"어차피 연약한 「인족」이잖아. 이렇게 신중히 싸울 필요가 있나?"

"밀어붙여서 이길 수 있을 만큼 허술하진 않아. 그런 식으로 이길 수 있었다면 지금쯤 「마족」이 세계를 지배하고 있었겠지."

그런대로 지능이 있는 「각인족」과 그들을 추종하는 「기육족」이라면 다소의 지시는 이해할 것이다. 하지만 다양한 종류의 「괴물」들은 작전을 알려 줘도 고개를 갸우뚱할 뿐이다.

그래서 그란츠 본대가 합류하기 전에 「아군」을 주체로 한 연합군을 타파하지 못한 것이다. 돌진력만 있어 봤자 소용이 없다. 전장의 흐름을 그때그때 읽어야 상대를 쳐부술 수 있다.

그래서 케리네이아는 발상을 역전했다.

공격할 수 없다면 상대를 기다리는 게 낫다.

기다리라는 명령은 개도 알아듣는다. 「괴물」이 못 할 이유가 없었다.

그다음에는 단순한 명령이면 된다.

눈앞의 적을 잡아먹어라.

이것만으로도 「괴물」은 「인족」을 공포에 빠뜨릴 수 있다.

그러니 공격해 오기를 기다리면 된다. 상대방에게는 두꺼운 벽처럼 보일 것이다.

곳곳에 배치된 「각인족」과 「기육족」, 그리고 먹이를 주지 않아 굶주린 「괴물」.

개미지옥── 한번 들어오면 다시는 나갈 수 없다.

뚫는 것은 쉽지 않다. 연약한 「인족」에게는 그만한 파괴력이 없다.

"어쩌면 우리가 나설 차례는 없을지도 몰라."

"그때는 내 마음대로 전선에 가겠어."

그렇게 누르가 어깨를 으쓱이자 전선에서 칼부림 소리가 울렸다.

절규를 듣고 케리네이아와 누르는 저도 모르게 그쪽으로 시선을 줬다.

"시작된 모양이군."

세찬 흙먼지가 연기처럼 오른쪽으로 흘러갔다. 동시에 육편과 피가 치솟았다. 그것은 계속 상승하여 케리네이아의 발치까지 굴러왔다. 전선과의 거리를 생각하면 믿을 수 없는 비거리였다. 발치까지 굴러온 목을 본 케리네이아는 경직되었고 누르는 즐겁게 턱을 쓸며 비아냥거렸다.

"하하! 「인족」에게도 파괴력은 있었던 모양이야."

누르의 도발에 케리네이아는 수치로 얼굴을 붉혔다.

그들 앞으로 굴러온 것은 「각인족」의 목이었다.

그 표정은 고통으로 일그러져 있지 않았다. 멍한 얼굴이었다. 뭔지도 모른 채 목을 베였을 것이다. 그것은 마치 너희도 이렇게 될 거라고 암시하는 것 같았다.

"어쩔 거야? 케리네이아, 전선의 모습이 이상해."

강적의 출현에 누르는 활기를 띠었다. 그것을 알아차린 케리네이아는 그가 폭주하지 않도록 지시했다.

"내가 직접 가겠어. 너는 좌익에 가 줬으면 해. 그쪽도 밀리고 있는 모양이야. 아마 클라우디아겠지만— 충분히 너를 즐겁게 해 주겠지."

"그 녀석은 죽여도 되는 건가?"

"그래, 문제없어. 마음대로 해."

최종장 태양 201

"그런가. 그럼 목을 가지고 돌아와 주지."

그 말을 남기고서 누르는 달려갔다. 말보다도 빠르게, 심상치 않은 속도로 좌익으로 향했다.

그의 부하「각인족」몇 명도 그 뒤를 따랐다.

그 모습을 지켜본 케리네이아는 소년 앞으로 가서 무릎을 꿇었다.

"「왕」이시여. 저도 전선에 가는 것을 허락해 주시기 바랍니다. 반드시 좋은 소식을 가지고 돌아오겠습니다."

"마음대로 해라."

변함없는 무관심이었다. 하지만 이거면 됐다. 괜한 수고를 끼쳐서는 안 된다. 케리네이아는 일어나서 주위의 「각인족」을 둘러보았다.

"「왕」을 지켜라."

그 말만 하고 케리네이아는 말에 올라타 배를 찼다.

따르는 자는 아무도 없었다.

케리네이아가 「각인족」을 혐오하듯, 그들도 케리네이아를 혐오하기 때문이다. 무엇보다 따라가 봤자 욕만 먹을 뿐 이득은 없다.

「각인족」은 케리네이아를 잘 알고 있었다.

경계 수준이 최대한으로 올라갔지만 그래도 소년은 관심을 보이지 않았다.

그저 전선에서 번지는 화염벽을 바라볼 뿐이었다.

빠르다.

너무 빠르다.

선두 집단은 멈추지 않았다. 발밑에는 「괴물」의 사체가 대량
으로 굴러다녔다.

압도적인 돌진력으로 꿰뚫는 광경을 보고 스카아하는 식은
땀을 흘렸다.

"리즈 공…… 이렇게나…… 강해졌나."

리즈가 지나간 길에 사체가 쌓였다. 무시무시한 기세로 「괴
물」 본진을 향해 가고 있었다.

하지만 안쪽으로 가면 갈수록 주위는 「괴물」 천지가 된다.

중앙을 관통하여 좌우의 적 사이에 끼는 형태가 되기 때문
이다.

스카아하는 「빙제」를 횡으로 휘둘러 육박하는 「괴물」을 침
묵시키고 돌아보았다.

"아우라 공, 이대로 괜찮은 건가? 역시 진격 속도가 빠른 것
같은데."

"문제없어. 이대로 리즈를 따라갈 거야."

말 위에서 전황을 보고 있는 아우라는 문제없다고 했지만,
스카아하의 가슴속에는 불안이 도래해 있었다.

"하지만 양익과 호흡을 맞춰야 해. 저들도 쫓아오지 못하고
있는 것 같아."

원래는 그란츠군 양익이 먼저 돌출할 예정이었다. 그리고 허술해진 중앙을 리즈가 뚫어서 「괴물」 군세를 양단, 각개 격파하여 승리하는 것이 본래 줄거리였을 터.

　"괜찮아. 그래서 양익에 「아군」과 레벨링군을 배치했어. 중앙의 침공 속도를 보면 클라우디아 여왕의 성격상 필사적으로 쫓아올 터. 「아군」도 마찬가지야. 다들 승부욕이 강해서 쫓아올 거야."

　"나도 찬성이야. 이대로 가면 돼. 모처럼 기세가 붙었는데 그걸 직접 꺼뜨리기도 그렇잖아."

　셀레네가 검에 들러붙은 피를 털며 아우라에게 동의했다.

　"양익이 뒤처지긴 했어도 치명적인 수준은 아니고— 웃차!"

　아우라에게 다가오려던 셀레네 앞을 「괴물」이 막아섰으나 그녀는 도약하여 무릎으로 안면을 분쇄했다. 그리고 공중에 뜬 채 옆으로 회전하여 새로운 「괴물」의 얼굴을 발뒤꿈치로 찍었다. 화려하게 착지한 셀레네는 후방을 보았다.

　"우리의 후방에는 「괴물」의 사체뿐인 것 같고 말이야. 퇴로를 차단한다는 생각까지는 못 하고 있나 봐. 아니면 양익이 공격받아서 여분의 병력이 안 남아 있던가."

　전장 한복판에서 유유히 대화하는 그녀들을 그란츠 병사들은 질린 얼굴로 보고 있었다. 그들은 필사적으로 싸우고 있는데 스카아하와 셀레네는 가뿐하게 「괴물」을 처리해 나갔다. 그렇기에 그란츠병은 우렁차게 외치며 분기했다. 발목을 잡을 수는 없다며 좌우에서 육박하는 「괴물」들을 해치웠다.

그 모습을 보고 아우라의 눈이 가늘어졌다.

"병사들도 부응해 주고 있어. 그러니까 이대로 돌진하겠어."

"……알겠어. 확실히 의욕을 꺾는 건 가장 해선 안 되는 일이지."

스카아하는 납득했는지, 아니면 괜한 말을 꺼낸 것이 부끄러웠는지, 창을 뒤로 돌리고서 전선을 향해 일직선으로 달려나갔다.

그런 그녀보다 먼저 셀레네가 앞장서 달려갔다.

셀레네에게도 생각하는 바가 있음을 아우라는 이야기를 들어서 알고 있었다.

리즈가 원군으로 달려오기 전에 「아군」과 「괴물」의 전투에서 셀레네가 담당했던 우익이 가장 먼저 무너졌다고 했다. 치명적인 전개를 일으킨 것을 셀레네는 신경 쓰고 있었다. 하지만 당시 전황을 들어 보니 이해할 수 없는 점이 몇 가지 있었다. 그래서 아우라는 셀레네 탓인지 아닌지 판단하기 어려웠다.

어쨌든—.

"전장에서 오명을 썼다면 전장에서 씻어야지."

복수는 아니다. 앙갚음도 아니다. 그렇게 명확한 상대가 있지는 않았다.

자기 자신과의 싸움. 기분의 문제였다.

그래서 도와줄 수는 없었다. 직접 넘어설 수밖에 없기 때문이다.

아우라가 할 수 있는 일은 이 싸움에서 셀레네가 자신감을 되찾기를 기도하는 것뿐이었다.

"나도 힘내야지……."

자신이 할 수 있는 일을 전력으로 하겠다.

그렇게 정한 아우라는 납빛 눈에 확실한 불을 밝혔다.

*****

중앙에서 피어오르는 흙먼지에 놀란 가더는 발을 멈췄다.

적이 주위를 에워싸서 여유 있는 상황은 아니었지만, 눈에 날아든 광경은 무심코 발을 멈춰 버릴 만큼 충격적이었다.

"……벌써 저기까지 갔나."

붉은 머리 황녀의 성장이 현저했다. 처음 만났을 때— 천부적인 재능이 있다는 것은 눈치챘다.

자신 따위 간단히 추월하리라고 예상은 했지만.

"그래도 5년은 걸릴 줄 알았는데…… 「인족」은 정말로 가능성이 넘치는군."

강인한 육체를 타고나는 「마족」에게는 없는 특성이다.

태어났을 때부터 「완성」되어 있는 「마족」과 「미완성」인 「인족」. 발전 가능성만 따지면 「마족」보다 「인족」이 앞선다.

당연하다면 당연했다.

「인족」의 수명은 짧다. 한정된 시간밖에 없다. 그래서 죽음이 찾아오는 그 순간까지 자신의 가능성을 모색한다. 반면 「마족」이나 「이장족」은 그런 「인족」보다 세 배는 더 오래 살고,

완성품이기에 여유가 있어서, 가능성이나 성장이란 개념이 희박했다.

그래서 「인족」과 비교하면 대성하는 자가 적었다.

"거기 거한, 뭘 멍청히 서 있는 거죠."

「괴물」의 두개골을 부순 루카가 가더에게 미심쩍다는 시선을 보냈다.

몸을 찌르는 듯한 살기를 아군에게 받고 가더는 사고의 바다에서 돌아왔다.

"아니, 그란츠군의 기세가 굉장하다 싶어서 말이야. 얼떨떨해졌어."

"바보인가요? 바보겠죠. 감탄할 때가 아니잖아요. 우리는 저녀석들보다 먼저 앞으로 가야 해요."

짜증스레 말한 루카는 새로운 사냥감의 숨통을 끊었다. 하지만 거기서 끝나지 않았다. 이미 숨진 「괴물」에게 「금강저」를 내리쳐 집요하게 공격을 가했다.

"그렇다고 성급하게 무모한 공격을 하면 반격당해. 우리는 우리의 속도로 작전을 수행— 윽?!"

어이없다는 얼굴로 말하던 가더의 거구가 갑자기 날아갔다. 루카의 「금강저」가 격렬한 기세로 충돌했기 때문이다. 어떻게든 방어에 성공했지만 전선보다 더 앞쪽에 착지했다.

"저, 저 여자…… 왜 같은 편에게 공격을……."

루카의 공격을 막지 못했다면 죽었을 거다.

즉, 진심으로 공격한 것이다.

하지만 화가 나기 전에 식은땀이 났다. 「괴물」에게 포위당했기 때문이다.

하늘에서 먹이가 뚝 떨어진 상황이 기쁜지 침을 흘리며 가더를 노려보고 있었다.

하지만 간단히 죽을 수는 없었다. 선수 치는 사람이 이긴다는 듯 가더는 대검을 휘둘렀다. 괴물의 피를 맞으며 다음 표적을 노렸다.

"누님, 뭐 하는 거예요!"

"후긴, 미안해요. 손이 미끄러졌어요."

"손이 미끄러졌다고 대형이 저렇게나 앞으로 날아가나요?!"

"저 거한은 튼튼하니 괜찮아요."

"그, 그런 문제가 아니에요……."

「괴물」에게 살해당하지 않으려고 필사적으로 싸우는 가더의 귀에 긴장감이라고는 전혀 없는 두 사람의 대화가 바람에 실려 왔다.

"빠, 빨리 도와주러 가야 해. 대형! 지금 갈게요!"

"후긴, 기다려요. 성급하게 무모한 공격을 하면 반격당해요."

어디선가 들은 말이었다.

그런 말을 할 자격이 있냐는 분노와 함께 가더는 대검을 옆으로 휘둘러서 「괴물」의 몸통을 양단했다.

"후긴이 그런 위험한 일을 하게 둘 순 없어요. 무닌, 저 거한이 있는 곳까지 길을 여세요."

"예……? 그건 무리한 요구인데요."

"저 거한처럼 날아갈래요?"

"다들 가자! 대형을 구출하는 거다!"

당황이 다분히 담긴 외침이 가더에게 들렸다.

"저 여자, 혹시 나를 미끼로 전선을 끌어 올린 건가……?"

의문에 답해 줄 자는 주위에 없었다. 가더를 죽이려고 「괴물」들이 기를 쓰며 달려들고 있었기 때문이다. 물어뜯으려고 한 「괴물」의 커다란 입에 칼을 넣고 땅을 박차 머리를 쪼갰다. 그 반동을 이용해 자연스럽게 다음 「괴물」의 팔을 벴다.

"젠장, 저 여자에게는 두 번 다시 등을 맡기지 않겠어."

위험한 사상을 가진 여자에게 한기를 느끼며 가더는 「괴물」을 처치해 갔다.

이제 몇 마리를 해치웠는지 세기도 귀찮았다.

얼마 전에 새로 맞춘 방어구는 「괴물」의 공격으로 이미 부서지기 시작했고, 대검도 피와 기름 때문에 날이 무뎌지기 시작했다.

본격적으로 상황이 위험해지고 있었지만.

"대형! 구하러 왔습니다!"

기마군을 이끌고 무닌이 나타나며 새로운 대검이 가더 앞에 꽂혔다.

쓰던 대검을 「괴물」에게 던지고 새로운 대검의 손잡이를 잡아 일섬.

「괴물」 세 마리가 땅에 가라앉았고, 가더는 앞으로 발을 내디디며 대검을 내렸다.

"미안하다. 무닌, 고맙다."

기마군이 적을 유린하기 시작하자 가더는 땅에 대검을 꽂고 투구를 벗어 흥건한 땀을 닦았다. 정말 죽음을 각오했었다. 강제로 사지에 보낸 여자를 향한 분노가 끓어올랐다. 하지만 시야가 좁아져선 안 된다며 자신을 타일렀다.

"거한, 빈틈투성이에요."

"뭐?"

그렇게 뒤돌았을 때, 대량의 피가 가더의 얼굴에 묻었다.

이어서 가더에게 달려들려고 했던 「괴물」이 대지에 쓰러졌다. 튄 피를 닦으며 눈을 뜨자 「괴물」의 사체에 「금강저」를 올린 루카가 콧방귀를 뀌었다.

"살려 줬잖아요. 고마워하세요."

"……"

사지로 보낸 장본인이 말은 잘한다며 무심코 욕할 뻔했다.

하지만 루카가 살려 준 것도 사실이라 가더는 뭐라 말할 수 없는 복잡한 표정을 지었다.

"고맙다고 안 할 건가요?"

"미, 미안…… 고맙다."

석연치 않았지만 은혜는 은혜라고 자신을 타이르며 가더는 감사를 표했다.

"알면 됐어요. 자, 멍청히 있지 말고 가죠."

「금강저」를 둘러멘 루카는 후긴과 무닌이 싸우는 곳으로 달려갔다.

가더는 멍하니 그 뒷모습을 보다가 불현듯 하늘을 올려다보고 탄식했다.

"「독안룡」…… 네 탓이야."

돌아오면 후려갈겨 주겠다고, 귀찮은 여자를 놓고 간 히로에게 흉흉한 말을 중얼거리며 가더도 대검을 움켜잡고 질주했다.

*****

어두운 감정이 샘솟았다.

그게 질투임을 이해하는 데 약간의 시간이 걸렸다. 이토록 추한 감정이 자신에게 싹틀 줄 꿈에도 몰랐던 여성은 조금 놀랐다.

"……정말로 강해지셨네요."

레벨링 왕국의 여왕 클라우디아는 그런 말을 중얼거리며 전장의 중앙을 보았다.

붉은 머리 황녀는 자신들보다 체구가 몇 배나 큰 「괴물」을 간단히 도륙하고 적의 전선을 아주 쉽게 파괴했다. 그 어마어마한 전투력이 만들어 내는 기세는 멈출 줄을 몰랐다.

그리고 그녀를 쫓는 그란츠 병사도 그 파괴력의 일부를 담당하고 있었다.

강렬한 붉은 머리 황녀에게 뒤처지지 않았다.

일반 병사조차 본래 실력보다 더 큰 힘을 발휘하며 「괴물」을 해치우고 있었다. 그녀의 발목을 잡지 않겠다며 한계 이상의 힘을 발휘했다.

붉은 머리 황녀의 존재가 있기에 가능한 일이었다. 다른 사람이었다면 이와 같은 상황을 만들지는 못했다.

마치 사도를 이끄는 여신 같았다. 그 광경을 보니 의문 따위 날아가 버렸다.

그란츠의 옥좌가 어울리는 사람은 그녀뿐이다.

병사에게 활력을 주는 용맹한 모습은 「영웅의 그릇」으로 족했다.

민중에게 칭송받고 병사를 이끄는 모습은 「황제의 그릇」으로 족했다.

눈부실 정도의 급성장— 비약을 이룬 붉은 머리 황녀는 품격도 갖춰 가고 있었다.

"고작 4년…… 하지만 4년……. 어느새 차이가 벌어졌나요."

어디서 차이가 벌어졌을까……. 4년간 클라우디아도 놀지 않았다.

여왕이 된 뒤로도 단련은 빼먹지 않았고 실적도 쌓았다.

그렇다면 환경의 차이일지도 모른다.

붉은 머리 황녀의 성장 환경과 비교하면 클라우디아는 축복받은 편이었다.

태어났을 때부터 사랑받았고, 아버지에게 「요정화」를 인정받아 비밀리에 여왕으로서 교육받았다. 물론 도중에 오라비가 반란을 일으키는 등 우여곡절은 있었다.

하지만 붉은 머리 황녀의 장절한 인생과 비교하면 힘들이지 않고 여왕 자리를 손에 넣었다고 할 수 있었다.

거기서 차이가 생겼을지도 모른다.

여왕을 목표한 자와 여제를 목표하는 자.

목적을 달성하여 만족한 자와 꿈을 향해 계속 달리는 자.

걷기 시작한 자와 달리고 있는 자.

"기분의 문제— 단지 그것뿐. 하지만 가장 중요하며 빼놓을 수 없죠."

마음의 강함은 성장과 직결한다.

짓밟히고, 얻어맞고, 진흙투성이가 되고, 수없이 굴러도, 좌절하지 않고 앞을 보며 일어선다.

수많은 시련을 극복했기에 지금의 붉은 머리 황녀가 존재하는 것이다.

"지금까지 세리아 에스트레야 전하에게 닥쳤던 고난을 생각하면 마치 그녀를 강하게 만들기 위해 준비된 것 같다고 의심하게 되네요."

누구 짓인지는 알 수 없다. 하지만 어떤 의지가 작용한 것은 틀림없다.

「5대 천왕」은 아니다. 그 이상의 존재가 준비한 길을 붉은 머리 황녀는 걷고 있었다.

그 길에는 많은 벽이 준비되어 있고, 모든 시련을 극복한 끝에는 「황제」라는 최고의 영예가 기다리고 있을 것이다.

"그걸 계획한 사람은 「흑진왕」 폐하? 아뇨, 그 또한 한낱 말일지도 몰라요."

히로는 자신의 목적을 위해 움직이고 있다. 그 훌륭한 계획에는 누군가가 개입할 여지가 없다. 그래서 「5대 천왕」조차 마음대로 조종하고 있는 것이다. 하지만 그의 실력을 아는 자라면 어떨까. 의표를 찌를 수 있지 않을까? 그렇게 클라우디아는 의심하고 말았다. 하지만 그게 가능한 인물은 클라우디아의 기억 속에 없었다.

"처음에는 「흑진왕」 폐하를 중심으로 시대가 움직이는 건가 싶었지만……."

틀렸을지도 모른다. 히로가 중심이 아니라 그 또한 붉은 머리 황녀의 성장을 위해 준비된 한낱 말이었다면…….

거기까지 상상하고 클라우디아는 몸서리쳤다.

"그자의 의도대로 이번 전쟁도 진행되고 있다면…… 이제 결과는 모르겠네요."

그야말로 「신」의 조화다. 세계의 정점에 군림하는 「5대 천왕」조차도 초월한 존재.

수수께끼의 인물. 정말로 존재하는지 아닌지는— 오늘 싸움의 결과로 알 수 있을 것이다.

"언젠가 모습을 드러내겠죠. 그때까지 저도 날뛰기로 할까요."

발꿈치로 말의 배를 때려 달리기 시작했다. 속도를 올리고, 조왕 로크스가 남긴 「마검」을 능숙하게 다뤄 「괴물」의 머리를 쪼개 나갔다.

붉은 머리 황녀에게 뒤처진 만큼 만회해야 한다. 아직 패배를 인정한 것은 아니었다.

모처럼 같은 시대에 태어났다. 그녀와는 영원한 호적수이고 싶다.

인생은 아직 길다. 벌써 포기하기엔 클라우디아는 너무 젊었다.

질투를 품고, 선망을 품고, 한없이 성장하겠다.

쫓아가지는 않을 것이다. 절대 뒤는 쫓지 않는다. 그녀의 길은 클라우디아의 길이 아니다.

다른 길을 나아가며 언젠가 교차하는 그때까지 계속 칼을 갈 것이다.

"재미있어졌어요."

「괴물」과의 싸움이 끝나고 평온이 찾아와도 인생의 평온은 찾아오지 않는다. 이 세계에 사는 모든 이가 살아 있는 한, 시련은 계속해서 주어진다.

"지금은 황제를 목표로 아름답게 빛나는 당신이 주역이에요. 그러니 마음껏 심취하세요. 방해하는 건 멋없는 짓이니까요."

붉은 머리 황녀가 있을 중앙 전선을 흘낏 본 클라우디아는 미소 짓고, 파도가 스르르 물러나듯, 전쟁에 집중하기 위해 예리한 칼을 연상시키는 시선을 전방에 보냈다.

이것저것 생각하고 있을 여유 따위 없었다.

격렬한 전투가 벌어지고 있는 전선에서 클라우디아의 귀여운 부하들이 날아가고 있었다.

그 강자는 비처럼 쏟아지는 피와 살을 맞으며 섬뜩하게 웃었다.

"이게 「마족」인가. 이 정도 실력밖에 안 되니 1000년 전에 천하를 얻지 못했지."

갈색 전신에 문양이 그려진 거한이 레벨링 병사를 갓난아기처럼 휘두르고 있었다.

당해 낼 수 없음을 알면서도 열심히 싸우는 병사의 뒷모습은 이 얼마나 아름다운가. 그리고 벌레처럼 짓밟는 거한은 이 얼마나 가증스러운가. 클라우디아의 시선에 분노가 떠올랐다.

"거기 당신."

클라우디아는 말의 등을 박차고 공중으로 뛰어올라 「아수라」^{오토클레르}를 들었다.

번개처럼 무시무시한 기세로 「각인족」에게 내리쳤다.

"엉?"

"제 귀여운 병사에게 사과하세요."

"억?!"

「아수라」가 「각인족」의 오른쪽 어깨에 깊이 박혔지만 칼날은 도중에 멈췄다. 상당한 힘을 줬는데도 팔을 베지 못했다. 클라우디아는 혀를 차고 즉각 「아수라」를 뽑았다.

동시에 상처에서 피가 대량으로 치솟았다. 클라우디아는 즉각 목을 노리고 검을 휘둘렀다. 하얀 섬광이 번뜩였으나 거대한 도끼에 막혀 불꽃이 튀었다.

클라우디아는 멈추지 않았다. 몸을 틀어 한층 더 공격을 가했다.

고속으로 검을 찔렀고 「각인족」의 반응은 늦었다.

"좋은데."

웃으며 두 팔을 벌리는 「각인족」에게 클라우디아의 공격이 전부 명중했다.

그 일격으로 뼈를 분쇄하고, 그 일격으로 심장을 도려내고, 그 일격으로 얼렸다. 움직임을 멈춘 클라우디아 앞에 「각인족」 얼음 조각상이 나타났다.

클라우디아의 뒤에서 환호성이 일었다.

그렇게나 레벨링 병사를 괴롭혔던 적이 여왕 클라우디아의 손에 의해 쓰러졌다. 흥분할 수밖에 없었다. 칭송할 수밖에 없었다.

병사들이 다가오려고 했지만 클라우디아는 팔을 옆으로 들어서 제지했다. 얼음 조각에 변화가 찾아와 있었다.

많은 물방울이 흘렀다. 균열이 점차 사방으로 퍼졌다. 쩌저적 소리가 나기 시작하며 「각인족」의 웃음이 짙어졌고, 온몸을 덮었던 얼음이 터지듯 깨졌다.

"후우…… 꽤 강하잖아."

깊이 숨을 들이쉬고 단숨에 내뱉은 「각인족」은 손으로 목을 받치고서 머리를 돌리더니 클라우디아를 응시했다.

"나는 누르, 「각인족」을 아우르고 있지. 네 이름은 뭐냐?"

그 말, 그 자신감, 강자라고 말하는 듯한 거만한 태도.

위에서 내려다보는 시선. 높은 자존심을 드러내면 부수고 싶어진다.

강하지 않다고, 너는 그렇게 강하지 않다고, 가슴 깊이 넣어 뒀던 가학성이 얼굴을 내민다.

"클라우디아 반 레벨링, 레벨링 왕국의 여왕이에요."

극상의 마블링을 가진 먹이— 되도록 표정에 드러나지 않도록 클라우디아는 웃었다.

마치 적개심이 없는 듯한 순진한 웃음이었다. 하지만 그 눈은 결코 웃지 않았다.

"당신을 잘게 썰어 버릴 여자죠."

황홀한 숨을 내뱉고 입술을 요염하게 비틀었다.

*****

검의 궤적이 공중에 나선을 그리자 아름다운 붉은 꽃이 지상에 피었다.

열파가 밀려들며 불꽃뱀이 「괴물」들을 집어삼켰다.

계절은 겨울이다.

그런데도 전장은 여름처럼 더웠다. 땀이 날 정도의 열기에 휩싸여 있었다.

"「세계 5대 보검」이 없는 저들이 이 속도를 따라올 수 있는 건가……."

후방을 본 메테오아는 경악하며 떨었다.

바로 옆에서 그란츠 보병이 「괴물」을 상대로 싸우고 있었다.

그러나 맨 처음부터 보았던 자에게는 경악할 만한 광경이었다.

리즈를 선두로 그란츠 중앙군 제1진의 그란츠 기병들은 「괴물」들의 본진을 향해 무시무시한 속도로 돌진했다. 그리고 지금은 전광석화의 맹공 덕분에 적의 본진 근처까지 와 있었다.

하지만 그란츠 중앙군의 제2진과 제3진은 중보병과 경보병으로 구성되어 있었다.

그러니 많은 이가 기마의 속도를 쫓아오지 못하고 탈락했으리라고 메테오아는 생각했었다. 하지만 후방을 돌아보니— 대부분 탈락하지 않았고, 체력이 남아돈다는 듯 병사들은 「괴물」을 상대로 용감하게 싸우고 있었다.

흥분으로 몸이 떨렸다.

무엇이 저들을 분기시키는가. 무엇이 저들을 이렇게까지 몰아붙이는가.

이유를 찾는 메테오아의 눈앞에서—.

—백합 문장기가 들렸다.

문장을 든 기수는 상처투성이였다.

흉갑은 함몰되었고, 갑옷의 관절 부분에서는 피가 흘렀다. 그런데도 아픔을 참고서 깃발을 쓰러뜨리지 않았다. 대지에 뿌리를 내린 것처럼 서 있었다.

어째서? 이유는 하나밖에 없다. 그들이 경애하는 붉은 머리 황녀의 문장이기 때문이다.

물러나라고 말하는 것은 간단하지만, 내치면 저들은 두 번 다시 일어나지 못한다.

고집이 있었다. 공포도 잊고서 그저 자신의 임무를 완수하려고 하는 고집이 그들에게 있었다.

모의전이라면 문제는 없다. 하지만 이곳은 진짜 전장이다.

약해진 자부터 노려진다. 실제로 「괴물」들이 달려들고 있었다. 메테오아는 혀를 차고 말 위에서 두 팔을 옆으로 내밀었다. 그들을 구하려고, 우직한 병사의 의기에 보답하려고 했다.

하지만 메테오아보다 먼저 불꽃뱀이 기수에게 달려든 「괴물」을 물었고 그대로 반대편에 있는 「괴물」 무리로 돌격했다. 이어서 무시무시한 불기둥이 하늘로 치솟았다.

불똥이 튀며 불탄 고기가 하늘에서 쏟아졌다.

메테오아는 놀란 표정으로 전방을 보았다.

친애하는 주군이 보였다.

그 등이 말했다. 누구도 버리지 않겠다고 든든한 말을 전했다.

과거의 모습이 리즈에게 겹쳐졌다.

"아아…… 아아…… 레이 님…… 당신의 마음은 틀림없이 그녀 안에 있군요."

리즈처럼 레이도 전장에서 아군을 버리지 않았다.

그러니까 그녀가 아무도 버리지 않겠다고 말한다면 메테오아도 그 마음에 부응해야 한다. 그녀의 부담을 줄여서 완전한 상태로 결전의 땅에 보내야 한다.

"아무도 방해하지 마. 오늘 나는 조금 거칠어."

입꼬리를 올리고, 보이지 않는 실로 「괴물」을 썰며 리즈의 뒤를 쫓았다. 지켜야 한다. 이번에야말로 그녀를 지켜 내겠다.

"리즈 님! 곧 있으면 적의 본진이야. 잔챙이는 나한테 맡기고 체력을 온존해 줘."

후방에서 부르자 주먹을 들어 대답해 줬다.

그런 리즈의 전방에 후드를 쓴 인물이 한 명 나타났다. 그 손에는 「염제」처럼 붉은 검이 쥐어져 있었다. 하지만 그 인물이 든 무기는 선명한 홍색이 아니라 불길한 기운이 느껴지는 탁한 빨간색이었다.

"열두 마주인가……!"

적의 정체를 바로 간파한 메테오아는 고삐를 당기려고 하는 리즈에게 말했다.

"리즈 님! 멈추지 말고 가. 그 녀석은 내가 처리하겠어!"

팔을 옆으로 든 메테오아의 손에 「제사」가 나타났다.

칼자루를 세게 움켜쥔 메테오아는 말의 등을 박찼고 전방을 달리는 리즈를 경이적인 다릿심으로 추월했다.

그 기세를 이용하여—.

"너는 내가 상대해 주마."

열두 마주에게 격렬한 일격을 내리쳤다.

칼이 맞부딪치는 강력한 소리가 공간을 갈랐다. 엄청난 충격에 열두 마주의 발밑이 분쇄되고, 쪼개진 지면에서 흙먼지가 일었다.

"이 기운…… 네 녀석…… 메테오아인가?"

음성에는 약간의 놀람이 담겨 있었다. 군신에게 고문당한 끝에 「눈」을 빼앗긴 열두 마주는 기운만으로 상대방을 헤아릴 수밖에 없었다.

게다가 메테오아는 1000년 전에 죽었다고 여겨지는 인물이었다. 자신의 판단을 확신하지 못할 만도 했다. 그리고 그가 혼란스러워하는 동안, 리즈가 빠르게 옆을 스쳐 지나갔다.

"정답이라고 말해 주고 싶지만…… 얼굴을 숨기고 있는 탓에 나는 네가 누구인지 모르겠군."

"……역시 메테오아인가. 나는 케리네이아, 일찍이 열두 마주였던 남자다."

이름을 들으니 케리네이아에 관한 기억이 생각났다.

강렬한 인상을 남긴 남자였기에 바로 떠올릴 수 있었다.

"아아, 알티우스 폐하와 히로의 책략에 엉망으로 깨졌던 녀석인가……."

1000년 전— 알티우스가 세력을 확대하기 시작했을 무렵, 본거지 주변의 마을들이 잇따라 도적의 습격을 받았다. 사태를 심각하게 여긴 알티우스는 토벌대를 편성하여 마을로 향했다.

하지만 그것은 눈앞에 있는 케리네이아가 판 함정이었고, 잠복해 있던 「마족」에게 공격받고 말았다. 그것도 히로의 기지와 알티우스의 대공세로 철저히 깨부쉈지만. 그런 과거의 오점을 들추자 수치심이 들었는지 케리네이아는 후드 틈새로 보이는 입술을 악물었다.

"……네 녀석은 히드라에게 죽었을 텐데 꼴사납게 살아남은 모양이야!"

분노를 폭발시킨 케리네이아가 붉은 무기를 내질렀다.

하지만 메테오아는 「제사」를 들어서 튕겼다.

불꽃이 튀며 탄내가 났다.

"기습인가…… 변함없이 비겁한 수법을 좋아하나 보네."

"……죽여 버리겠어."

"내가 할 말이야. 잔챙아."

케리네이아가 살의를 내뿜자 메테오아는 깔보듯 콧방귀를 뀌었다.

눈을 한 번 깜박일 정도의 간격을 두고서 두 사람은 격돌했다.

치욕을 당한 케리네이아의 분노는 가라앉지 않았다.

격분하여 노성을 질렀다.

"그 시절의 나와는 달라!"

원념이 담긴 붉은 칼날이 육박했으나 메테오아는 몸을 숙여 피하고 칼을 앞으로 찔렀다.

케리네이아가 뒤로 뛰면서 칼날은 아깝게 빗나갔다. 그것을 감지했는지 케리네이아는 의기양양하게 다시 입을 열었다.

"「왕」께 하사받은 「사선」이 있는 한, 질 리가 없다!"

"나에 관해서는 이름만 기억하나 봐?"

메테오아의 싸늘한 시선과 함께 「제사」가 끼리릭 소리를 내며 분열하여 앞으로 뻗었다. 날카로운 칼날은 케리네이아의 가슴을 꿰뚫어 그의 몸을 들어 올렸다. 땅에서 두 다리가 떠오른 케리네이아는 자연스럽게 메테오아를 내려다보게 되었다.

"아, 악……."

크게 입을 벌려 피를 토하며 케리네이아는 「제사」의 칼날을 움켜잡고 공중에 뜬 채 힘껏 뽑으려고 했다. 하지만 「제사」는 화살촉을 맞붙인 형상이었고, 길어질 때는 관절이 분리되어 분열했다. 게다가 미늘이 달려서 한번 박히면 간단히 뽑을 수 없는 구조였다.

"억지로 뽑으려고 하면 내장도 딸려 나올걸."

"……원한다면 주마."

케리네이아가 턱을 당기고 더욱 힘을 주기 시작했다. 악다물린 이가 부서졌고, 벽이 사라지면서 피범벅이 된 파편이 입에서 쏟아졌다.

"더는 실수할 수 없어. 나는 「왕」의 검이자 방패니까!"

케리네이아는 「사선」을 땅에 꽂았다. 그대로 칼자루를 양손으로 쥐고 자신 쪽으로 잡아당겼다.

하늘로 곧게 뻗은 「제사」는 꿈쩍도 하지 않았지만 그는 포기하지 않았다. 격통에 발버둥 치면서도 힘을 빼지 않았다.

기묘한 행동에 메테오아는 눈썹을 찌푸렸다가 그의 목적을 눈치채고 눈을 홉떴다.

케리네이아의 몸에서 대량의 피가 뿜어져 나왔다. 동시에 「제사」에서 벗어난 그는 지면에 발을 디뎠다. 그런 그의 가슴에서 왼쪽 어깨까지 커다란 절창이 생겨나 있었다. 어깨는 심하게 손상되어 당장에라도 끊어질 듯 팔이 덜렁거렸다.

"……제정신이 아니야."

「제사」에서 벗어나겠다고 자신의 몸을 가르다니 비정상적인 행동이다.

"하지만 그런 모습을 봤다고 주춤하진 않아."

일섬— 밑에서 건져 올리듯 팔을 휘두른 메테오아는 가슴 높이에서 손목을 틀었다. 채찍 같은 움직임으로 변한 「제사」는 케리네이아의 늘어진 팔을 잘라 버렸다. 지금 케리네이아는 「사선」의 은혜로 확실히 강해지긴 했다. 하지만 그에게는 치명적인 결함이 있었다. 「마석」을 잃은 케리네이아는 「마족」으로서 불완전했다.

"하지만 「마석」이 있든 없든 내가 질 일은 없었겠지."

「제사」를 땅에 꽂은 메테오아는 칼자루에 양손을 올리고 냉소 지었다.

"「사선」의 특징은 나도 알고 있어. 소지자조차 잡아먹는 위험한 「마황검 5살」."

메테오아는 한 손을 들고 「제사」의 칼자루를 세게 내리쳐 땅에 묻었다.

"1000년 전에 싸워 봤거든. 일정한 거리를 유지하면 안전하다는 것도, 그리고 나와 아주 상성이 안 좋다는 것도 알고 있어."

오른쪽 무릎과 오른손을 지면에 댄 메테오아는 선언했다.

"그 당시 「사선」의 소지자는 내 눈앞에서 잡아먹혔어."

"젠장, 젠장!"

침을 뱉은 케리네이아는 「사선」을 들고 돌격했다.

포기하려고 하지 않았다. 이길 수 없음을 알았어도 전진했다. 절망에 저항하는 전사의 모습이 보였다. 하단에서 휘둘리는 참격을 피하기 위해 메테오아는 옆으로 뛰었다. 그럴 줄 알았다는 듯 케리네이아는 몸을 틀어 검의 궤적을 그렸다.

하지만 메테오아는 파악하고 한 걸음 뒤로 물러났다. 칼끝에 스친 앞머리가 흉인의 궤도와 함께 바람에 쓸려 갔다.

케리네이아는 노도와 같은 기세로 참격을 가했다. 거칠게 숨을 내쉬며 공격을 늦추지 않고 늘 일정한 거리에서— 그렇게 계속 헛손질하던 케리네이아는 갑자기 공격을 멈췄다.

열이 올랐던 머리에 찬물이 부어진 것처럼 입술이 새파래진 케리네이아가 떨었다.

알아차린 것이다.

압도적인 기량의 차이를.

늘 일정한 거리가 유지되고 있음을.

"내 차례네."

메테오아의 선언을 듣고 케리네이아는 그 자리에서 벗어났다.

그 순간— 원래 있던 곳에 무수한 칼날이 생겼다.

"……1000년 전, 1000년 전…… 끝까지 과거가 따라다녀. 끝까지 과거가 나를 방해해!"

케리네이아는 땅에서 솟아난 포학한 칼날을 빠져나가 거리를 좁혔다.

죽음의 공포를 억누르고, 섬기는 주인을 위해 목숨을 걸었다.

양보할 수 없는 마음이 있기에. 그것은 메테오아도 마찬가지였다.

"봐주지 않겠어."

메테오아는 재생하기 시작한 케리네이아의 왼팔을 흘낏 보았다.

「무모왕」이 열두 마주에게 준 특권 「초회복」— 치유할 수 없을 정도로 잘게 썰어야 한다. 포학한 폭풍 속을 돌진하는 케리네이아의 모습을 보고 메테오아는 눈을 가늘게 떴다. 마치 다가오는 사냥감을 기다리는 포식자처럼 여유롭게 땅을 딛고 대기했다.

"도달했다. 이제 놓치지 않아."

지척까지 접근한 케리네이아가 입꼬리를 올렸다.

희희낙락대며 내지른 붉은 칼날이 메테오아에게 육박했으나 그녀는 눈을 감은 채 미동도 하지 않았다.

하지만 칼날이 메테오아의 이마에 닿기 직전에— 세찬 불꽃을 튀기며 「사선」은 공중으로 내던져졌다.

손이 하늘로 튕겨 올라간 자세 그대로 케리네이아의 얼굴이 창백해졌다.

눈을 뜬 메테오아가 그런 그에게 강렬한 앞차기를 날렸다.

"끄윽?!"

왼팔은 아직 재생되지 않았다. 오른팔은 위로 들려 있었기에 케리네이아는 강렬한 일격을 뿌리칠 힘이 없었다.

내장을 짓뭉개는 충격에 입술을 비틀며 케리네이아는 낙법을 취했다. 그 등이 지면에 닿기 직전에— 무수한 칼날이 땅에서 솟아나 전신을 꿰뚫었다.

"아……."

케리네이아는 대자로 뻗어서 얼떨떨한 표정으로 천공을 올려다보았다. 메테오아에게 유도당했음을 깨달은 표정이었다.

그리고 그의 상공에서 회전한 「사선」은 중력에 이끌려 지상으로 낙하했다. 바로 밑에 있는 케리네이아는 칼날에 구속당해 피할 수 없었다. 몸을 지킬 방도도 없는 그의 가슴에 붉은 칼이 박혔다.

"아…… 아직…… 안 끝났어!"

집념만으로 상체를 일으킨 케리네이아는 발을 뜯고, 배의 살을 잘라 내고, 등가죽을 벗겨 무수한 칼날에서 빠져나왔다. 만신창이가 된 몸에 박힌 「사선」을 뽑고 온몸이 새빨갛게 물든 그는 입꼬리를 비틀었다.

그 모습을 본 메테오아의 눈에는 측은함이 떠올라 있었다.

"……편히 만들어 주마."

케리네이아를 에워싸듯 거대한 칼날이 땅에서 솟아났다. 칼날은 차례차례 결합하여 뱀처럼 하나가 되었고 사냥감을 조여 죽이기 위해 소용돌이를 그리며 거리를 좁혔다. 반구형이 된 칼날 뭉치는 케리네이아의 머리 위까지 뒤덮어 빠져나갈 길을 없애고 그의 모습이 보이지 않을 만큼 칼날로 공간을 채웠다.

오른손을 내민 메테오아가 주먹을 쥐자 칼날은 급속도로 축소되기 시작하여 눈 깜짝할 사이에 유리구슬처럼 작아지고 소멸했다.

"……전이했나."

손을 펼친 메테오아가 나직이 중얼거렸다. 죽었다는 느낌을 받지 못했다.

"하지만 얼마 못 살겠지. 「사선」의 은혜가 그 녀석을 죽일 거야."

이미 재생은 봉인되었다.

흘러넘치는 피는 멈추지 않고, 상처는 낫지 않고, 다가오는 죽음을 실감하며 숨질 것이다.

열두 마주에게 어울리는 말로일지도 모른다.

그렇게 느끼며 메테오아는 말에 올라타 리즈를 쫓았다.

*****

폭풍이 휘몰아치고 있었다.

거한이 도끼를 휘두를 때마다 주위에 있던 「괴물」들이 풍압에 난도질당했다.

누구도 다가오지 못하고 잔학한 폭풍 앞에서 공포를 느꼈다.

하지만 그 중심지에는 아름다운 여성이 있었다. 살을 엘 정도의 바람을 맞으면서도 산뜻한 표정으로 발을 움직여 참격을 피했다.

주위의 소란과는 반대로 꽃밭에서 춤추는 소녀처럼. 그녀만이 다른 세계의 주민이었다.

"강하군. 「마족」 여자로 두기에는 아까워."

도끼를 휘두르는 거한―「각인족」의 우두머리 누르가 입맛을 다셨다.

"그리고 외모도 나쁘지 않아. 내 아내로 삼아 주마."

외모를 칭찬하자 맞은편에 있는 여성은 기쁘다는 듯 미소 지었다.

"저를 본 남자분들은 다들 그렇게 말해요."

"그렇겠지! 어때? 내 아내가 된다면 죽지 않을 정도로만 혼 내 주겠어."

성욕을 훤히 드러내며 야만스러운 얼굴로 여성을 노려보았다.

"아쉽지만 거절하겠어요."

국민에게 「자은희(紫銀姬)」라고 칭송받는 여성— 클라우디 아는 가느다란 손가락으로 옆머리를 귀에 걸고서 웃었다.

"저는 남편을 들일 생각이 없고 당신은 제 취향이 아니거든요."

클라우디아는 숨기지 않고 본심을 말했다.

왕위를 지키기 위해 남편은 들이지 않는다.

하지만 아이를 낳아 후계자를 만들지 않으면 왕가의 핏줄 이 끊기는 것도 사실이었다.

어떻게 할지 생각은 조금 해 뒀지만 굳이 눈앞의 남자에게 가르쳐 줄 필요는 없었다.

나중 일은 나중에 생각하기로 하고, 클라우디아는 다시 누 르를 응시했다.

취향과 정반대인 거한은 바보 취급을 당했다고 생각했는지 분노로 얼굴이 벌게져 있었다.

"그러냐."

남다른 힘을 이용하여 거대한 도끼를 내리찍었다. 클라우디아의 표정은 변함이 없었고 춤추듯 옆으로 뛰어서 피했다. 사냥감이 사라진 곳은 충격과 함께 함몰— 흙먼지가 일었다.

흙먼지를 뚫고 누르의 거대한 손이 클라우디아에게 육박했다.

"그럼 사지를 뜯어서 데려가 주마."

마음에 든 사냥감은 놓치지 않는다. 가학성을 드러내며 오만한 거한은 선언했다.

"저도 참 죄 많은 여자예요."

클라우디아는 자신의 얼굴보다 큰 손을 가느다란 팔로 간단히 쳐 냈다.

짝 하는 소리는 전장에 울려 퍼질 정도였다. 하지만 명확한 거절이 담겨 있었다.

많은 이가 보는 앞에서 확실하게 차인 누르의 눈에서 명확한 살의가 타올랐다.

"알았다. 이제 됐어. 너는 죽이겠어."

거대한 도끼가 가차 없이 휘둘렀다.

살을 때리는 바람을 기분 좋게 느끼며 클라우디아는 「괴물」 뒤에 숨었지만 연약한 벽은 바로 머리가 깨졌다. 다음 수단으로 「기육족」의 다리를 걸어 누르 쪽으로 넘어뜨리니 분쇄당했다. 아군이든 적군이든 가리지 않고 죽이는 도끼가 다가오자 「각인족」의 머리를 양손으로 잡아 물구나무섰고, 대역은 몸통이 찢어발겨져 대지에 가라앉았다. 동시에 지상에 내려선 클라우디아는 주위를 둘러보았지만 적당한 방패를 찾을 수 없었다.

그래서— 클라우디아는 감사를 담아 귀족처럼 우아하게 인사했다.

"고맙습니다. 덕분에 고생하지 않고 전선을 밀어 올릴 수 있었어요."

입술 쪽으로 손등을 가져와 웃었다. 숙녀처럼 조신하게, 아가씨처럼 오만하게.

피가 거꾸로 솟았던 누르는 클라우디아의 기묘한 태도에 주위를 둘러보았다.

지옥도였다. 그의 시야에 들어온 세계는 사체로 넘쳐 났다.

전쟁이니 당연했다. 시체가 없는 전장은 어디에도 존재하지 않는다.

하지만 누르의 시야에 날아든 것은 「괴물」, 「기육족」, 「각인족」, 아군의 사체들뿐이었다.

"이건 뭐야……."

냉소를 지은 클라우디아가 아연해하는 누르를 올려다보았다.

"제게 몰두하면 주위가 안 보이게 되죠?"

달콤한 속삭임이 누르의 귀를 침식했다.

"……."

누르는 자신보다 훨씬 작은 여성을 멍하니 내려다보았다.

남자를 파멸시키는, 요염한 분위기를 풍기는 악녀가 거기서 웃고 있었다.

"저랑 놀다 보면 시간마저 잊게 되죠?"

황홀하게 숨을 내쉬는 모습은 허리에서 힘이 빠질 만큼 달콤했고, 누구든 흥분시키는 요염한 입술에는 미소가 떠올랐다. 여신처럼 온화한 분위기를 휘감고 있지만 그 눈은 사신처럼 어두운 감정을 드러내고 있었다.

"볼일 끝났어요."

그녀에게서 모든 감정이 사라졌다.

아무것도 바라지 않는 얼굴이었다. 아무것도 기대하지 않는 얼굴이었다.

클라우디아의 얼굴은 혐오에 차 있었다.

"당신, 기분 나빠요."

"뭐— 너, 윽?!"

자신보다 훨씬 작은 여성의 발차기를 맞고서 간단히 거구가 날아갔고 땅에 떨어졌다.

"이번에는 당신이 저를 즐겁게 하세요."

여왕의 명령이었다. 우위에 있는 것은 자신이라고 주장하듯 오만불손한 태도로 누르를 내려다보는 절대적인 여왕. 가학성을 숨기려 들지도 않았다. 누르를 걷어차고 관능적인 표정을 지었다.

"자, 도망치세요. 죽기 싫으면 도망쳐요. 제가 끝까지 쫓아가 줄게요."

변모한 클라우디아를 멍하니 바라보는 누르의 얼굴에서 핏기가 가셨다.

이어서 충격이 찾아왔다. 클라우디아는 정신 못 차리는 누르를 일깨우는 듯한 일격을 가했다.

거대한 팔이 허공을 날았다. 피를 뿌리며 빙글빙글 돌다가 땅에 떨어졌다.

격통에 얼굴을 찌푸린 누르는 마침내 제정신이 돌아왔는지 일어섰다.

"……바보 취급하지 마."

복수의 불길을 태웠지만 금방 진화되었다.

절대 영도의 시선이 꽂혔기 때문이다.

"도망치라고 했잖아요?"

거역하지 마. 그런 뜻이 음성에 담겨 있었다.

너는 먹이라고, 자신의 장난감이라고 선언하듯.

"으오……오오오!"

공포를 몰아내며 누르가 클라우디아의 머리로 거대한 도끼를 내리찍었다.

실소가 바람에 실렸다. 여왕에게 거역한 자를 향한 실망이 크게 담겨 있었다.

"말도 안 돼! 그 힘은 뭐야!"

소리친 누르의 눈앞에 믿을 수 없는 광경이 펼쳐졌다.

힘껏 내리찍었을 것이다.

하지만 도끼는 클라우디아에게 막혀 버렸다.

그러나 그녀의 애검 「아수라」는 왼손에 있었다.

클라우디아는— 맨손으로 거대한 도끼를 막고 있었다.

"이제 됐어요."

그녀의 감정을 나타내듯 눈이 내렸다.

바람에 날리며 지상에 떨어진 눈 결정이 땅에 스며들었다.

덜덜 떠는 누르를 클라우디아는 냉혹한 눈으로 노려보았다.

"죽으세요."

자비는 없었다. 살가움도 없었다.

망가진 장난감을 보듯 누르를 깔보았다.

보통 사람과는 동떨어진 감정의 발로였다.

하지만 그것이 바로 「마족」의 본성이기도 했다.

일찍이 중앙 대륙을 공포에 빠뜨렸던 「마족」의 천성이었다.

타인은 용서를 빌어야 한다.

약자는 자비를 빌어야 한다.

지고한 존재에게 만물은 머리를 조아려야 한다.

왜냐하면 그녀는 눈의 여왕— 클라우디아 반 레벨링.

「마족」의 정점에 군림하는 절대적인 지배자니까.

"제기랄!"

욕을 내씹은 누르는 등을 돌리고 뛰었다. 하지만 곧장 땅에 넘어지고 말았다. 혼란스러운 머리로 발밑을 보니 얼어붙어 있었다. 그리고 작은 발소리가 들렸다. 다가오는 방대한 패기에 시선이 붙들렸다.

"자, 당신의 무기예요."

누르가 내던진 도끼를 주운 클라우디아가 그대로 던졌다.

"잠깐— 윽?!"

포물선을 그린 도끼는 가차 없이 누르의 두 다리에 떨어졌다.

부서지는 다리를 보고 소리를 지른 누르는 이제 땅을 구를 수밖에 없었다.

클라우디아는 데굴데굴 몸부림치는 그의 팔에 「아수라」를 꽂아 움직임을 막았다.

"꼴불견이네요. 「각인족」이잖아요? 재생해 보세요."

도발적인 말을 듣고 그제야 누르는 「초속 재생」이 되지 않음을 깨달았다. 그리고 그 원인도 바로 판명됐다. 재생을 막듯 상처가 얼어 있었다.

"이래서는……!"

"후후, 죄송해요. 지혈해 드리려고 했는데 방해만 됐나 보네요."

즐겁게 거구를 짓밟으며 클라우디아는 누르의 오른팔을 걷어차 부쉈다.

"발이 미끄러졌어요. 죄송해요. 하지만 괜찮아요. 지혈해 됐으니까요."

뻔뻔하게 말하며 그 얼굴은 점점 황홀함에 물들었다.

즐겁다고 외치고 싶은 충동을 참듯, 공포로 얼어붙은 누르의 얼굴을 바라보며 흥분하여 떨었다.

"요, 용서해 줘……. 내가 뭘 했다고 이러는 거야?!"

"저를 추잡한 눈으로 봤잖아요? 그것만으로도 죽어 마땅해요."

누르가 죽지 않을 정도로 가감하여 「아수라」를 몇 번씩 그의 몸에 찔렀다.

피가 나면 얼려서 지혈하는 것을 반복했다.

클라우디아는 거대한 몸에 남김없이 구멍을 뚫어 나갔다.

"기분 나빠. 기분 나빠. 기분 나빠. 기분 나빠."

"힉, 으억, 아아— 아아악?!"

"덕분에 끔찍한 기억이— 오라버니가 생각났어요. 그 기분 나쁜 시선을 똑같이 보낸 당신을 용서할 리가 없잖아요."

누르의 외침이 전장에 메아리쳤다. 그 틈새를 누비듯 웃음 소리가 얽혔다.

"그리고 잘게 썰어 드리겠다고 약속했잖아요."

한없이 잔혹하게 웃으며 클라우디아는 멈추지 않고 누르에게 고통을 줬다.

"저도 악마는 아니에요. 약속을 완수하면 죽여 드릴게요."

여신처럼 자비롭게 웃고서, 햇빛을 받은 칼날을 누르의 얼굴에 박았다.

*****

고요했다.

적이 다가오고 있는데 「괴물」의 본진은 정적에 싸여 있었다.

흙먼지의 크기를 보면 누구든 알 수 있을 것이다. 저 기세라면 본진까지 도착할 것을.

전선의 천공에 흩날리는 불똥을 보면, 끊임없이 밀려드는 열파를 느낀다면 그자가 다가오고 있음을 이해할 수 있을 터다.

하지만 「괴물」 본진은 차분했다.

이유는 몇 가지 있었다.

첫째, 「괴물」들은 말하지 못한다. 지능이 낮은 그들은 「인족」처럼 적습에 대비할 줄 몰랐다. 그래서 그 자리에서 움직이지 않고 명령이 떨어지기 전까지 이상하다는 얼굴로 전선을 바라볼 뿐이다.

둘째, 「각인족」의 존재. 그들은 자신들의 힘을— 부여받은 능력을 의심하지 않았다. 어떤 적이 와도 분쇄할 수 있다는 자신감을 가지고 있었다.

과신이라고도 할 수 있지만, 「각인족」이 자만심을 품는 것도 어쩔 수 없었다.

그들이 나고 자란 환경, 「미개척 영역」이라고 불리는 가혹한 세계에는 그들의 천적이 존재하지 않았다.

좁은 세계에서 살아온 그들은 바깥세상에 나온 뒤로도 강자와 싸울 기회가 별로 없었다. 그런 다양한 요인 때문에 그들의 위기관리 능력은 낮은 경향이 있었다.

"「아버지」여. 누르의 기운이 사라졌다."

「각인족」 한 명이 소년에게 말했다.

"그런가."

소년은 관심 없다는 듯 중얼거리고서 중앙의 전선만을 똑바로 보았다.

별 반응이 없었지만 「각인족」은 그다지 신경 쓰지 않는 것 같았다.

소년의 이와 같은 태도는 새삼스러운 일이 아니었기 때문이다.

예전부터, 훨씬 옛날부터 똑같았다.

그래서 「각인족」은 그 이상 아무 말도 하지 않고 작게 머리를 숙인 뒤 동료가 모여 있는 곳으로 걸어갔다.

"다들 기뻐해라. 누르가 죽었다. 다음 족장은 이 싸움이 끝나고 나서 정한다."

"그 녀석은 힘만 세지 머리가 부족했어. 금방 죽을 줄 알았어."

웃음소리가 울렸다. 동포가 죽었다는데도 그들은 슬픔에 잠기지 않았다.

누르 말고도 전선에 배치된 「각인족」 대다수가 죽었을 것이다.

그래도 그들은 비관하지 않았다. 오히려 호적수가 줄어서 족장으로 가는 길이 편해졌다며 기뻐했다.

「각인족」은 마인화하기 전의 일면이 남는데, 특수한 환경에서 자랐기 때문인지 「마인화」에 의해 변질된 기묘한 가치관을 가졌다.

동포는 동포지만 적이다. 그래서 그들은 아무렇지도 않게 동족을 죽인다.

식량을 손에 넣기 위해, 욕망을 채우기 위해— 이성보다 감정이 우선이다.

가지고 싶은 것은 전부 힘으로 빼앗는다.

힘이 없으면 빼앗기기만 하는 「미개척 영역」에서 착한 자는 살 수 없다.

하지만 그걸 방치하면 마지막 한 명이 남을 때까지 서로를 죽이게 된다.

그것을 우려한 「무모왕」은 「족장」이라는 제도를 만들었다.

가장 강한 자가 「각인족」을 이끌며 자신들이 사는 방식을 정할 수 있다.

힘이야말로 정의인 「미개척 영역」다운 제도였다.

그래서 그들은 가장 강한 자가 죽기를 바라며, 자신들보다 강한 존재가 있는 것을 허락하지 않는다. 이해관계가 일치하지 않는다면 전장에서도 서로를 돕지 않을 것이다. 그들은 간단히 동료를 버릴 수 있다.

"시시하군."

그렇게 중얼거린 소년은 「각인족」 무리에서 시선을 떼고 전방에서 거칠게 타오르는 불꽃을 응시했다.

만지면 화상을 입는 선에서 끝나지 않을 것이다.

하지만 무심코 손을 내밀 만큼 선명한 홍색은 아름다웠다.

세계의 종언을 울리는 소리가 다가왔다.

"좀 더, 좀 더. 그 아름다운 음색을 들려줘."

일찍이 큰 희망을 품은 소녀가 한 명 있었다.

너무나도 큰 그녀의 꿈은 주위의 실소를 샀고, 도저히 이룰 수 없는 꿈이라며 비웃음당했다.

그래도 꺾이지 않았다.

수많은 어려움이 그녀를 덮쳤지만 마음을 완전히 꺾지 못했다. 오히려 단련된 마음은 쇠처럼 단단해졌다.

고꾸라지고, 넘어지고, 쓰러져도 포기하지 않고 일어났고, 욕을 먹고, 미움받고, 밉보여도 앞을 보며 계속 걸었다.

이제 누구도 그녀를 비웃지 않았다.

진심을— 꿈이 아님을 깨달았기 때문이다.

그래도 그녀는 멈추지 않는다. 아직도 부족하다는 것처럼 달린다.

백성에게 행복을 주고 병사에게 활력을 주며 국가를 이끄는 그녀의 모습을 누가 욕할 수 있을까.

이제 아무도 의심하지 않았다.

신들조차 이제 저항할 수 없다.

"자— 종언의 소리를 들려줘."

강한 의지를 가지고서, 마치 왕처럼, 신들보다 거만한 모습으로 찾아온다.

저지하는 자는 가차 없이 태웠다.

가로막는 자는 가차 없이 불살랐다.

그녀의 걸음은 아무도 방해할 수 없다.

청색과 홍색으로 꾸며진 심연의 불꽃 소용돌이에서 생겨난 사자와 뱀이 붉은 머리 여성을 뒤따르고 있었다. 「괴물」은 본능적으로 싸우기를 거부했다. 무모한 승부에 임한 「각인족」은 가차 없이 맹화에 삼켜졌다.

비명이 공기를 가르고, 절규가 공간을 진동시키고, 포효가 대지를 뒤덮었다.

그야말로 종언에 걸맞은 무대가 갖추어지고 있었다.

천공을 태우고, 대지가 불타 문드러지고, 생물은 인화(燐火) 속으로 사라져 갔다.

중심에 선 붉은 머리 여성이 패기처럼 푸른 불꽃을 휘감고 있었다.

「흑진왕」이 인도한 「염제」의 업화가 신들의 세계를 멸망시키러 왔다.

"이날을 기다렸어……."

그렇게 중얼거린 쌍흑의 소년은 조용히 일어났다.

"아득히 높은 곳…… 신들이 사는 곳에 온 걸 환영해, 「붉은 머리 황녀」."

감정이 부족했던 소년의 표정에 만족스러운 웃음이 떠올랐다.

"―아니, 「홍염 여제」."

두 팔을 벌린 쌍흑의 소년은 처절한 웃음을 꽃피우며 선서했다.

"최종 전쟁^{라그나로크}을 시작하자."

*****

눈앞에서 쌍흑의 소년이 망설이지 않고 허리에서 「명제」^{다인슬라이프}를 뽑아 여유롭게 들었다.

그를 잘 안다. 그 모습을 잊은 적은 한 번도 없다.

비단처럼 매끄러운 머릿결, 흑요석 같은 눈, 상냥한 얼굴은 전부 사랑스러웠다. 리즈가 히로를 잘못 볼 리가 없었다.

그래서 리즈는 「천리안」을 사용해 확인했다.

그의 일거수일투족을 주시했다. 영혼의 색을 살펴서 그 정체를 간파하고자 했다.

결과는 불명이었다. 다양한 색이 뒤섞여 특정할 수 없었다.

하지만 그는 히로라고 마음이 호소했다. 동시에 몸은 그를 적이라고 인식하여 경계하고 말았다. 리즈를 지키는 불꽃이 파도치듯 일렁였다. 눈앞의 소년을 적이라고 정했기 때문이다.

"너는…… 히로야?"

남은 길은 묻는 것뿐이었다. 솔직히 대답할 리가 없음을 알면서 가르쳐 주기를 바라는 모습은 자신이 생각하기에도 우스꽝스럽다며 리즈는 자조했다.

"「흑진왕」이기도 하고, 「정령왕」이기도 하고, 「무모왕」이기도 하지."

애태우듯 도발적인 분위기를 풍기며 소년이 말했다.

"「5대 천왕」…… 그렇게 불러 줘."

"그래…… 너는 「5대 천왕」이구나."

리즈는 주먹을 세게 움켜쥐었다. 손톱이 피부를 찢어 손가락 사이로 흐른 피가 땅에 떨어졌다. 고개 숙인 채 어깨를 떠는 모습은 마치 우는 것 같기도 했다.

하지만 리즈는 좌절하지 않았다.

그녀의 심정을 나타내듯 주위의 불꽃이 날뛰었다.

격렬하게 호소하는 감정에서 전해지는 마음은— 무시무시한 분노였다.

"그럼 뜯어내고, 뜯어내서…… 히로를 끄집어내 주겠어."

격렬한 기세로 땅을 박찬 리즈가 「5대 천왕」과의 거리를 순

식간에 좁혔다.

「5대 천왕」이 약간 놀란 표정을 지었다. 그의 팔이 날아가는 광경이 검은 눈동자에 담겼다.

하지만 팔은 순식간에 재생했고 「5대 천왕」도 반격을 개시했다.

타인이 끼어들 여지는 없었다. 수많은 검의 궤적이 공간에 생겨났고 교차할 때마다 불꽃이 튀었다. 칼날과 칼날이 맞부딪칠 때마다 공기가 진동하며, 귀청을 찢는 절규 같은 소리를 만들었다.

칼부림의 폭풍이 휘몰아쳤다. 서로 한 걸음도 양보하지 않았다. 힘과 힘의 충돌은 공간을 쪼갰다.

화염을 조종하고 불을 붙이며 리즈는 격렬하면서도 아름다운 검무를 보였다.

반면 「5대 천왕」은 그 자리에서 한 발자국도 움직이지 않고, 오른발을 축 삼아 등을 젖혀서 공격을 피하거나 발을 앞으로 내디디며 칼을 찔렀다. 사각지대에서 가해지는 공격도 칼을 한 번 휘둘러 튕기고, 흑도를 내리쳐 격렬한 일격을 가했다.

무시무시한 응수였다. 불꽃과 어둠이 뒤얽히고 서로를 잡아먹었다. 두 사람이 충돌할 때마다 열기가 생겨나고 어둠이 식혀서 세계에 정적이 찾아오게 했다.

하지만 정적을 깨부수는 것도 리즈와 「5대 천왕」의 공방이었다.

두 사람이 무수한 상처를 입어도 서로가 소지한 「세계 5대 보검」이 치유해 버렸다.

　교착 상태라고도 할 수 있었다. 두 사람 다 결정타가 부족했다.

　하지만 멈추지 않았다. 허를 찌르려 하지도 않는 힘과 힘의 정면 승부였다.

　어느 한쪽이 멈춘 순간 커다란 빈틈이 생김을— 결정타가 됨을 두 사람 다 알기 때문이었다.

　먼저 움직인 사람은 리즈였다.

　리즈가 격렬한 일격을 내리쳤으나 그저 힘으로 휘두른 조잡한 공격은 간단히 막혔다. 하지만 그대로 체중을 앞으로 실은 리즈는 몸을 공중으로 띄워 「5대 천왕」의 머리 위를 지나 배후에 착지— 오른발을 앞으로 내디딤과 동시에 검날을 수평으로 찔렀다.

　그래도 공격은 「5대 천왕」에게 맞지 않았다. 그는 돌아보지도 않고 뒤로 칼을 돌려 리즈의 찌르기를 막았다. 살을 도려내지 못한 붉은 칼날은 분노를 토하듯 불길을 뿜어냈고 「5대 천왕」은 눈 깜짝할 사이에 불꽃 소용돌이에 삼켜졌다.

　리즈는 가만히 보고 있지 않았다. 이 정도로 죽으리라고 생각하지도 않았다.

　앞으로 내디딘 리즈의 발이 땅에 푹 들어갔고, 허리를 비틀며 내지른 주먹이 화염 속에 박혔다. 뼈가 부러지는 듯한 섬뜩한 소리와 함께 「5대 천왕」이 열화 속에서 튀어나왔다. 자신의 의지로 나온 것이 아니라 강제로 밀려 나온 그는 땅에 등을 부딪쳤다.

일어나려고 했지만 머리 위에 그림자가 드리워져서 얼굴을 들었다.

씩씩하고 용맹한, 이빨을 드러낸 사자 여왕이 열렬한 발차기를 날리고 있었다.

「5대 천왕」은 즉시 양팔을 교차시켜서 그녀의 발톱을 막았지만 뼈가 부러지는 소리가 울리며 공중으로 몸이 떴다.

"아직 안 끝났어."

리즈는 조용히 중얼거리며 주먹을 내리찍어 대지에 무수한 균열을 만들었다. 그 틈에서 홍련의 불꽃이 생겨났고 하늘을 향해 포효하듯 불기둥을 세웠다.

공중에 떠 있는 「5대 천왕」은 피할 수 없어서 순식간에 삼켜졌다.

하늘이 불타는 모습을 바라보던 리즈는 이윽고 시선을 아래로 내렸다.

시선 끝에서 지면이 터지며 흙먼지가 일었다.

「5대 천왕」이 추락한 것이다.

리즈는 천천히 걷기 시작했다.

사냥감의 숨통을 끊는 사자처럼 붉은 눈을 형형히 빛내며. 하지만 도중에 그 발을 멈췄다. 흙먼지에서 피투성이 「5대 천왕」이 나왔기 때문이다.

만신창이가 된 그는 리즈를 향해 손을 들고 있었다.

공기가 터지는 소리가 울렸다. 그를 중심으로 천둥이 발생했다. 리즈는「염제」를 가슴 앞으로 끌어와 방어 태세를 취했다.

하지만 아무리 기다려도「뇌제의 일격」은 없었다.

"어?"

기운을 느끼고 하늘을 올려다보니 주위를 위협하듯 번개를 발생시키며「뇌제」가 떠 있었다.「뇌제」는 천천히 하강하여 리즈의 눈앞에서 멈췄다.

리즈는 망설이지 않고 손잡이를 움켜잡았다. 그 광경을 바라보는「5대 천왕」에게서 변화는 보이지 않았다.

"너보다 내가 써 주길 바라나 봐."

「뇌제」가 바란 힘을 보였다.

그래서 입술로 기쁘게 호를 그리고—.

"자, 가렴."

팔을 수평으로 들고「5대 천왕」을 향해 손을 펼쳐「뇌제의 일격」을 날렸다.

공기를 튕기고 공간을 도려내며 뇌격은 일직선으로「5대 천왕」에게 향했다.

하지만 충돌하기 직전에 부서졌다.

「빙제」가 만들어 낸 빙벽이「5대 천왕」앞을 막아섰기 때문이다.

그 광경을 본 리즈는 바로 달려갔다.

"각오를 보여!"

그날, 아우라의 방에 뛰어든 밤에 스카아하에게 들었다.

「정령검 5제」가 무엇을 바라는지. 그들이 무엇으로 계약을 맺어 주는지.

「염제」는 감정을, 「뇌제」는 힘을, 「풍제」는 마음을, 「빙제」는 각오를, 「천제」는 미래를 바란다.

그것이 사실이라면 지금의 「5대 천왕」에게 「정령검 5제」는 어울리지 않았다.

"스카아하의 소중한 친구야. 돌려받겠어."

빙벽을 발차기로 깨부순 리즈는 「5대 천왕」의 멱살을 잡아당겨 뺨을 후려쳤다. 반동으로 날아가려고 하는 「5대 천왕」을 다시 잡아당겨서 후려갈겼다.

그것을 몇 번씩, 몇 번씩, 몇 번씩 되풀이하고 나서 땅에 내동댕이쳤다.

"네가 히로로 돌아올 때까지 몇 번이고 때려 주겠어."

히로를 되찾겠다. 무슨 일이 있어도 반드시 원래대로 되돌리겠다.

그 방법을 찾기까지 몇 년이 걸리든 상관없다.

반드시 히로를 어둠의 밑바닥에서 건져 올리겠다.

"너를 너무 자유롭게 뒀나 봐. 더는 거리끼지 않을 거야."

"그건 무섭네."

일어선 「5대 천왕」은 흑의에 묻은 먼지를 털며 웃었다.

"그럼— **나**도 진심으로 싸우겠어."

강해졌다.

정말로 강해졌다.

「5대 천왕」을 압도하는 리즈를 보고 메테오아는 그렇게 생각했다.

처음 만났을 때부터 울기만 했던 소녀가 성장한 모습은 감개무량했다.

결코 남들 앞에서 눈물을 보이지는 않았다.

하지만 **서버러스**였던 자신은 리즈가 남몰래 우는 모습을 한두 번 본 것이 아니었다.

후궁 학살로 모친을 잃고 뒷배가 사라진 리즈는 궁전에서 고립되었다.

그래도 눈물 흘리지 않고 당당하게 앞을 보았다.

하지만 어른들은 그런 리즈가 마음에 들지 않는다며 마구 괴롭혔다.

다 큰 어른들이, 신사여야 할 귀족들이 합세해서 어린 소녀에게 욕을 퍼부어 마음을 망가뜨리려고 했다.

어린 소녀에게는 얼마나 괴로운 일이었을까. 그래도 리즈는 남들 앞에서는 울지 않았다.

늘 자기 방 한구석에서 무릎을 끌어안고 소리 죽여 울었다.

메테오아는 아무것도 할 수 없었다.

위로하지도 못했고, 구해 내지도 못했고, 안아 주는 것조차

할 수 없었다.

백랑이었던 자신의 몸을 저주하며, 리즈가 필사적으로 견디는 모습을 바라볼 수밖에 없었다.

하지만 리즈는 비뚤어지지 않고 성장했다.

자신을 괴롭힌 자들을 원망하지도 않고 애써 밝게 행동했다.

그러나 메테오아는 알아차렸다. 마음이 망가지지 않도록 방어 기제가 작용했음을.

웃음으로써, 밝게 행동함으로써, 망가지려고 하는 마음을 기워 붙인 것이다.

"하지만 히로와 만나고 바뀌었어."

시작은 동경하는 「군신」이었을지도 모른다.

하지만 히로와 만나고 히로에게 인도받으며 리즈는 점차 바뀌었다.

타산 없이 똑같은 눈높이로 대화해 주는 남자는 이제껏 존재하지 않았다.

하물며 리즈를 위해 목숨을 내던지는 남자가 있었을 리 없다.

연심을 품는 것도 당연했다.

몇 번이고 구원받고, 몇 번이고 도움받고, 몇 번이고 웃음을 나눴다.

반하지 않는 쪽이 무리였다.

"그래서 나는 너를 용서할 수 없어."

어느 날 히로는 리즈 앞에서 갑자기 모습을 감춰 버렸다.

아무 말도 남기지 않고 정체를 속이고서 암약했다.

소녀는 또 울기 시작했다.

마음이 성장한 만큼 기억은 옅어지지 않아서 깊이 상처받았을 것이 틀림없다.

"나는…… 리즈 님을 울린 네가 싫어."

「5대 천왕」이 얻어맞는 모습은 통쾌했다.

더 때려 주면 좋을 텐데. 누구도 불평 따위 하지 않을 것이다.

얼마나 상처받았는지, 얼마나 울었는지, 좀 더 가르쳐 줘야 한다.

히로는 말로 전해도 모른다.

그 또한 깊이 상처받은 사람이었다. 그렇게 마음을 닫은 남자에게 감정은 전해지지 않는다.

아무리 소리쳐도 돌아보지 않는다.

그러니 좀 더 때려 줘야 한다. 그러면 그도 이해할 것이다.

자신이 무슨 짓을 했는지. 거세게 밀려드는 죄책감의 파도에 삼켜져 버리라지.

기다리기만 해서는— 등에 대고 말하기만 해서는 아무도 돌아보지 않는다.

자신의 존재를 알리고 돌아보게 함으로써 말은 전해지니까.

"리즈 님, 힘내세요."

누구도 방해하게 두지 않을 것이다.

메테오아는 주위에 있는 「괴물」들의 숨통을 끊어 나갔다.

"그란츠병들이여! 리즈 님을 지켜라. 괴물은 한 마리도 보내지 마라!"

백랑은 달렸다.

누구보다 빠르게, 누구보다 예리하게, 자신의 한계를 끌어 올려 전장을 달려 나갔다.

주군의 마음을 이루기 위해 메테오아는 포효했다.

*****

"각오가 부족해."

쌍흑의 소년— 오구로 히로는 잘라 말했다.

눈앞에 선 붉은 머리 여성을 내치듯 차가운 말의 칼날을 던 졌다.

"너는 나를 죽일 각오가 없어."

리즈의 어깨가 떨렸다. 정곡을 찔렸다는 듯 고뇌가 그녀의 얼굴을 뒤덮었다.

히로도 리즈가 무슨 생각을 하는지 알았다.

그 마음은 매우 따뜻했다. 리즈가 사랑스럽다는 생각이 들 만큼 기뻤다.

하지만 리즈의 마음을 이루어 줄 수는 없다.

의미가 없으니까.

히로가 죽지 않으면—

—리즈가 죽는다.

그것만큼은 결단코 허용할 수 없다. 반드시 저지해야만 한다.
그걸 위해 여기까지 왔다.

동료를 속이고, 신들조차 속이고, 이 손으로 많은 인간을
죽였다.

이제 되돌아갈 수 없을 만큼 이 손은 빨갛게 물들어 있었다.

"각오가 없었던 건 나도 마찬가지인가……."

하늘을 올려다본 소년은 표정에서 모든 감정을 없앴다.

다시 시선을 내린 소년의 눈은 허무에 지배되어 있었다.

"그대— 절망을 아는가?"

단 한마디.

그것만으로도 하늘에 있던 구름이 찢기고 흩어져 소용돌이
를 만들었다.

천공이 검게 물들고 세계는 어둠에 갇혀 나갔다.

대지는 두려워 떨기 시작했고 머지않아 비명을 지르듯 명동
했다.

방대한 힘의 격류— 소년이 뿜어내는 위용이 적과 아군을
가리지 않고 굴복시켰다.

"비관하여 울고, 실의에 눈물 흘리고, 단념을 향수하라."

여기저기 함몰된 땅이 균열 틈새로 대량의 모래를 토했다.

공간은 버티지 못하고 파쇄되고, 칠흑 같은 어둠이 구멍에
서 진흙처럼 흘러나왔다.

천상에서 절망이 쏟아지며, 대지에 충돌할 때마다 터져서 전장으로 비산했다.

"소혼을 먹어라—「명제^{다인슬라이프}」."

세계의 온갖 소리가 어둠에 흡수되어 사람들은 목소리조차 낼 수 없었다.

마치 처음부터 소리라는 개념이 없었던 듯한 정적이 지상을 침식해 나갔다.

용기, 의기, 강기(剛氣), 모든 것이 두려움에 뒤덮였다.

남은 것은 하나, 「절망」뿐이었다.

"나의 이름은—「흑진왕^{수르트}」."

압박감이 더욱 팽창하며 주위 사람들은 고개를 조아리듯 땅에 무릎 꿇었다.

포학하기까지 한 「절망」으로부터 도망칠 방도는 없었다.

모두가 공포를 품는 가운데, 히로는 「명제」를 수평으로 들었다.

"모든 생명을 동등하게 허무로 이끄는 자로다."

—사공^{무스펠}.

시간이 완전히 멈췄다. 아니, 사람들의 심장만이 희망을 믿고 움직였다.

살아 있는 모든 이가 시간을 새기기를 두려워했다.

적이든 아군이든 예외는 없었다. 말도, 벌레도, 풀조차도, 모든 것이 하나같이 움직임을 멈추고 말았다.

포식자에게 노려지지 않도록, 사신이 생명을 거둬 가지 않도록 숨을 죽였다.

"「최종 전쟁」의 막을 올리기로 하지."

하늘에서 내려온 신처럼 히로는 모든 이에게 사형을 선고했다.

슈바르츠발트
—명경시수.

어둠보다 짙은 검정이 천공에서 얼굴을 내밀었다.

칠흑의 턱이 현현하여 저주를 토하듯 세계에 떨어졌다.

*****

천공에서 절망이 떨어졌다.

섬뜩한 용을 올려다본 리즈는 바로 마음을 다잡고 주위를 둘러보았다.

"달려! 되도록 멀리 도망쳐!"

땅에 무릎 꿇고 멍하니 있던 병사들은 리즈의 목소리를 듣고 정신을 차렸다.

"포기하지 마! 아직 시간은 있어. 뛰어!"

당혹스러워하면서도 도망치기 시작한 그란츠병들에게서 시

선을 뗀 리즈는 「괴물」과 싸우는 메테오아를 보았다.

"메테오아! 병사들이 도망칠 수 있게 최대한 「괴물」들을 막아 줘!"

"리즈 님은 어쩌려고?!"

"나는……."

다시 하늘을 올려다본 리즈는 「염제」를 들었다.

"저걸 막을 거야."

"그런 건 무리—."

메테오아는 리즈를 막으려고 그녀의 등으로 손을 뻗었다.

하지만 도중에 멈추더니 몇 번 입을 달싹이다가 발길을 돌렸다.

"……알겠어. 나중에 보자."

메테오아는 순순히 승낙했다.

말려도 소용없음을 깨달았을 것이다.

리즈 안에서 타오르는 불꽃의 열기를 느꼈음이 틀림없다.

그렇다면 발목만 잡을 뿐임을 헤아린 메테오아는 「괴물」을 도륙하며 그란츠 병사들의 피난을 유도하기 시작했다.

"고마워."

작게 속삭인 감사의 말은 열풍에 쓸려 갔다.

리즈는 크게 산소를 들이마시고 마음을 진정시키듯 천천히 숨을 내뱉었다.

그녀가 몸에 휘감은 홍염이 창염(蒼炎)으로 변모했다.

"그대— 천명을 아는가?"

　온화한 성조, 힘찬 말은 대지에 봄바람을 불러왔다.
　지상에서 뻗은 한 줄기 빛이 어둠에 덮인 하늘을 꿰뚫었다.
　격렬한 땅울림과 함께 하늘을 찌르는 빛기둥은 갈라진 대지에서 계속 늘어났다.
　방대한 힘의 격류가 천공을 내달리고, 흐르듯 대지를 달려 나갔다.
　"낙관하여 울고, 호의에 눈물 흘리고, 행복을 승화하라."
　상냥한 빛을 받고 지면에 화초가 넘쳐흘렀다.
　달콤한 향기가 공기를 지배하기 시작했다. 숨을 들이마시자 마음이 씻기는 듯한 청량함이 차올랐다.
　작은 동물이 거처에서 얼굴을 내밀고, 시들었던 풀은 초록빛을 되찾으며 새로운 생명이 움텄다.

　세계에 때아닌 봄이 찾아왔다.

　싸움도 없고, 언쟁도 없고, 비방도 없었다. 기적만이 대지를 석권해 나갔다.
　빛과 어둠이 서로를 잡아먹는 공방 속에서 새로운 세계가 재구축되었다.
　"날려 버리겠어."
　장엄하면서도 거친 목소리가 리즈의 입술 사이로 빠져나왔다.

파동이 공기로 전달되고, 공간이 압박되어 삐걱거렸다. 늠름한 울림 속에 위용이 난무했다.

청렴한 미성이면서 요염함이 묻어나는 마성의 용모는 지대한 신위를 떨쳤다.

"화려하게 피어나라— 「염제」."

리즈의 손에서 「염제」가 사라지고 홍색과 청색이 뒤섞인 엄청난 열기가 세계에 휘몰아쳤다.

태양이 지상에 현현하고 업화의 불꽃이 물결치며 주변 일대를 뒤덮었다.

아름다운 자연이 겁화에 의해 흔적도 없이 불살라졌다.

조금 전까지의 상냥함은 찾아볼 수 없었다. 포학하기까지 한 열파가 세계로 확산됐다.

—백화요란.
^{라그나로크}

세계가 변모했다.

아니, 세계에 군림할 수 있는 여성이 딱 한 명 있었다.

「홍염 여제」— 살아 있는 모든 이가 태양에게 시선을 빼앗겼다.
^{리즈}

적이든 아군이든 예외는 없었다. 말도, 벌레도, 풀조차도, 살아 있는 모든 것이 하나같이 선망을 보냈다.

—태양이 떠올랐다.

지상을 뒤덮은 무도한 화륜은 자신의 자리를 빼앗은 어둠으로 표적을 바꿨다.

어둠 속에서 생겨난 용을 향해 사자처럼 포효하듯 불덩이가 천공을 공격했다.

어둠이 빛을 삼키고, 빛이 어둠을 가르고, 흑색과 홍색이 서로 양보하지 않으며 격렬하게 충돌했다.

충격이 지상을 흔들어 초목을 쓰러뜨리며 땅을 도려냈고—.

—세계는 빛에 휩싸였다.

*****

정신 차리고 보니 하늘을 올려다보고 있었다.

조금 전까지 어둠이 지배하고 있었는데, 언제 그랬냐는 듯 창궁이 펼쳐져 있었다.

가슴이 타는 느낌에 콜록거리며 히로는 중심을 이동시켜 엎드렸다. 일어나려고 양팔에 힘을 줬지만 마음대로 되지 않았다. 시선을 다리로 보내니 오른쪽 다리가 무릎까지밖에 없었다.

살이 타는 냄새를 맡고 무엇 때문에 다쳤는지 바로 헤아렸다.

하지만 이 정도 상처라면 문제는 없었다.

초속 재생으로 오른발은 즉각 복원됐다. 히로는 일어났지만 빈혈을 일으킨 것처럼 바로 한쪽 무릎을 꿇고 말았다. 회복되긴 했어도 축적된 충격은 여전히 몸을 좀먹고 있는 듯했다.

"······설마 상쇄될 줄이야. ─아니, 밀렸나."

상처투성이인 자신의 몸이 이야기하고 있었다.

무엇보다─ 주위의 상황을 보면 일목요연했다.

황폐한 대지에 굴러다니는 것은 불탄 「괴물」들뿐이었기 때문이다.

그란츠 병사들 대부분은 상황을 이해하지 못했는지 멍하니 서 있었다. 그런 그들의 발밑에 경계선처럼 푸른 불꽃이 선을 그리고 있었다.

리즈가 그란츠 병사들을 지켰다고 봐도 좋았다.

히로의 입에서 감탄의 한숨이 흘러나왔다.

그 상황에서 타인을 구할 여유가 있었다니. 하지만 히로는 별로 놀라지 않았다.

"그건 알티우스도 했던 일이야."

똑같은 「염제」 소지자다. 알티우스가 했는데 리즈가 못 할 이유는 없다.

당연히 할 수 있어야 한다. 못 해서는 안 된다.

그런 사고의 틈새로 발소리가 들렸다.

그쪽으로 시선을 보내니 조금도 다치지 않은 리즈가 걸어오고 있었다.

위풍당당─ 여유마저 느껴지는 그 모습은 사냥감에게 그저 공포일 뿐이리라.

히로는 웃으며 「명제」를 들고 기다렸다. 대지를 질주하는 홍색 궤적이 공기를 꿰매며 다가왔다. 내리쳐진 붉은 검을 막고

튕긴 히로는 몸을 돌려 팔꿈치를 쳤다. 그 공격을 리즈가 한 손으로 막자 다리를 걸려고 했다.

하지만 리즈는 땅에 발자국을 남기고서 도약했다. 리즈의 발이 히로의 가슴을 직격하며 충격이 내장을 관통했다.

"돌아가자."

주먹을 움켜쥔 리즈는 몸을 기역(ㄱ)자로 꺾은 히로의 안면에 강렬한 일격을 가했다. 히로는 땅에 내동댕이쳐지듯 쓰러졌다. 그런 그의 멱살을 잡은 리즈는 괴력으로 들어 올려서 냉담한 시선을 보냈다.

"이제 충분하잖아."

"······너한테는 그럴지도 모르지."

히로는 리즈의 손을 억지로 뿌리치고 뒤로 뛰어서 거리를 벌렸다.

리즈는 히로를 구하려고 했다. 아마 히로에게서 「5대 천왕」을 뜯어낼 방법을 머릿속으로 모색하고 있을 것이다.

히로의 몸에서 「5대 천왕」을 뜯어내는 것은 자살행위다.

해방된 「5대 천왕」이 다시 세계를 장난감으로 삼을 것은 불 보듯 뻔했다.

사람들은 다시 절망의 구렁텅이로 떨어질 것이다.

물론 리즈에게 걸린 「주」도 영원히 사라질 수 없다.

리즈는 초대 무녀공주처럼 병에 걸려서 젊은 나이에 이 세상을 뜨리라.

그리고 영혼을 잃은 육체를 「정령왕」이 재이용하여 맹위를 떨치며 리즈의 소중한 것을 남김없이 파괴할 것이다.

"1000년 전의 나는 영웅이 되고 싶은 게 아니었어."

그저 초대 무녀공주 레이를 구하고 싶다는 일념으로 순수하게 힘만을 추구했다.

하지만 너무 강한 힘은 때때로 환호성을 낳는다. 정신 차리고 보니 어느새 영웅으로 떠받들리고 있었다.

"모두가 우러르는 영웅이 되고 싶은 게 아니었어."

싸움에서 이기면 이길수록 사람들은 열광했다.

사람들은 히로를 칭송하며 멋대로 기대했다.

영웅의 자격은 없다고 아무리 외쳐도 히로의 이름은 멋대로 퍼져 나갔다.

"그녀의 병을 고칠 수 있다면 그걸로 좋았는데."

명성은 강자를 불러들였다.

그래도 주춤하지 않고, 지지 않고, 나타나는 호적수를 계속 쓰러뜨렸다.

두려움은 더 많은 적을 불렀다.

정면으로 부딪쳐서 이길 수 없음을 안 그들은 허를 찌르는 수법을 쓰기 시작했다.

주위 사람들에게, 소중한 자들에게, 악의가, 살의가, 원념이 향했다.

"이번에야말로…… 너를 구하고 싶어."

바라던 힘을 얻었는데 아무도 구하지 못했다.

그래도 사람들은 그를 영웅이라고 칭송했다.

마음에 두지 말라고, 네 탓이 아니라고 상냥한 말을 건넸다.

그러니까 계속 싸우라며 검을 쥐여 줬다.

목숨을 뺏는 것밖에 못 하는, 누구도 지키지 못하는 영웅을 사람들은 전장으로 내몰았다.

"더는 잃기 싫어."

약속 하나 지키지 못하고, 정말로 지키고 싶었던 사람은 품 안에서 죽었다.

줄곧 자신의 편으로 있어 줬던 의형에게도, 「천제」를 뺏음으로써 은혜를 원수로 갚았다.

원래대로라면 1000년 전에 끝났을 거다.

희대의 천재였던 알티우스에게 전부 맡겼다면 세계는 이렇게 정체되지 않았을 거다.

1000년이 지난 지금, 붉은 머리 소녀가 괴로운 인생을 살 필요도 없었다.

히로가 미래를 어그러뜨리지 않았다면 리즈가 모친과 사별할 일도 없었다.

좋은 반려를 얻어서 아이를 낳고, 행복한 가정을 꾸려 천수를 누렸을 터다.

알티우스의 피를 이어받고 레이의 영혼을 계승한 붉은 머리 황녀.

속죄해야 한다. 지켜야 한다. 약속을 완수해야 한다.

그래서 히로는 모든 것을 하나로 만들기로 했다.

「5대 천왕」의 「핵」을 자신에게 집약하고, 「세계 5대 보검」의 무력화와 함께 「주」를 파괴한다.

"……부디 네 손으로 끝내 줘."

히로는 처절하게 웃으며 붉은 머리 여성에게 소원했다.

—나를 죽여주지 않을래.

*****

"……."

죽여 달라는 말을 들었을 때, 분노로 머리가 터질 뻔했다.

하지만 「천리안」이 히로의 절실한 감정을 처음으로 포착한 것도 분명했다.

그는 괴로워하고 있었다. 자신의 죄에 시달리며 괴로워 몸부림치고 있었다.

어떻게 하면 구할 수 있을까. 어떻게 하면 도와줄 수 있을까.

리즈는 필사적으로 머리를 굴렸지만—.

"자, 죽고 죽이는 싸움을 계속하자."

히로가 공격해 와서 차분하게 생각할 상황도 아니었다.

몸을 숙이자 흑도가 머리 위를 스쳐 지나갔다. 주먹을 날려 턱을 쳐올렸지만 히로는 멈추지 않았다.

리즈는 붉은 검을 능숙하게 휘둘러서 히로의 팔을 베고, 다리를 찌르고, 몸통을 그어 피보라를 일으켰다.

하지만 히로는 멀쩡했다. 초속 재생에 의해 전부 원점으로 돌아갔다.

끝나지 않는 싸움— 아니, 리즈가 끝내려고 하지 않는다는 표현이 더 정확했다.

"어떻게 해야 하지……."

죽이기 싫다. 더 이상 상처 입히고 싶지 않다. 더 이상 싸우고 싶지 않았다.

주먹에 묻은 히로의 피를 보고 리즈는 비통한 표정을 지었다.

그런 그녀의 망설임을 읽은 것처럼 히로가 막대한 패기를 뿜어냈다.

"그대— 절망을 아는가?"

「명제」를 땅에 꽂은 히로에게서 가차 없는 살기가 흘러넘쳤다.

칠흑이 재차 천공을 가두려고 했다. 땅의 균열에서 어둠이 흘러나오며 전장의 사체를 씹어 삼켰다.

"거짓말이지……?"

강제적으로 선택지가 제거되었다. 리즈는 눈가를 파르르 떨며 결단을 강요받고 있었다.

땅이 격렬하게 명동하자 주위에 있던 병사들이 버티지 못하고 넘어졌다.

종언을 알리는 종소리가 세계에 울려 퍼졌다.

아까와 똑같은 공격인지 아닌지 판단할 수는 없지만, 가만두면 안 된다고 마음이 호소했다. 아까처럼 병사들을 지킬 수 있을지 알 수 없었다.

하지만 히로를 막으려고 해도 그가 흘리는 패기는 심상치 않았다.

히로가 다치지 않도록 힘을 가감한다면 리즈가 죽을 것이다.

천칭에 달아야 했다.

히로를 죽일 것인가, 타인을 버릴 것인가.

고뇌가 얼굴을 뒤덮었다. 악다문 입술에서 흐른 한 줄기 피가 턱에 맺히고 땅에 떨어졌다.

자신의 망설임 때문에 구할 수 있는 목숨을 지키지 못하는 것은 싫었다.

—망설이지 말고 나아가라.

알티우스가 했던 말이 문득 생각났다.

방해하는 자는 전부 제거하라고 했다. 그게 황제로 가는 길이라고.

그것이 사실이라면 히로는 적이다. 제거해야만 하는 적이다.

다양한 감정이 휘몰아치는 마음은 정상이 아니었다.

무엇을 우선해야 하는가. 리즈는 전혀 알 수 없었다.

그래서.

—짓밟았다.

쓸데없는 감정도, 우선 사항도 전부 짓뭉갰다.

"널 죽이겠어."

선언하자 히로가 다정하게 미소 지은 것 같았다.

그러면 된다는 것처럼 달관해서. 남의 속도 모르고.

정말 그랬는지는 알 수 없다.

눈물 때문에 세상이 일그러진 탓에 그렇게 보였을 뿐일지도 모른다.

각오를 다지고 리즈는 대지를 박찼다.

「뇌제의 일격」— 용솟음친 전격이 어둠을 꿰뚫으며 히로에게 돌진했다. 하지만 그는 짓밟는 듯한 동작으로 번개를 소멸시켰다.

리즈는 근처에서 타오르는 화염을 보았다.

그것뿐이었는데 화염은 의지를 가진 것처럼 꿈틀거리며 히로에게 돌격했다. 하지만 공격은 허공을 갈랐고, 물어뜯기 직전에 손에 잡혀 사라지고 말았다. 남은 불이 허공에 흩어졌다. 리즈는 손을 휘저어 바람을 만들었다. 사그라지려던 불은 조력을 얻고 다시 기세를 되찾아 히로의 머리 위에서 폭발을 일으켰다.

"얄궂은 일이야."

리즈는 자신의 손에 나타난 무기를 보고 눈썹을 찌푸렸다.

그녀의 손에 「빙제」가 나타나 있었다.

싸우겠다는 각오로는 부족했다. 지키겠다는 각오로는 부족했다. 구하고 싶다는 각오로도 안 됐다.

하지만 이제 와서 「빙제」는 힘을 빌려주겠다고 했다.

리즈에게 부족했던 것은 죽일 각오였다. 무정한 답이었다.

"하지만, 미안해."

리즈는 앞을 보았다. 새로운 결의를 간직한 리즈의 눈에서 작열의 불꽃이 타고 있었다.

"아직 포기하진 않았어."

남들이 바보라고 하더라도, 어리석다고 하더라도, 자신이 정한 길을 내던지지 않을 것이다.

제멋대로 굴어도 된다. 오만해도 된다. 그 남자처럼— 거만한 태도로 바란다.

계속 전진하겠다.

누구도 방해하게 두지 않을 것이다.

목적지는 처음부터 정해져 있었다.

「군신」처럼 강하게, 「시신」처럼 용맹하게, 「미신」처럼 화려하게.

백 개의 말로 그를 고치자. 천 개의 마음을 그에게 털어놓자. 만 개의 치유를 그에게 주자.

"짐은 황제야."

리즈는 멈춰 서서 손을 하늘로 들고 명령했다.

"「천제」— 나한테 와."

그게 당연하다. 그게 섭리다. 그게 진리다. 거부 따위 허락하지 않겠다는 것처럼 말했다.

오만불손— 하지만 환희의 울음이 울리며 공간이 갈라졌다.

백은색 검이 내려왔다. 백은색 빛의 입자를 눈처럼 뿌리며 마치 기사처럼 그녀에게 달려왔다. 칼자루를 움켜쥔 리즈는 미처 날뛰는 어둠을 응시하고서 일섬. 흘러넘치는 빛이 흑색을 날려 버렸다.

리즈는 「천제」를 땅에 꽂았다.

무수한 균열이 공간에 생겨나며 이상한 기운을 휘감은 정령 무기가 속속 모습을 나타냈다.

엄청난 수의 도검이 하늘을 석권했다.

정령의 잔재가 깃든 신기한 도검들은 리즈가 손을 휘두름과 동시에 대지에 쏟아졌다. 대지에서 어둠을 몰아냈다. 다리를 붙잡혔던 병사를 구하고, 하반신이 먹혔던 병사를 구하고, 필사적으로 병사를 지키려고 하는 백랑에게 가세했다.

리즈는 지면을 도려내며 무시무시한 속도로 달려 나갔다.

빨갛고 파란 기적을 그리며 무시무시한 기세로 세계를 뒤로했다.

그때였다. 쩌저적 소리가 대기를 진동시켰다.

공중에 뜬 무수한 정령 무기에 장절한 힘이 주입되었다. 버틸 수 없다고 비명을 지르며 정령 무기 몇 개가 부서졌다.

리즈가 히로를 향해 손을 들자 그 뜻에 따르듯 번개를 휘감은 정령 무기가 날아갔다.

바람의 조력을 얻은 번개가 퍼지며 칼부림의 바람이 휘몰아쳤다.

히로의 사방에서 정령 무기가 쇄도했다.

팔을 벴다. 다리를 벴다. 급소를 감싸는 히로의 몸에 무수한 상처가 생겨났다. 초속 재생으로도 따라잡지 못할 만큼 압도적인 참격의 폭풍이었다.

아무리 정령 무기를 파괴해도 그 수는 줄기는커녕 늘어났다. 압도적인 숫자에 히로의 움직임이 둔해지기 시작했다. 하지만 그래도 포학한 폭풍은 지나가지 않았다. 전혀 봐주지 않고 히로의 숨통을 끊기 위해 무수한 칼날이 난무했다.

무자비한 공격을 받으면서도 히로는 훌륭하게 발을 놀려 계속 피했고 발밑에 대량의 정령 무기가 박혔다. 마치 무기의 무덤처럼 도검이 꽂혀 나갔다.

그 모습을 본 리즈는 손에 「빙제」를 불러냈다.

그러자 땅에 꽂힌 정령 무기에서 냉기가 흘러나오며 주위를 얼렸다.

히로는 그 자리에서 벗어나려고 했지만 정령 무기가 존재하는 곳은 전부 리즈의 지배 영역이었다. 그녀가 손을 들자 정령 무기가 히로의 퇴로를 막았다.

정령 무기들은 사냥감이 눈에 보이는 위치에 있다면 주인의 표적을 죽이기 위해 계속해서 노렸다. 그래도 히로는 피하고 도망치다가 최종적으로 포기하고 맞섰다.

리즈가 「빙제」의 손잡이를 움켜쥐고서 투척했고, 그것은 무시무시한 속도로 무기의 무덤에 착탄했다.

흰 연기가 히로를 삼키며 크게 부풀어 올랐다.

그의 모습이 보이지 않게 됐지만, 리즈가 옆으로 손을 휘두르자 생겨난 바람이 연기를 몰아내면서 다시 히로의 모습이 드러났다. 그의 하반신은 구속당한 것처럼 얼어붙어 있었다.

"……훌륭해. 기억하고 있었나 보네."

히로는 다가오는 리즈에게 그렇게 말했다.

그 얼굴에 공포는 없었다. 있는 그대로 모든 것을 받아들인 표정에는 희미한 기쁨마저 섞여 있었다.

「정령검 5제」의 사용법은 히로가 가르쳐 줬다.

여섯 나라의 수도 피에르테 궁전에서 열두 마주를 상대로 히로가 사용했던 전법을 모방한 것이었다. 그 무렵부터 히로는 이 광경을 그렸던 걸까? 아니면 훨씬 전부터 죽기를 각오했던 걸까? 리즈에게 살해당하기 위해 그는 지금까지 행동한 걸까?

가슴이 아렸지만 리즈는 「염제」를 불러내고 땅을 박찼다.

리즈는 그날 히로가 했던 말을 떠올렸다.

—종언의 검 「염제」는 모든 것을 파괴한다.

푸른 불꽃을 몸에 두르고, 홍련의 불꽃을 도신에 휘감았다. 번개의 힘이 불꽃을 튀기고, 바람을 받아 불길이 거세졌다.

얼음은 표적이 도망치지 못하도록 퇴로를 막았고, 백은색 빛은 돌진을 가속시켰다.

모든 것이 하나— 어마어마한 위력을 머금은 검이 찔러 들어갔다.

히로를 지키려고 한 흑의가 벽이 되었지만 버티지 못하고 갈기갈기 분쇄되었다.

붉은 검의 칼끝이 살갗을 찢고, 살을 꿰뚫고, 내장을 태우고, 소년 안에서 날뛰었다.

—무언가가 부서지는 소리가 났다.

히로의 입에서 흘러넘친 피가 리즈의 얼굴을 적셨다.

리즈의 눈에서 흘러넘친 눈물이 피를 머금고서 뺨을 타고 흘렀다.

소년이 쓰러졌다.

그의 머리가 힘없이 어깨에 닿았을 때.

"……잘한 거야."

희미한 목소리가 들려서 리즈는 어깨를 떨었지만 곧장 소년에게서 몸을 뗐다.

가슴에 「염제」가 박힌 히로는 무릎 꿇고서 미소 짓고 있었다.

생기를 잃은 표정, 보라색으로 물든 입술, 당장에라도 꺼질 것 같은 작은 숨.

불이 히로의 몸을 감쌌다. 아름다운 푸른 불꽃이 소리 없이 번졌다.

히로의 몸에서 빛의 입자가 발생하기 시작했다. 히로 안에 있던 무언가가 제거되고 있었다.

넘쳐흐르는 피와 함께 「5대 천왕」의 힘이 무산되고 있었다.

그것을 보고 눈을 가늘게 뜬 리즈는 히로에게 몸을 붙이고 그 뺨에 손을 올렸다.

"정신 차려."

언젠가 히로가 말했었다.

리즈가 슈트벨 1황자에게 죽을 뻔했을 때, 히로는 슈트벨을 향해 말했다.

「염제」에는 「정화^{미카엘}」의 힘이 있다고.

그렇다면 그걸로 히로 안에 있는 「악의」만을 파괴할 수 있지 않을까 싶었는데 정답이었던 것 같다.

불꽃은 모든 것을 태우지만 새로운 생명을 싹 틔우기도 한다.

홍색과 청색의 역할이 각각 다르지 않을까 생각했다.

무엇보다 초대 황제 알티우스가 말했다.

앞으로 나아가라고. 방해하는 자를 제거하라고. 하지만 그 남자는 의제의 죽음을 절대로 바라지 않는다.

그 말이 없었다면 용기 있게 발을 내딛지 못했을 것이다.

레이와 한 약속이 없었다면 리즈의 마음은 꺾였을지도 모른다.

괜찮다. 히로를 살릴 수 있다. 구해 내겠다. 리즈는 희미한 희망을 발견했다.

하지만 그 기쁨이 치명적인 빈틈을 낳았다.

"「왕」이시여. 뭐 하시는 겁니까. 왜 싸우지 않습니까?"

리즈 뒤에 열두 마주 케리네이아가 서 있었다.

몸을 돌린 리즈가 본 것은 공동이었다. 심하게 손상된 얼굴에 증오가 담겨 있었다.

붉은 검을—「마황검 5살」 중 하나인 「사선」, 소지자마저 잡아먹는 마검을 리즈에게 찔렀다.

긴장을 푼 순간에 받은 공격이었다.

갑자기 죽음이 눈앞까지 다가와서 리즈는 칼날을 막으려는 것처럼 손을 내밀었다.

떠밀리는 듯한 감각과 함께 리즈의 시야가 심하게 흔들렸다. 충격을 받아 몸을 가누지 못하고 옆으로 쓰러졌다.

하지만 이상하게도 아프지는 않았다. 멍한 얼굴로 자신의 몸을 확인하고서.

조금 전까지 자신이 있던 곳으로 시선을 돌리고— 눈을 부릅떴다.

붉은 검이 히로를 꿰뚫고 있었다.

등을 뚫고 나온 칼끝에서 선혈이 흐르고 있었다.

"아—."

리즈의 신음은 노성에 묻혀 버렸다.

"개자식아아아아아아!"

눈을 부릅뜬 채 소리가 난 곳을 보니 노기를 팽창시킨 메테오아가 있었다.

"아하하! 끝났어! 이걸로 전부 끝났어! 「왕」이여, 우리의 「왕」이여!"

케리네이아는 양손을 번쩍 들고 외쳤다. 신에게 기도하는 성자처럼 하늘을 향해 울부짖었다.

"우리 열두 마주의 비원이 달성됐다! 「군신」을 죽이—."

피가 솟구치며 케리네이아의 목이 하늘을 날았다. 분노로 어깨를 들썩이는 메테오아가 쓰러진 몸을 짓밟았다.

히로도 힘을 잃은 것처럼 쓰러지려고 했다. 리즈는 두 팔을 내밀어 그 몸을 받았다. 제대로 숨을 쉴 수 없었다. 눈앞이

심하게 명멸했다. 정신 바짝 차리라며 리즈는 자신의 허벅지를 때렸다.

우선 「사선」을 뽑고 지혈이다.

하지만 뻥 뚫린 구멍에서 흐르는 피는 멈추지 않았다.

초속 재생을 기대하고 싶지만, 그의 가슴에 있는 「염제」가 지금도 「정화」를 계속하고 있으니 「불사」의 힘이 발휘되지는 않을 것이다.

"「풍제」! 히로의 상처를 고쳐 줘. 그의 상처를!"

바람이 히로의 몸을 감쌌지만 변화는 일어나지 않았다.

망설이고 있을 수는 없었다.

리즈는 「염제」를 뽑으려고 칼자루로 손을 뻗었으나 히로가 그녀의 손목을 잡았다.

"이걸로 됐어……."

히로가 공허한 눈으로 리즈를 보며 미소 지었다.

"무슨 소리를……!"

"이게 마지막이야. 너의 「주」는 사라졌어."

"입 다물어."

리즈는 「풍제」의 힘으로 상처를 치유하려고 했다. 수없이 소원했지만 피는 멈추기는커녕 뽑아내는 것처럼 흘러넘쳤다.

필사적인 형상으로 힘을 보내는 리즈의 뺨으로 히로가 손을 뻗었다.

"미안했어."

"시끄러워."

내씹는 리즈를 향해 미소 지은 히로는 하늘로 손을 들었다.

"마침내 용서받을 수 있을 것 같아."

"시끄러워!"

어떻게도 할 수 없었다. 생명이 사라지려고 하는데 아무것도 할 수 없었다.

구할 수 있을 터인 생명이 있는데, 모처럼 도울 수 있는 힘을 손에 넣었는데.

기적은 전혀 일어나지 않았다.

"너를 살릴 수 있었어."

"닥쳐, 닥쳐!"

히로의 몸이 점차 붕괴되었다. 마치 모래처럼 금이 가며 붕괴되었다.

"……고마워."

만족스럽게 웃은 히로의 얼굴은 바람과 함께 입자가 되어 사라졌다.

허무한 끝이었다. 마치 원래부터 존재하지 않았던 것처럼 흔적도 없이 소멸했다.

"아, 아아……!"

리즈는 입자를 긁어모으려고 손을 뻗었지만 손가락은 그저 허공을 갈랐다.

자신에게 부과된 「주」는 소중한 사람들을 전부 앗아 간다.

「주」가 사라졌어도 소중한 사람들은 한 명도 돌아오지 않는다.

하늘에 남겨진 어둠 속에서 비가 내리기 시작했다.

그녀의 울음소리를 지우듯, 어릴 때부터 남몰래 울던 소녀를 위해.

그래도 남들의 눈을 피하려는 것처럼 리즈는 소리 없이 비명을 질렀다.

*****

그곳은 전장이었다.

부러진 검이 땅에 꽂혔고, 부러진 창이 바람을 받아 굴러가고, 텅 빈 갑옷이 무너졌다. 시체는 존재하지 않고 피비린내도 없었다. 신기하게도 하늘을 올려다보니 그곳도 지상과 마찬가지로 도검 종류로 채워져 있었다.

이 세계는 장비의 무덤이라고 해야 할지도 모른다.

그런 곳을 히로는 묵묵히 걸어갔다.

"여기가…… 저세상?"

"아깝군. 「영웅 궁전」으로 가는 경계야."

그렇게 뒤에서 말이 덧붙어서 히로는 깜짝 놀라 돌아보았다.

"오랜만이야, 의제."

금발 금안의 청년을 보고 히로는 바로 경계를 풀었다.

활짝 웃은 청년은 친근하게 어깨동무했다.

그는 초대 황제 알티우스. 의형제를 맺고 1000년 전에 히로와 함께 난세를 헤쳐 나갔던 전우이기도 했다.

왜 이곳에 있냐고 묻기 전에 알티우스가 말을 막았다.

"만족했나?"

무슨 말이냐고 묻지는 않았다. 만족했냐는 말에는 다양한 의미가 있었기 때문이다.

그래서 히로는 솔직하게 고개를 끄덕였다.

"그렇다면 이제 됐나?"

"그래. 지금까지 수고를 끼쳤어. 이제 미련은 없어."

"정말로?"

"응. 그리고 과거의 인물은 퇴장해야 하잖아."

만약 「염제」의 「정화」로 히로가 살아남았더라도 결과는 좋지 않았을 것이다. 많은 이가 히로의 모습을 목격했다.

싸우느라 생각할 여유가 없었던 그란츠 병사들은 종전 후에 눈치챌 것이다.

그건 「흑진왕」이었음을. 심판을 받아야 한다고 주장하리라.

하지만 리즈는 분명 히로를 감싼다.

새로운 불씨가 될 가능성이 있었다. 그러니 이걸로 좋다.

"또 그러지. 멋대로 상상하고 최악의 결론을 도출해. 너는 변함없이 자신의 행동에 부정적이군."

알티우스는 그렇게 중얼거림과 동시에 히로의 머리를 때렸다.

"뭐, 뭐 하는 거야."

강한 위력에 넘어진 히로는 알티우스를 비난했다.

그러나 알티우스는 팔짱을 끼고서 오만불손한 태도로 히로를 내려다보았다.

"너는 항상 그래. 타인의 마음에 둔감하고, 자신의 생각이야말로 최선이며 그것이 가장 좋은 결과라고 여기는 어리석은 자야."

"하지만 지금까지 그게 옳았—."

"짐이 얘기 중이니 조용히 해라."

반론을 허락하지 않는 눈빛을 받고 히로는 입을 다물었다.

"누님이 대체 너의 어떤 점에 반했는지 모르겠군."

허리를 숙여 히로의 얼굴을 들여다본 알티우스는 고개를 갸웃했다.

"용모가 바뀌어도, 그 영혼의 모양이 변화해도, 사랑했던 남자 곁에 있기를 바라며, 올지 안 올지 알 수 없는 미래를 믿고서 그녀는 「영웅 궁전」에 가기를 거부했어."

크게 한숨을 쉰 알티우스가 히로의 머리를 쓰다듬었다.

"너는 어린애다. 어쩔 도리가 없는 떼쟁이다. 하지만 손이 많이 가는 아이일수록 귀엽다고도 하지. 소극적인 사고는 얄밉기도 하지만, 그래도 단 한 명뿐인 소중한 의제야."

알티우스는 노여움과 구슬픔이 섞인 복잡한 표정을 지었다. 다 맞는 말이라서 부정할 수 없는 히로는 멍한 얼굴로 그를 바라보았지만, 품에서 꺼낸 물건을 알아차리고 눈썹을 찌푸렸다.

본 적이 있는 검은 카드, 히로의 기억을 봉인했던 물건이었다. 처음에는 하얬지만 힘을 되찾으며 검게 물들고 사라져 버렸었다. 그리고 또 다른 카드 한 장이 알티우스의 손에 있었다. 티 없이 하얀 카드였다.

"그건 뭐야?"

히로가 무심코 묻자 알티우스는 장난스러운 얼굴로 의기양양하게 가슴을 폈다.

"자기희생 정신으로 똘똘 뭉친 너에게 걸어 둔 보험이지. 고마워해라. 이걸 만든 탓에 짐의 몸은 너덜너덜해졌으니까."

말에 숨은 의미를 눈치챈 히로의 얼굴에 경악이 퍼졌다.

"1000년 후의 미래를 예측한 거야?"

"그럴 리가. 「과정」까지는 몰라. 네가 여전할 경우를 「상정」하고 「결과」만을 예측한 것에 불과해."

"네 손에 놀아난 건가."

놀란 마음을 가라앉히지 못하는 히로에게 알티우스는 카드를 던졌다. 히로는 발밑에 꽂힌 카드 두 장과 알티우스의 얼굴을 번갈아 보며 고개를 갸웃했다.

"또 뭘 꾸미고 있는 거야?"

"네 안에 있는 「마인」의 힘을 검은 카드— 「정령 부적」에 옮겨 뒀다."

"뭐?"

"네가 평범한 인간이 될 수 있도록, 재소환됐을 때에 대비해 1000년 전부터 대책을 세워 뒀지."

유쾌하게 활짝 웃은 알티우스는 자랑스레 말하다가 뭔가를 깨닫고 덧붙였다.

"「정령왕」도 뭔가 꾸미고 있는 것 같았으니 말이야. 그 녀석에게 얘기 못 들었나?"

"아, 아무것도 못 들었어."

"그런가. 지기 싫은 마음에 뭐라고 말할 줄 알았더니, 변함 없이 재미가 없어."

알티우스의 그 말을 듣고 히로는 떠올렸다. 「정령왕」이 나타났을 때, 패배를 선언했던 것 같다. 그건 자신에게 한 말인 줄 알았는데.

"뭐, 어쨌든 네가 여기 나타난 시점에 짐의 승리다."

히로는 멋대로 이야기를 진행하는 알티우스를 황급히 말로 제지했다.

"자, 잠깐 기다려. 너는 뭘 하려는 거야?"

당황한 히로를 보고 예리한 칼처럼 눈을 가늘게 뜬 알티우스는 장엄하게 말했다.

"여기까지 준비해 줬으니 너도 알겠지. 원래 세계로 돌아가라. 아직 여기 오기에는 너무 일러."

"그, 그런 건 당연히 무리잖아……."

히로는 「사선」에 찔려 죽었다. 몸도 붕괴돼서 돌아갈 곳 따위 어디에도 없었다.

"「그릇」이 부러졌을 뿐이다. 원래부터 네 몸은 「주」 때문에 비틀려 있었어."

히로에게 다가온 알티우스는 그의 발밑에 있는 카드 두 장을 주웠다.

"「정화」해 봤자 소용없었지. 평범한 인간으로 돌아가 봤자 몸은 붕괴됐을 거다. 그러니 이걸 사용하도록 하지."

검은 카드를 내민 알티우스는 즐겁게 말했다.

"봉인한 「마인」의 힘을 사용해서 네 몸을 재구축할 수 있을 테지."

검은 카드 아래에 하얀 카드가 겹쳐 있었다.

"「염제」에 숨겨 뒀다. 네 영혼을 다시 현세에 불러들일 거다."

그리고 카드를 들지 않은 손도 내밀었다. 거기에는 아무것도 없었다. 히로가 이상하다는 얼굴로 알티우스를 올려다보니 그는 곤란한 듯 웃고 있었다.

"아니면…… 함께 「영웅 궁전」에 갈 텐가?"

일찍이 그 손을 잡고 함께 난세를 헤쳐 나갔다.

하지만 지금은……. 히로는 미아처럼 어쩔 줄을 몰라 했다.

그 모습을 보고 알티우스는 표정에 자애를 담아 웃었다.

에필로그

대제도는 축복에 휩싸여 있었다.

모든 환호성에서 기쁨이 묻어났다. 모든 말에서 축복이 흘러넘쳤다.

노대에서 손을 흔드는 여성의 아래쪽에 궁전 광장을 가득 채운 사람들의 모습이 펼쳐져 있었다.
(발코니)

다들 근심 걱정 없이 활짝 웃었다. 불안 따위 조금도 느껴지지 않을 만큼 밝았다.

그런 민중의 시선을 독점하는 것은 노대에 선 여성이었다.

한때는 국가 존망의 위기를 맞이하여 모두가 공포에 짓눌려 하루하루를 보냈었다.

하지만 미증유의 사태도 해결된 지금, 이 나라는 다시 중앙 대륙의 패자라고 칭송받으며 군림하고 있었다.

그것도 전부 절망과 곤란을 극복하고 수많은 싸움을 승리로 이끈 여성의 공적이었다.

그래서 민중은 찬양했다.

위대한 황제, 자신들의 집을 지켜 준 위대한 영웅.

―「홍염 여제」.

여성의 이명을 외치는 자가 있었다.

한두 명이 아니었다. 많은 이가 말하기 시작했다.

새로운 황제의 탄생을 환영한다는 것처럼 드높이 외쳤다.

그런 민중의 마음에 부응하듯 손을 흔든 여성은 그 자리를 뒤로했다.

노대에서 여성이 사라졌어도 갈채는 멎지 않았다.

대제도에서는 한동안 불이 꺼지지 않을 것이다.

사람들은 술집에서 「홍염 여제」를 안주 삼아 밤새 떠들고, 음유시인은 그녀를 기리는 시를 만들고, 민중도 영웅담을 계속해서 이야기하리라.

그리고 언젠가 그녀는 전설의 인물로서, 신으로서 이름을 남길 것이다.

왜냐하면 누구도 해내지 못한 위업을 달성했으니까.

성내로 돌아온 여성은 노대와 알현실을 잇는 복도를 걷고 있었다.

티 없이 깨끗한 흰 벽으로 이루어진 복도에는 탄력 있는 심홍색 융단이 빈틈없이 깔려 있었다. 그곳을 묵묵히 걷던 붉은 머리 여성 앞에 쌍흑의 소년이 나타났다.

"축하해."

소년이 기쁨을 나타내자 여성은 망설이다가 고개를 끄덕였다.

"……아직 실감은 안 나. ……하지만 고마워."

"앞으로 다양한 어려움이 기다리고 있을 거야. 하지만 너라면 전부 극복하겠지."

겁도 없이 홍염 여제에게 말을 걸 수 있는 사람은 단 한 명,

소년이 처음이자 마지막이었다.

다른 이가 여제에게 이런 식으로 말을 건다면 불경죄로 사형당하거나 그에 가까운 벌을 받을 것이 틀림없다.

하지만 두 사람은 수많은 고락을 함께하여 서로를 신뢰하고 있었다.

무엇보다 서로를 바라보며 미소 짓는 두 사람의 모습을 보면 막역한 사이임을 누구나 알 수 있을 것이다.

"여제로서 앞으로 네가 백성을 이끌 거야. 그들의 길을 그 빛으로 비추는 거야."

"어머, 남의 일처럼 말하네. 같이 갈 거잖아?"

여성이 장난스럽게 웃으며 소년의 얼굴을 들여다보자 그는 쑥스러워하며 얼굴을 숙였다.

"내가 꼭 같이 가야 해?"

"네가 여기까지 데려왔잖아."

"그랬나……?"

소년은 자신이 해 온 일을 떠올리고 쓴웃음을 지었다.

그녀에게 많은 부담을 줬다. 울린 적은 한두 번이 아니었다.

그런데도 고집스럽게 쫓아왔다. 마지막까지 버리지 않았다.

전우이자, 절친이자, 가족이기도 했다.

그리고 세상에서 가장 사랑스러운 사람이었다.

"자, 함께 살자."

손을 내민 여성의 의지는 불꽃처럼 타오르고 있었다.

분명 앞으로도 무슨 일이 있든 그 마음은 변하지 않을 것이다.

태양처럼 빛나는 웃음 앞에서 소년은 미소 짓고 그 손을 잡았다.

■작가 후기

「신화 전설이 된 영웅의 이세계담 13」을 구매해 주셔서 감사합니다. 지난 권에 이어 읽고 계신 분들, 오랜만입니다.

최후의 후기입니다. 신화 전설은 13권으로 끝입니다.

시리즈가 시작되고 4년, 작중 흐른 시간도 4년. 우연인지 고의인지는 독자님들의 판단에 맡기고 싶습니다. 그리고 지난 권에서 말했던 권수의 비밀에 관하여 힌트라는 이름의 정답을 알려 드리자면 어떤 대국의 신들입니다. 그리고 그 열세 번째 신의 이름은 「종신(終神)」입니다. 1권은 「시작」, 2권은 「전쟁」, 3권은 「미녀」, 다른 권도 신들의 이름에서 이야기가 시작되거나 관련이 있으니 짬이 날 때 다시 읽어 보시면 좋겠습니다.

4년간, 쓰고 싶은 중2를 전력으로 쓰고 중2로 끝내게 됐습니다. 그게 가능했던 것도 전적으로 독자님들이 마지막까지 지지해 주신 덕분입니다. 감사하다는 말밖에 안 나옵니다.

사소한 답례이긴 하지만, 이후 그란츠가 어떻게 될지 그 일부를 후기의 후기로 뒤쪽에 적었습니다. 관심 있으시면 한번 읽어 주세요. 그러면 작가는 덩실거리며 기뻐할 겁니다.

그 이후는 독자님들의 상상에 맡기기로 하고 작가는 여기서 붓을 놓겠습니다.

그럼 행수도 얼마 남지 않았으니 감사 인사를 드리고 싶습니다.

미유키 루리아 님, 매력적인 일러스트들은 러프 단계도 포함해서 제 보물이 됐습니다. 마지막 권까지 함께해 주셔서 감사합니다.

담당 편집자 I 님, 담당해 주시기까지 우여곡절이 있었고 그 후에도 여러모로 폐를 끼쳤지만, 앞으로도 힘을 보태 주시길 바랍니다.

편집부 여러분, 교정자분, 디자이너분, 본 작품과 연관된 관계자분들, 앞으로도 잘 부탁드립니다.

그리고 독자님들께 다시금 감사하다고 인사하고 싶습니다.

신화 전설이라는 이야기를 끝까지 쓸 수 있었던 것도 전적으로 여러분이 지지해 주신 덕분입니다. 진심으로 감사드리며, 신화 전설이 끝났어도 계속해서 막대한 중2를 발신해 갈 테니 응원 부탁드립니다.

그럼 또 어딘가 중2가 있는 세계선에서 만나요.

감사했습니다.

타테마츠리

■후기의 후기

그로부터 10년이란 세월이 지났다.

중앙 대륙의 패자 그란츠 대제국은 현저하게 발전해 있었다.

그란츠 사상 첫 여제 탄생을 불안하게 여기는 백성들도 있었지만 그런 목소리는 대부분 시간이 지나면서 사라졌고 민중은 그녀의 치세를 점차 받아들였다.

그란츠 대제국의 수도는 클라디우스— 흔히 대제도라고 불리는 곳이었다.

중앙 대륙에서 가장 번영한 「인족」의 이상향이자 가장 오래된 도시 중 하나였다.

그 번영의 상징으로 여겨지는 것이 역사적인 건축물들—이 아니라 그란츠의 정면 현관인 중앙 가로였다.

세계 각국에서 반입된 신기한 특산품이 도로 양쪽에 늘어선 가게에서 판매되고 있었다. 모든 가게가 북적거렸다.

그런 도로 양옆에는 전 세계에서 모인 상인이 연 노점이 있었다. 식욕을 돋우는 음식 냄새가 가로를 가득 채웠다. 활기찬 목소리가 매일 끊이지 않고 울렸다.

한 손에 장난감을 들고 광장을 뛰어다니는 아이들, 온화한 표정으로 그 모습을 바라보는 부모.

그리고 사람들이 활발하게 왕래하는 중앙 가로에 우뚝 선 그란츠 열두 대신의 동상이 그란츠의 위대함을 과시했다.

『시신(始神)』 젤티우스

『군신(軍神)』 마르스

『미신(美神)』 바르디테

『단신(鍛神)』 콜파르

『호신(護神)』 벨바드

『현신(賢神)』 칼라르

『풍신(豊神)』 오르라가

『상신(商神)』 바니에타

『무신(武神)』 발칸

『의신(醫神)』 파르라

『음신(音神)』 울라르

『수신(水神)』 세르드라

그란츠 대제국에 발전과 번영을 가져온 위대한 열 명의 황제.

나머지 둘은 황제가 아니었으나 다대한 공적을 세워 신격화된 여신이었다.

모든 동상이 정교하게 만들어졌지만 작게 이지러진 부분도 있어서 오랜 세월의 흐름이 엿보였다. 그래도 위엄이 떨어지지는 않았다.

과거에서 현재에 이르기까지 국민을 지켜보고, 타국에서 온 내방자에게 경외심을 주며, 각국 지배자들의 마음에 두려움을 새겼다. 놀라움이 채 가시기도 전에 정면을 올려다보면 황궁 베네자인이 도시 중앙에 앉아 있었다.

1000년의 역사를 가졌으면서도 여전히 처음처럼 장대하여 경년 열화가 전혀 느껴지지 않았다. 오히려 세월을 거듭하면서 신비함이 강조되어 장엄함을 불러일으킴으로써 새로운 매력을 만들어 내고 그란츠의 강대함을 타인에게 과시하고 있었다.

그런 황궁 베네자인의 서쪽은 유력 귀족의 저택들이 있는 구획이었고, 동쪽에는 대제도의 수호자 제1황군의 정예 「금사자 기사단」의 주거 겸 훈련장이 마련되어 있어서 평소에는 시끄러운 소리가 들렸다.

하지만 오늘만큼은 두 소년이 훈련장을 점령했고, 다른 이들은 빙 둘러앉아 소년들의 훈련을 바라보고 있었다.

"뭐야? 너희들, 농땡이 치는 거냐?"

동료 병사의 목소리를 듣고 뺨에 상처가 있는 남자가 반응했다.

그는 가슴 앞에서 손을 가볍게 몇 번 내젓고서 훈련장 한가운데를 가리켰다.

"아냐, 아냐. 저길 봐. 레온 님이 훈련 중이야."

"아아…… 레온 님은 오늘도 오셨나. 최근 계속 오시네."

"얼마 전까지 그렇게나 작았는데 지금은 검을 휘두르고 계셔. 싫어도 시간의 흐름을 느끼게 돼."

뺨에 상처가 있는 남자는 감개무량하게 말하고서 탄식했다. 나도 슬슬 은퇴할 때려나. 방금 막 훈련장에 온 동료는 그렇게 중얼거리는 남자에게서 시선을 뗐다.

"그래서 너희는 훈련도 안 하고 뭐 하는 거야?"

"레온 님이 계시니 곧 있으면 그분들도 오실 거 아니야. 그래서 휴식 겸 조금 이르지만 점심을 먹고 있던 참이야."

"아아…… 그런가. 그럼 견학해야지."

입꼬리를 실룩인 동료는 앞으로 일어날 전개를 상상하고 다른 이들처럼 순순히 땅에 앉아 중앙에서 싸우는 두 소년을 보았다.

"레온 님, 힘으로만 싸우면 체력 소모가 심해져요. 그리고 움직임이 단조롭네요. 때로는 물러나는 것도 좋아요."

은발 소년은 냉정하게 말하며 그 자리에서 한 발자국도 움직이지 않고 금발 소년의 맹공을 막았다. 반면 레온이라고 불린 소년은 땀을 뻘뻘 흘리면서 조언이 안 들리는지 필사적으로 목검을 휘두르고 있었다.

그런 그를 보고 은발 소년은 한 걸음 뒤로 물러났고, 앞으로 몸이 기우뚱한 레온의 틈을 노려 목검을 위로 휘둘렀다. 날카로운 소리와 함께 레온의 손에서 목검이 사라졌고, 공중에서 빙글빙글 회전한 뒤 땅에 떨어졌다. 그것을 보고 긴장이 풀렸는지 레온은 그 자리에 주저앉아 하늘을 향해 입을 크게 벌리고 산소를 들이마셨다.

쓰게 웃은 은발 소년은 물통을 꺼내 레온 앞에 한쪽 무릎을 꿇고 내밀었다.

그것을 받은 레온이 작게 고개를 숙이고 단숨에 물을 들이켰다. 기분 좋게 꼴깍꼴깍 물을 마시는 레온을 보고 은발 소년이 눈을 가늘게 떴다.

"자신의 체력을 고려하지 않고 억지로 공격하는 건 칭찬받을 만한 행동이 아니에요. 하지만 레온 님의 집중력은 훌륭했어요."

"그냥 슈바르츠 형이 너무 강해서 그런 것 같은데……. 그리고 평소처럼 평범하게 말해 줘."

물통을 땅에 놓은 레온은 토라진 것처럼 입을 삐죽 내밀었다. 그런 그를 보고 슈바르츠는 쓴웃음을 지었다.

"그럴 순 없어요."

"왜?"

"레온 님과 저는 입장이 너무 달라요. 단둘이 있을 때라면 모를까, 밖에는 보는 눈들이 있어요. 평소처럼 굴면 모범이 되지 않아요."

"슈바르츠 형은 재상의 아이잖아. 아무도 뭐라고 안 할걸?"

"레온 님은 황족이에요. 비교가 안 되죠."

"흐응~ 딱히 상관없을 것 같은데. 어머니도 신경 쓰지 않는 것 같았고."

"그건 아무도 안 볼 때나 그렇죠. 친족들만 모인 자리라든가……. 밖에서는 확실하게 저처럼 행동하고 계세요."

슈바르츠는 그렇게 말하고 나서 이 이상 입씨름할 필요는 없다고 판단했다.

레온은 고집스러운 성격이라 완고하게 양보하려 들지 않았다. 설복당할 때까지 영원히 설전을 되풀이하게 된다. 그래서 이쯤에서 화제를 바꾸기로 했다.

"그보다 조금 전의 훈련 말인데, 왜 그렇게 마음만 앞서신 거예요?"

레온의 본래 움직임이 아니었다. 평소 같았으면 조금 더 접전을 벌일 수 있었을 터다. 그런데 오늘은 처음부터 전력으로 덤벼들었다. 체력 배분도 생각하지 않고.

슈바르츠는 생각했다.

최근 그의 신변에 일어난 일, 실력이 죽어 버릴 만한 일이라면.

"……동생 때문인가요?"

최근 레온에게 여동생이 생겼다. 정확히 말하자면 모친이 다르지만 부친이 같았다.

그래서 슈바르츠의 동생이기도 했다.

어쨌든 귀여운 존재였다. 처음 만났을 때는 정신 차리고 보니 밤이 되어 있었다.

계속 보고 있을 수 있었다. 계속 놀고 있을 수 있었다. 눈에 넣어도 아프지 않을 만큼 슈바르츠는 동생을 예뻐했다.

자신도 그러하니 레온에게는—.

"응, 강해지고 싶어. 동생을 지킬 수 있을 정도로는."

눈부시게 웃으며 말해서 슈바르츠는 미소 지었다.

"그랬군요."

갓 태어났다고는 하지만 두 사람의 동생은 국가의 기대를 짊어지고 있었다.

모두가 바라던 아기였기 때문이다.

그란츠 대제국 「홍염 여제」의 첫째 아이— 즉, 차기 황제다.

동생이 태어난 뒤로 두 사람은 훈련에 진지하게 임하기 시작했다.

평화롭다고는 해도 못된 생각을 하는 자는 많다. 괘씸한 족속이 동생을 해할지도 모른다. 그런 위험으로부터 조금이라도 떼어 놓고 싶다고 두 사람은 생각했다.

"그럼 같이 힘내기로 하죠. 안달 낼 필요는 없어요. 무슨 일이 생기면 우리가 동생을 지키는 거예요."

레온은 슈바르츠가 내민 손을 맞잡고 일어섰다.

그리고 두 사람은 주위의 모습이 바뀌었음을 깨달았다.

주위에서 두 사람의 훈련을 바라보던 병사들이 신하의 예를 취하고 있었다.

그들의 머리 너머로 시선을 보내니 「홍염 여제」와 그란츠 재상, 그리고 그란츠 황족에 속하는 여성이 두 사람을 보고 있었다. 방금 막 일어선 참이었지만 두 사람도 허둥지둥 신하의 예를 취했다.

정적이 공간을 채운 탓인지 땅을 밟는 소리가 매우 또렷하게 들렸다.

"레온, 슈바르츠, 고개를 들렴."

"예!"

얼굴을 들자 위대한 여제가 장엄한 태도로 내려다보고 있었다.

긴장한 두 사람은 땀을 줄줄 흘렸다.

"최근 열심히 훈련하고 있나 보구나. 아직 거친 부분이 많지만 기죽지 말고 노력하도록."

"가, 감사합니다!"

두 사람이 머리를 숙이자 허리를 굽힌 여제가 얼굴을 가까이 가져왔다.

"이 얼굴로 있는 거 피곤하니까 방에 돌아갈게. 저녁 식사 때 보자."

조금 전보다 친근한 장난기 어린 웃음에 레온과 슈바르츠는 서로 마주 보고 쓴웃음을 지었다.

「홍염 여제」는 파격적이다. 상식을 깨부순다. 그건 귀족 사회에서도 그랬다.

호위도 없이 사냥하러 나가기도 하고, 몸소 타국에 갈 때도 있었다.

직접 도적을 토벌한 적도 한두 번이 아니었다.

아무튼 가볍게 움직였다. 존귀한 신분임에도 불구하고 혼자 행동하는 여제에게 쓴소리하는 자는 많았다. 특히 그란츠 재상은 늘 그녀에게 휘둘리는 한 사람이었다.

최근에는 출산 후이고 육아도 있어서 얌전하게 지냈지만, 슬슬 탈주할 때가 됐다고 가까운 자들은 느끼고 있었다.

"아우라, 로자, 오랜만에 자식과 만났으니까 얘기 나눠."

"폐하는 어쩌실 겁니까?"

그렇게 재상이 묻자 여제는 미소 지었다.

"나는 먼저 돌아갈게."

"알겠습니다. 반드시 방에 돌아가 주세요."

"곧장 방으로 돌아가 주시기 바랍니다."

소년들의 모친이 못을 박자 여제는 눈가를 떨며 황궁으로 돌아갔다.

그런 여제의 뒷모습을 지켜본 소년들의 모친이 얼굴을 마주 보았다.

"아우라 재상, 이상하지 않나?"

"신기해. 나도 이상하다고 생각했어."

"평소 같았으면 아이들과 가볍게 대련해 줬을 텐데……. 뭔가 꾸미고 있어."

"어머니? 왜 그러세요?"

레온이 요염한 여성— 로자에게 묻자 그녀는 여전히 미심쩍다는 얼굴을 한 채 돌아보았다.

"아니, 레온이 신경 쓸 필요는 없어. 그나저나 훈련하지 말라고는 안 하겠지만 다치지 않게 조심해야지. 예쁜 얼굴이 엉망이잖아."

모친의 무리한 요구에 레온은 쓴웃음을 지을 수밖에 없었다.

사랑스럽다는 듯 아들의 **뺨**을 어루만진 로자는 문득 뭔가 깨달은 모습으로 눈을 찡그리고 아들을 노려보았다.

"어, 왜요?"

"아니, 아빠를 닮기 시작했다는 생각이 들었는데—."

말을 끊은 로자는 옆에서 슈바르츠에게 「흑지서」를 건네는 아우라에게 말했다.

"지금 바움 소국에 있지 않았나?"

"……리즈의 딸도 세례 때문에 거기 있어."

로자와 아우라는 나란히 달리기 시작했다.

"너희, 지금 당장 황제 폐하를— 윽!"

로자가 병사들에게 지시하고 있을 때, 말이 그 옆을 지나쳤다.

"늦었나. 저 말을 쫓아!"

붉은 머리를 휘날리며 빠르게 문으로 향하는 여제를 모두가 허둥지둥 쫓아갔다.

떠들썩한 아침 풍경을 보고서 두 아들은 어깨를 으쓱이고 깊이 탄식했다.

"슈바르츠 형, 왜 「흑지서」를 들고 있어?"

"지금부터 공부 시간이니까요. 레온 님 읽으시라고 어머니께 빌렸어요. 다 읽으면 감상문을 써 주세요."

엄마에게 세뇌된 슈바르츠의 말을 듣고 레온은 쏜살같이 도망쳤다.

*****

중앙 대륙의 동쪽 끝자락에 있는 바움 소국.

현재 이 나라에 왕은 없다.

몇 년 전까지는 「흑진왕」이 옥좌에 앉아 있었으나 그가 병을 이유로 퇴위하면서 공위가 되었다.

하지만 무녀공주가 있기에 바움의 질서는 계속 유지되었다.

그런 바움 소국에는 도시가 하나밖에 없었다.

나투어라고 불리는 중규모 도시였다. 그 중심에는 《정령왕묘》라는 건축물이 있고, 바움 사람들이 신으로 받드는 「5대 천왕」의 「정령왕」을 그곳에 모시고 있었다. 즉, 정령 신자의 성지라고 해야 할 곳이라 세계 각국에서 정령을 신앙하는 자들이 찾아왔다.

《정령왕묘》 내부는 표면상 네 구획으로 나뉘어 있었고, 무녀공주만이 출입할 수 있는 곳을 포함하면 다섯 구획이 존재했다.

중앙 구획은 정령왕을 모시는 세례향— 갓난아기나 처음 《정령왕묘》를 찾아온 자가 초대받는 곳이다.

동쪽 구획은 수습 무녀가 수행하는 금남의 장소여서 외부인은 출입 금지였다.

서쪽 구획은 무녀기사의 주거 구획이라 이쪽도 외부인은 들어갈 수 없었다.

남쪽 구획은 일반인에게 개방된 휴식 장소로, 주로 순례자나 여행자가 묵는 숙소와 식당, 이웃 나라의 대사 등을 초빙하는 홀이 마련되어 있었다.

5대 무녀공주는 서쪽 구획에 있었다.

짐승 귀가 특정적인 「이장족」과의 「반인」. 여전히 차별이 남은 세계에서 「반인」은 살아가기 힘들었다. 하지만 바움 소국은 원래부터 「반인」이 건국한 나라여서 그런 차별이 존재하지 않았다.

"또 간담회야? 시, 싫어. 역시 너무 많아. 나도 딸과 놀고 싶어."

"불평하지 마십시오. 클라우디아 여왕이 기다리고 있으니 서두르시기 바랍니다."

무녀기사에게 잡힌 메테오아는 무녀공주의 위엄 따위 전혀 없이 끌려갔다.

꼬리를 축 늘어뜨리고 문 너머로 사라지는 메테오아를 안뜰에서 목격한 후긴이 쓴웃음을 지었다. 그러다 발치까지 다가온 아이를 알아차리고 끌어안았다.

"이야~ 그나저나 클라우디아 여왕을 닮은 훌륭한 자은색이네."

클라우디아의 아이의 머리를 쓰다듬으며 후긴이 뒤돌아보자 두 아이에게 토벌당한 오빠 무닌이 있었다.

"후긴, 나는 이제 틀렸어……. 이 일 적성에 안 맞아."

아이들이 머리카락을 잡아당기고 뺨을 꼬집는 것을 무닌은 저항도 하지 않고 받아들이고 있었다.

오빠의 말도 이해가 가지만, 그 이상으로—

"울리면 부모가 무서워……. 오라비, 힘내. —응?"

후긴은 아이가 한 명 모자란다는 것을 깨달았다. 어디 있나 둘러보니 바로 찾을 수 있었다. 안뜰 중앙에 뿌리를 내린 거목에 기댄 외팔 여성이 까만 머리 갓난아기와 함께 나뭇잎 사이로 아롱아롱 비치는 햇빛을 받으며 행복하게 자고 있었다.

"루카 누님…… 아기가 밤에 울어서 고생 중이라고 했으니 말이지."

"의외로 자식 사랑이 대단해서 웃어 버렸어."

"오빠, 나중에 루카 누님한테 보고할게."

"잠깐—."

얼굴이 창백해지는 오빠를 무시하고 후긴은 평온한 표정으로 잠든 루카를 다시 보았다.

10년 전에는 볼 수 없었던 표정을 보니 시대의 흐름이 느껴졌다.

"그러고 보니 대형한테서 편지가 왔어."

"호오…… 가더 형님은 잘 지내려나. 뭐라고 적혀 있었어?"

"가지 재배에 성공했으니까 다음에 보내 주겠대."

"……그것참…… 즐겁게 사는 것 같아서 다행이야."

가더는 몇 년 전에 「아군」을 떠나 예전에 노예 해방군이 기두로 내세웠던 소녀 곁으로 갔다. 처음에는 마을 사람들에게 경원시당했던 것 같지만, 지금은 촌장이 되어 훌륭한 밭을 가지고 있었다. 최근 10년간 가장 변화한 사람은 촌장 가더와 자식바보 루카이리라.

"후긴, 그러고 보니 현형의 모습이 안 보이는데 어디 간 거야?"

"예의 그 장소에 갔어."

"혼자?"

"아니, 스카아하 씨를 호위로 데려갔고 따님과 함께 갔어."

그렇게 대답한 후긴은 동쪽 하늘을 보았다.

푸른 하늘에 떠오른 태양이 눈부셔서 눈을 찡그렸다.

새가 우아하게 헤엄치는 모습을 포착하여 시선으로 좇았다.

어디까지라도 날아갈 것이다.

구름 사이를 빠져나간 새는 목적지를 향해 긴 여행을 떠났다.

고난을 겪으면서도 결코 포기하지 않고 약속의 장소로 향하리라.

바움의 동단을 넘어가면 대해가 기다리고 있다.

그 바로 근처에는— 일찍이 한 여성이 사랑했던 꽃밭이 있었다.

주변 일대의 지면이 보이지 않을 만큼 다채로운 꽃들이 피어 있었다.

바람을 받아 기분 좋게 흔들리며 답례로 꽃잎을 하늘로 선물했다.

그런 아름다운 풍경 속에서 쌍흑의 청년이 붉은 머리 아기를 안고서 서 있었다.

신화 전설이 된 영웅의 이세계담 13

초판 1쇄 발행 2021년 11월 10일

지은이_ Tatematsuri
일러스트_ Ruria Miyuki
옮긴이_ 송재희

발행인_ 신현호
편집장_ 김승신
편집진행_ 원현선 · 권세라
편집디자인_ 양우연
관리 · 영업_ 김민원 · 조인희

펴낸곳_ (주)디앤씨미디어
등록_ 2002년 4월 25일 제20−260호
주소_ 서울시 구로구 디지털로 26길 111 JnK디지털타워 503호
전화_ 02−333−2513(대표)
팩시밀리_ 02−333−2514
이메일_ lnovellove@naver.com
L노벨 공식 카페_ http://cafe.naver.com/lnovel11

SHINWA DENSETSU NO EIYU NO ISEKAITAN 13
©2019 by Tatematsuri
First published in Japan in 2019 by OVERLAP, Inc.
Korean translation rights reserved by D&C MEDIA Co., Ltd.
Under the license from OVERLAP, Inc., Tokyo JAPAN

ISBN 979−11−278−6260−2 04830
ISBN 979−11−278−4025−9 (세트)

값 7,800원